Dieses Buch widme ich meinem Vater

Wilfried Dombetzki

Prolog

Ein leises Wimmern kroch flehentlich durch die nasskalte Dunkelheit. Wenn Verzweiflung und verlassener Mut sich in einem Geräusch manifestieren würden, dann wäre es genau dieses entkräftete Wimmern. In einem Zustand zwischen Angst und Hoffnung war dieses Wimmern das Einzige, das ihr Körper noch erzeugen konnte. Gänzlich verschwunden war der jugendliche Übermut und die Arroganz, mit der sich die junge, verwöhnte Gymnasiastin ihren Mitschülern überordnete und den Ton angab. Jetzt, in dieser Situation, war sie ausgeliefert, gefesselt, hungrig. Die langen Haare klebten im Gesicht und die Wahrnehmung ihres eigenen Geruchs nach abgestandenem Schweiß steigerten ihre Perspektivlosigkeit.

Wimmern. Ohne Hoffnung auf Hilfe.

Vorgeschichte

Ray Cullan war einer von diesen hartnäckigen Ermittlern, ein Kriminalbeamter, der auch mal zu unorthodoxen Mitteln griff, wenn es dem Ermittlungsergebnis diente. Mit seinen 49 Jahren und netten 90 Kilos auf den Rippen war der Ermittler bei eins zweiundachtzig Körpergröße eine kräftige Erscheinung. Seine leicht gelockten langen Haare waren schon grau durchsetzt, mit seinen Fingern fuhr er sich oft durch die Locken und strich sich damit die etwas länger als kinnlangen Haare zur besseren Sicht nach hinten. Sein Dauer-Kleidungsstück war ein hellgrauer Kurzmantel. Bestens geeignet für die Unterbringung aller nützlichen Utensilien: Teleskop-Schlagstock, Taschenlampe, Handy. Seine Handschellen trug er am Gürtel, seine Waffe im Schulterholster unter dem Sakko. An den Füßen trug er seine geliebten Budapester Halb-Stiefeletten. Rahmengenäht, edel, robust und zu allem passend. Zu einer Krawatte konnte sich der Haudegen nie durchringen, sein elegant-robuster Look musste ohne dieses Accessoire auskommen.

‚Ray Cullan', ein amerikanisch klingender Name für einen Schleswiger Polizisten. Rays Vater war Amerikaner. Richard Cullan. Ein ehemaliger Kirmes-Boxer, der in die US-Army eintrat, nach Deutschland versetzt wurde und hier Rays Mutter bei einem Lehrgang bei den Minentauchern in Eckernförde kennenlernte.
Rays Mutter Elisabeth stammte aus Eckernförde an der Ostsee. Die junge Frau verbrachte jeden Feierabend im Sommer am Strand. Dort hatte sie sich Hals über Kopf in den kräftigen Soldaten verliebt. Es folgte eine wunderschöne gemein-

same Zeit, Tanzabende in den Eckernförder Musikclubs und heiße Liebesnächte in den Strandkörben an der Ostsee. Rays Mutter wurde schwanger, die beiden heirateten, aber durch unglückliche Umstände musste Richard Cullan in die Vereinigten Staaten zurückkehren. Weil Elisabeth zu diesem Zeitpunkt hochschwanger war, konnte sie ihren Mann zunächst nicht begleiten. Nach Rays Geburt versuchte sie, mit ihrem Sohn ihrem Mann nachzureisen doch die Familienzusammenführung scheiterte. Geschriebene Briefe wurden nicht beantwortet, kamen Wochen später ungeöffnet wieder zu der verzweifelten jungen Mutter zurück. Keine Chance. Und keine Versuche seitens des Soldaten, seine junge Familie zu sich zu holen. Rays Mutter musste ihr Schicksal akzeptieren und sich und ihren Sohn aus eigenen Kräften über Wasser halten. So wuchs Ray ohne Vater, dafür aber seitens seiner Mutter mit der Liebe für zwei auf. Sie erzog ihren Jungen zu einem aufrechten, selbstbewussten Mann, der früh wusste, dass er seine berufliche Zukunft im Polizeidienst finden würde.

In seiner Laufbahn musste Cullan viele Misserfolge einstecken, die seine Art der Polizeiarbeit nachhaltig veränderten. Zu Beginn seiner aktiven Tätigkeit auf der Straße ermittelte Cullan in einem Fall von vermutlich schwerer häuslicher Gewalt. Mehrfach wurde er zu einem Einfamilienhaus gerufen. Eine Frau hatte über den Notruf die Polizei alarmiert, dass sie von ihrem Mann geschlagen wurde. Cullan, damals ein junger Kommissar, fuhr mit einem Kollegen zu dem Haus, sie klingelten und die Frau öffnete ihnen die Tür. Die Polizisten erkannten sofort an den Gesichtsverletzungen, dass ihr Mann sie brutal misshandelt hatte. Sie wollten eine Anzeige aufnehmen, doch die Frau hatte es sich anscheinend anders überlegt. Sie redete sich heraus und log die Beamten an. Dass sie nur gestürzt sei und dass es gar nicht so schlimm wäre. Die Beamten mussten unverrichteter Dinge wieder abziehen. Das passierte mehrfach. Jedes Mal, wenn die Beamten die Frau aufsuchten, erstattete sie keine Anzeige, oft begleitet von einem süffisanten Blick ihres Ehemannes. Cullan und seine Kollegen konnten nichts dagegen unternehmen, waren machtlos gegenüber dem Gewalttäter.

Ebenfalls frustrierend gingen Verfahren bei Diebstahldelikten aus. Der Großteil der von den Polizisten nach erfolgreicher Arbeit ermittelten und verhafteten Diebe wurde sofort oder nur gegen Bewährungsstrafen wieder freigelassen. Sehr zum Unmut von Cullan, dessen Gerechtigkeitsempfinden immer mehr strapaziert wurde.

Die nach Cullans Meinung viel zu lasche Justiz, die die Möglichkeiten der Rechtsprechung, die das Gesetz erlaubt, nicht vollständig ausnutzte, enttäuschte den Kommissar über die gesamten Jahre seiner Arbeit immer mehr und gipfelte in zahlreichen – ebenfalls nach seiner Meinung – Fehlurteilen bei Gerichtsverfahren, in denen sogar Kapitalverbrecher, Geldfälscher, Vergewaltiger und Mörder freigesprochen wurden. Immer wieder musste er mit geballter Faust in der Tasche die Gerichtsgebäude verlassen und den hämisch grinsenden Straftätern ins Gesicht schauen, die ihn widerwärtig anlachten und von denen er wusste, dass diese Menschen in Kürze mit ihren kriminellen Handlungen weitermachen würden.

Dieser Frust machte ihm zu schaffen und ließ ihn an seiner Arbeit zweifeln. Aber sein Gerechtigkeitssinn verhinderte, dass er aus dem System ausstieg. Nur bei der Polizei sah Ray Cullan die Chance, die Kriminalität zu bekämpfen. Mit den Jahren entwickelte er seine eigenen Methoden, um zu seinem Ziel zu kommen. Einige nennen das Rechtsbeugung. Für Ray Cullan war es einfach nur gerechte Bestrafung. Schutzgelderpresser, denen man auf legalem Weg keine Straftat nachweisen konnte, wurden von ihm aufgesucht und mit ein paar gezielten Armbrüchen das Handwerk gelegt. Drogenhändlern, die nach einem Witzprozess wieder auf freiem Fuß waren, lauerte er bei erneuten Geschäften auf der Straße auf und vernichtete die aufgefundenen Drogen. So oft, bis die Händler quasi ‚pleite' gingen und sich aus der Szene zurückzogen. Der Mann, der seine Frau schlug, musste eines Nachts erleben, wie sich ein paar Fäuste im Gesicht anfühlten. Seit Cullan das geregelt hatte, kam nie wieder ein Notruf der Frau.

Ray Cullan lernte, dass diese von ihm ausgeführten Bestrafungs-Aktionen die gewünschten Erfolge erzielten: Weniger Gewalttaten, spürbar zurückgegangener Drogenhandel, kaum noch Organisierte Kriminalität in seinem Bezirk.

Cullan wurde so zu einer Art heimlichem Rächer. Keinem seiner Kollegen vertraute er sich an. Das waren seine geheimen Operationen, die er eigenverantwortlich und ohne Kenntnis seiner Vorgesetzten durchführte. Zudem machte es ihm auch irgendwie Spaß und der Dank der Opfer entschädigte ihn für die Prügel, die er auch mal einstecken musste.

Um auch langfristige Erfolge zu erzielen, entwickelte Cullan seine eigenen Strategien:

Vermeidung von Behörden-Irrsinn, also keine Beantragung von zeitfressenden Durchsuchungsbeschlüssen. Cullan entschied auf ‚Gefahr im Verzug' und drang in die gewünschten Örtlichkeiten ein, um Beweise zu sichern, bevor sie weggeschafft wurden.
Notwehr als Allheilmittel. Warum warten, bis man sich eine Kugel einfängt? Cullan benutzte seine Waffe gerne, oft und effektiv. Ein Gegner mit einer Waffe bedeutete ein Angriff auf Leben und Gesundheit und letztendlich auch, dass dieser Gegner willens und in der Lage war, einem das Leben zu nehmen. In solchen Situationen schonte der Kommissar sich selbst und nachhaltig auch seine Mitmenschen, indem er die Kontrahenten ausschaltete – und zwar für immer.
Und zu guter Letzt die handfeste Cullan-Belehrung. Kleinkriminelle, spontane Erst-Straftäter und Jugendliche, die mal Mist gebaut hatten, wurden von dem Kommissar unbürokratisch und effektiv wieder auf Spur gebracht. Natürlich unter Zuhilfenahme von ein wenig körperlicher Gewalt, die aber funktionierte. Diese Maßnahmen bewirkten mehr als gut gemeinte Ratschläge und Worte von Psychologen, Richtern und sonstigen Weichspülern.
Mit dieser Konsequenz hatte sich Cullan nicht nur Freunde gemacht. Etliche Dienstaufsichtsbeschwerden begleiteten diesen Weg, doch die Staatsanwaltschaft stellte jeweils die Ermittlungen ein.
Ray Cullans Devisen hießen ‚Handeln statt Beantragen' und ‚Schießen statt Fragen'. So machte er wieder seinen Frieden mit der Polizeiarbeit.

Weißgerber lachte in die Runde.
„Ach, meine Jungs. Schön, Euch wiederzusehen."
Jedes Jahr, pünktlich zum 15. Juni, trafen sich die Freunde: Meinheim, Weißgerber, Drescher, von Litzewitz und Kleber. Die fünf Männer, mittlerweile alle Mitte fünfzig, waren zur gleichen Zeit Schüler in dem Internat von Louisenlund, einer Elite-Privatschule an der Schlei. Sie zelebrierten regelmäßig ihren Abschluss, ließen Vergangenes wieder aufleben und erzählten sich, was sie aktuell gerade machten. Beruflich wie privat.

Die Männer logierten, wie jedes Jahr, im ‚Waldschlösschen' in Schleswig, dem besten Haus am Platz, ein 4-Sterne-Superior-Hotel, mit einem sehr schönen Wellness-Bereich und einem Gourmet-Restaurant, das Essen auf Sterne-Niveau offerierte. Vor wenigen Jahren feierte das Haus sein 60-jähriges Betriebsjubiläum, in zweiter Generation familiär geführt, mit bestem Ruf auch über die Landesgrenzen hinaus. Anlässlich des Jubiläums wurde ein neues Highlight des Hauses eingeweiht: Eine formidable Zigarrenlounge, ausgestattet mit halbhoher dunkler Vertäfelung, hell-karamellfarbenen Tapeten, prall gefüllten Bücherregalen, Deko-Gegenständen, die aus einer heimatkundlichen Sammlung aus Havanna stammen könnten, eingerahmten Schwarz-Weiß-Motiven von Tabak-Plantagen und Zigarrendreherinnen sowie schweren Loungesesseln in dunkelbraunem Leder. Eine echte Oase der Genuss-Entspannung, in der sich die fünf Männer nach dem 6-Gänge-Menü in der ‚Fasanerie' noch einen schönen kubanischen Nachtisch gönnten. Neben der 5er-Gruppe saßen nur noch zwei weitere Gäste entspannt rauchend in der hinteren Ecke der Lounge, ein Reeder von

der Ostseeküste und ein befreundeter Grafik-Designer und Künstler aus Busdorf, einem Nachbarort von Schleswig. Alle Männer rauchten eine ‚Partagas Serie E No. 2‘, ein edles Stück aus einer der besten Manufakturen auf Kuba, ‚Duke‘-Format, weiches nussiges Aroma und bei zurückhaltendem Zug ein Vergnügen für glatt anderthalb Stunden.
„Bei mir läuft es ausgezeichnet...“, erzählte Weißgerber, „... Meine Werft in Kiel hat die Bücher mehr als voll. Aktuell bauen wir eine Superyacht für einen Russen und drei U-Boote für die Israelis. Wir haben mittlerweile 360 Mitarbeiter, ich bin dabei zu expandieren und plane, eine Werft in Wismar zu übernehmen.“
„Sehr schön,...“, pflichtete Drescher bei, „... ich baue gerade in Eckernförde einen Riesen-Gebäude-Komplex, mit 63 Eigentumswohnungen, Gewerbe- und Gastronomie-Zeile, alles vom Feinsten und wir haben schon fast alles verkauft. Hat noch jemand Interesse an einem Penthouse, 170 Quadratmeter mit Blick auf die Ostsee?“
„Nee danke...“, wiegelte von Litzewitz ab, „... ich habe selbst genug Wohnungen. Ich bin mittlerweile der größte private Immobilien-Besitzer in Düsseldorf. Mir gehören allein in Düsseldorf an die 300 Wohneinheiten, dazu in Berlin und Hamburg noch ein paar Sahnestücke, reicht also...“ Genüsslich zog er an seiner Zigarre.
„Kleber. Was gibt es bei Dir Neues?“
„Alles in bester Ordnung. Bei uns in Rendsburg läuft alles nach Plan, in meinen Praxen ist alles beim Alten, aber das Geschäft mit meiner Software entwickelt sich immer besser.“
Kleber war Augenarzt, übernahm nach seinem Studium die Praxis seines Vaters, hatte anschließend mächtig expandiert.

Weil ihm die Praxisverwaltung immer zu zeitraubend war, entwickelte er eine Software, die die Abläufe in einer Praxis vereinfachte und effektiver machte. Mit dem bundesweiten Verkauf von Lizenzen an seine Augenarzt-Kollegen häufte er mittlerweile ein beträchtliches Vermögen an.
„Aktuell arbeiten wir an einem Update mit noch umfangreicheren Funktionen. Dazu planen wir schon jetzt einen eigenen Messestand auf der CeBit nächstes Jahr. Könnte also nicht besser sein. Und bei Dir Meinheim?"
Die Erzähl-Runde endete bei dem fünften der Freunde. Meinheim rutschte ein wenig verlegen in seinem Loungemöbel hin und her. „Ahhhh, bestens, alles tippitoppi, richtig super..." Sein Blick wieselte von einem zum nächsten. „... Immobilienverwaltung läuft spitze, Börse auch alles genial."
„Aber hast Du durch die derzeitige Zinsentwicklung nicht auch Verluste?"
„Ach, ich doch nicht. Ich setze immer auf die richtigen Pferdchen..." Meinheim versuchte, sich ein Lachen aus dem Gesicht zu quälen. „... Ich habe gerade jetzt erst so richtig Reibach mit Papieren aus China gemacht."
„Obwohl der chinesische Markt aktuell um 7 Prozent eingebrochen ist?" Drescher sprach aus, was die anderen auch dachten, Meinheim flunkerte ihnen hier gehörig etwas vor. Aber um den Freund nicht zu kompromittieren, tat Weißgerber das einzig Richtige: Er wechselte das Thema.
„Hey Jungs, mal was Anderes: Ihr glaubt nicht, wen ich letzte Woche auf dem ‚Lions'-Ball gesehen habe. Den dicken Bergmann. Und er ist noch dicker geworden..."
„Nee... echt? Der wird sich auch nie ändern, frisst den ganzen Tag..."
„Oh ja, und dann immer so: ‚Mpfh, eh, haft Du nuch waf

fum Effen da?‘, einfach herrlich...“ Weißgerber lachte sich schlapp.
Das tat gut. Die Situation schwenkte um und die Freunde widmeten sich der Lästerei über die ehemaligen Schulkameraden. Meinheim atmete innerlich auf: <<Das war knapp...>>

Ray schlenderte über das Musik-Stadtfest ‚Schleswig swingt', dem traditionellen Event in Schleswig, bei dem in der Fußgängerzone Bühnen aufgebaut wurden, auf denen lokale Bands spielten, eingerahmt von unzähligen Ess- und Trink-Ständen – perfekt für Ray. Essen und Trinken, das Ganze mit unterschiedlichster Musik. Wie immer allein, zog er von Bude zu Bude und kippte ein paar Biere. Bei der Musik von den Urgesteinen von der Band ‚Unconventional Sounds' musste er das Bier besonders schnell kippen, bevor es seine Laune tat. Weiter zur nächsten Bühne und direkt an den nächsten Getränkestand. Mit einem Hellen in der Hand schaute er dem bunten Treiben zu: Die üblichen Teenies mit Rucksäcken voller Bierdosen, rotgesichtige Kumpels mit glänzenden Gesichtern und Kegelschwestern in bester Laune. Die lokalen Geschäftsgrößen zeigten sich, dazu Gäste, die bratwurst-gesättigt zum Takt schunkelten. ‚Same procedure as last year' also.
<<Ich liebe meine Schleswiger...>>
Unter den Kegelschwestern entdeckte er einen Lichtblick: Eine zierliche Frau, geschätzt ein wenig jünger als er, mit fescher blonder, schulterlanger Frisur, Kostümhose, halbhohen Pumps und flottem Blazer über der weißen Bluse, stand inmitten ihrer Freundinnen und brachte ihre Truppe zum Lachen. Mit strahlend weißen Zähnen lachte sie an ihren Freundinnen vorbei und ihre Blicke trafen sich.
<<... na, und diese Schleswigerin besonders...>>
Ray lachte die Blonde an und sie merkte, dass er sie beobachtet hatte. Mit einem besonders langen Blick zeigte sie ihm, dass sie ihn nicht uninteressant fand und wandte sich wieder ihren Freundinnen zu.
<<Holla die Waldfee, Du bist ein Schnuckelchen.>> Ray

genoss es, die unbekannte Frau zu beobachten und ihr frisches Wesen mitzuerleben. Gerne wäre er bei der Runde dabei und hätte mit ihnen gelacht. Aber er stand alleine und trank sein Bier. Sein Blick schweifte weiter durch die große Menge der Stadtfest-Besucher.

Ray war ein guter Menschen-Beobachter. Zu gut. Aber auch ein bisschen zu kritisch. Er hatte zu jedem eine Meinung – manchmal nicht die beste. Nach der optischen Ablenkung durch die zahlreichen Gäste des Festes wollte Ray wieder die Blondine anschauen.

<<Oh, was macht die Schönheit?>> Ray schaute sich hektisch um, aber die Kegelschwestern waren weitergezogen. Ray stellte den leeren Becher auf den Tresen und ging weiter zur nächsten Bühne.

<<Ah, hier spielt ‚Top Union', hier bleibe ich...>>

Die Coverband drehte voll auf, die Stimmung war richtig gut. Nach ein paar weiteren guten Songs schaute er auf seine Uhr.

<<Oh, ich muss los.>> Ray verließ die Fußgängerzone, schlenderte gemütlich am Kino vorbei, Richtung Taxi-Stellplatz beim ZOB, als er in seinem Augenwinkel wahrnahm, wie drei Gestalten im Parkhaus ein blonde Frau bedrängten.

<<Hey, das ist doch mein blonder Engel.>>

Ray erkannte, dass die Frau bedroht wurde, beschloss, sofort einzugreifen und rannte los, durch die Parkhaus-Ausfahrt in den ebenerdigen Parkbereich. Im Laufen rief er schon die ersten Worte um zu signalisieren, dass er sich einmischen würde.

„Hey Jungs, lasst die Frau in Ruhe."

Die jungen Männer registrierten den zu Hilfe kommenden Mann.

„Komm Alter, verpiss Dich!“

Ray erreichte die Gruppe und hob beschwichtigend die Hände. Die drei Männer waren zwischen 18 und 20 Jahre alt, schlampig gekleidet und mit reichlich Alkohol abgefüllt. Die blonde Frau stand eingekreist inmitten der jungen Männer und hielt krampfhaft ihre Handtasche fest.

„Helfen Sie mir bitte“, flehte sie Ray an.

„Alter, Du sollst Dich verpissen!“ Der offensichtliche Anführer drehte sich zu Ray um und baute sich vor ihm auf.

Ray versuchte, die Situation zu deeskalieren und sprach die Heranwachsenden ruhig an: „So Jungs, Feierabend. Ihr geht jetzt und dann vergessen wir die ganze Sache.“ Ray sprach bewusst langsam und versuchte, die Situation zu entschärfen. Aber die Jungs wollten Ernst machen. Ihr Anführer machte einen Schritt auf Ray zu und schubste ihn unerwartet. Der stolperte unverhofft zwei Schritte zurück. Das Wut-Barometer des Kommissars stieg eine Stufe an. Plötzlich zog der Anführer ein Messer und ging bedrohlich auf Ray zu. Der musste realisieren, dass sich die Situation nicht friedlich lösen ließ und schaltete um auf Angriff.

<<Ein Messer, hey Arschloch, danke für das Startsignal.>>

Insgeheim freute er sich diebisch, denn jetzt durfte das Wutbarometer platzen.

Ray trat behende einen Schritt nach vorn, griff wieselflink an das Handgelenk des verdutzten jungen Mannes, drehte dessen Arm nach unten und zimmerte ihm eine mächtige Rechte in das Gesicht.

WHÄMM!!! Die saß. Eine kleine Rechtsdrehung, Schwung holen und WHÄMM!!! – ein netter Tritt in die Weichteile. Der Bengel krümmte sich vor Schmerz und ging in die Knie.

„Ok, der Nächste bitte.“

Der zweite Junge, ein weißgesichtiger Pickelkopf, fühlte sich besonders mutig, stürmte an der Frau vorbei, holte mit dem Arm in einem vorhersehbar großen Bogen zu einem Schlag aus und – WHOCK!!! – fing sich einen schnellen Hieb von Ray in die Leber ein. Cullan war in seinem Element, wich einem weiteren jämmerlichen Schlagversuch aus, holte aus und verpasste dem Drecksack einen Haken von unten an das Dünnbart-beflaumte Kinn. Das flog nach oben und machte den Weg frei für die nächste Packung: WHÄMM!!! – ein satter Faustschlag in die Magengrube. Pickelkopf war kein Meister im Einstecken von Schlägen, taumelte zur Seite und kotzte einen gelblichen Strahl Bratwurst-Bier-Suppe aufs Pflaster. Angreifer Nummer drei, der kleinste von den Burschen, dafür mit einem jähzornigen Blick unter den fettigen Haarsträhnen, schubste die blonde Frau zu Boden, nahm eine lächerliche Bruce-Lee-Kampfhaltung ein und zückte einen Teleskop-Schlagstock.

„Los, komm' Du Sau!", kreischte seine dünne Stimme.

„Kannst Du haben Tweety." Ray blieb ruhig, ging vorsichtig auf den Bengel zu, wartete den ersten Hieb ab. Der kam blitzschnell von der Seite und traf den Polizisten heftig am Oberarm. <<Ahhhh, das zieht!>> Tweety holte wieder aus, er war schnell, sprang nach vorne und versuchte, von oben mit Schwung einen Schlag auf den Kopf zu platzieren. Aber Cullan sprang dem Schlag entgegen, konnte mit seinem Arm den Schlag frühzeitig abfangen, drehte sich zur Seite, zog Tweety am Ärmel, brachte ihn aus dem Gleichgewicht, ließ sich nach vorne fallen und trat Tweety aus der Bewegung heraus seitlich in die Kniekehle. Die knickte ein, Cullan drehte sich weiter, und zimmerte ihm mit vollem Schwung den Ellenbogen direkt ins Gesicht. Das Blut spritzte aus dem Mund. Tweety glotzte mit Riesenaugen in sein Verderben, welches daraus bestand, dass Cullans edler Budapester Stiefel mit Karacho die Magengrube seines Gegners fand und sie so deformierte, dass auch Tweety kotzen musste und seine Blutkotze im hohen Bogen auf ihn selbst runterprasselte. Er fiel auf den Rücken und blieb regungslos liegen.

„Schnell, komm', das war's hier für uns." Cullan griff nach der Hand des blonden Engels, lief mit ihr zum Taxistand und beide stiegen in den ersten freien Wagen ein.

„Wie heißt Du?", fragte Ray, noch ein wenig außer Atem.

„Marie-Charlotte...", antwortete die Frau, immer noch aufgeregt, „... danke, Du hast mich gerettet. Und wie heißt Du?"

„Ich bin Ray, habe ich gerne gemacht."

„Das war ganz schön mutig von Dir, da hätte Sonstwas passieren können."

„Ach, nicht der Rede wert. Waren nur kleine Jungs, die zur falschen Zeit am falschen Ort an den falschen Mann geraten sin..." Noch bevor er das Wort beenden konnte, beugte sich die blonde Frau zu ihm hinüber, nahm sein Gesicht in beide Hände und küsste ihn leidenschaftlich. Ray war positivst überrascht, ließ es aber geschehen und machte mit.

„In die Schubystraße, aber schnell!", rief er zum Taxifahrer, nahm seinerseits die Blondine in den Arm und beide küssten sich leidenschaftlich weiter. Die Fahrt dauerte nur fünf Minuten, Ray zückte einen Zwanziger... „Stimmt so." ... und beide verschwanden zügig Arm in Arm in der alten Stadtvilla. Oben in seiner Wohnung küssten sich beide wild weiter und begannen, sich gegenseitig die Kleidung vom Leib zu reißen. Ray zog die hübsche Blondine in sein Schlafzimmer und schob die Tür mit seinem Fuß zu. Ein schöner Tagesabschluss bahnte sich an...

Hallo Schatz“, klang es etwas gelangweilt, als Dr. Kurt Fellbach aus dem Fahrstuhl stieg und die Penthouse-Wohnung betrat.
Der aristokratisch wirkende Besitzer der Schönheits-Klinik ‚Fellbach Beauty Institute‘ legte seinen blütenweißen Kittel über die Lehne des lederbezogenen Hochlehners im Flur. Der Arzt betrachtete sich im Flurspiegel, löste seine Fliege aus dem Hemdkragen und korrigierte den Sitz seiner Haare. Seine Statur war imposant, groß, sportlich, Respekt einflößend.
Valerie Fellbach war zehn Jahre jünger als ihr Mann. Ihre voluminöse, dunkelblonde Haarpracht glich ein wenig der Frisur der ehemaligen holländischen Königin. Sie trug ein helles Kostüm, dazu schwarze Pumps. Goldene Armkettchen und eine dazu passende Halskette schmückten ihre zierlichen Arme und den glatten Hals.
Kennengelernt hatten sich die beiden vor fast 20 Jahren auf einem Ärzte-Kongress in München. Valerie Fellbach war Pharma-Referentin und der charmante Arzt hatte ihr sofort gefallen. Aus einer heißen Liebesnacht im Hotel wurde schnell eine feste Beziehung. Kurz nach dem Kennenlernen zog sie in den Norden, wo ihr späterer Mann eine Facharztstelle im Martin-Luther-Krankenhaus in Schleswig bekleidete.
Mit einem früh erhaltenem Erbe baute Kurt Fellbach vor 15 Jahren seine eigene Schönheits-Klinik in Stexwig an der Schlei, einem kleinen Dorf, nur einen Steinwurf gegenüber von Schleswig gelegen. Direkt am Ostseefjord, auf einem Ufergrundstück, entstand ein wahrer Luxus-Klinik-Palast. Sie selbst bauten sich in die gesamte obere Etage unter dem Dach ein ebenso luxuriöses Penthouse, mit allem Schnick-

Schnack, der auf dem Markt verfügbar war.
Etwas müde ließ sich Kurt Fellbach auf das große, weiße Sofa vor dem mächtigen Flachbildschirm fallen, schaltete sich einen Sportsender ein und raunzte zu seiner Frau:
„Was gibt's zu essen? Oder besser gefragt: Gibt es überhaupt was zu essen?"
„Na, das nenne ich mal eine ‚liebevolle' Begrüßung…" Die Stimme aus der Küche wirkte gereizt. In aller Seelenruhe schmierte sich Valerie ein Butterbrot mit Fleischsalat und ging zu ihrem Mann ins Wohnzimmer.
„Du kannst Dir ja auch ein Brot machen", säuselte sie genugtuend, streifte sich die Pumps von den Füßen und nahm auf der anderen Seite des Sofas Platz.
„Na super, ich fahr' was essen. Du brauchst nicht auf mich zu warten."
Die Stimmung fröstelte, als der Klinik-Besitzer sich wieder vom Sofa erhob, sich einen Mantel schnappte und über den Fahrstuhl das Penthouse verließ. Doch die besser gelaunte Frau Fellbach biss in ihr Brot, griff sich die Fernbedienung und schaltete um auf einen schönen, schnulzigen Abendfüller. Draußen hörte man ein davonfahrendes Auto.
Ein Abend, fast wie jeder der letzten Monate...

Bert Berger, 48, Erster Kriminal-Hauptkommissar, war schon seit drei Jahren Chef der Kripo. Der Mann war nicht groß, hatte eine Halbglatze und mit seinem Übergewicht konnte man ihn getrost als Dickerchen bezeichnen. Er führte die Station erfolgreich und mit seinem tadellosen Ruf erfreute er sich größter Wertschätzung bei seinen Kollegen. Als Berger von Hamburg in die Schleistadt kam, war er vom Dienstgrad her Cullan unterstellt und sogar sein Partner in den ersten Jahren. Berger, der seine Ausbildung in Bayern absolviert hatte, war schon immer einer von den korrekten Polizisten, die sich an die Vorschriften hielten und denen die Karriere innerhalb der Polizei am wichtigsten war. Damals, vor 12 Jahren, kam er in den Norden, um auf einen höheren Dienstposten zu kommen, nicht, weil ihm die Stadt so gut gefiel.

Cullan markierte als Typ genau das Gegenteil. Seine Karriere war ihm nicht so wichtig wie Gerechtigkeit. Er eckte an, wo er nur konnte, ließ oft Gnade vor Gesetz walten, bewies aber auch Zivilcourage. Cullan zeigte sogar vor drei Jahren seinen damaligen Chef, Erster Kriminal-Hauptkommissar Diehnager, Bergers Vorgänger, an, weil dieser über die Maßen stark alkoholisiert Auto gefahren war. Das war der Wendepunkt in der Stimmung der Kollegen gegenüber Cullan. Für sie hatte er einen Verrat an einem Kollegen begangen, doch für Cullan war die Aktion eine zwangsläufige Konsequenz aus dem andauernden Fehlverhalten seines damaligen Chefs.
Mit seiner rüpelhaften Art stoppte er damals das Fahrzeug seines Vorgesetzten, wissend, dass dieser von einer Feier kam, stieg seelenruhig aus und sprach mit ihm wie mit

einem unbekannten Verkehrsteilnehmer.

„Führerschein und Fahrzeugpapiere bitte.“

„Cullan, was soll das?“

„Haben Sie Alkohol getrunken oder andere Rauschmittel eingenommen?“

„Cullan, lassen Sie den Mist oder ich krieg‘ Sie dran wegen irgendeinem Kleinkram.“ Diehnager wurde nervöser. Cullan zog es durch, nahm seinem Chef noch vor Ort den Führerschein ab und tippte im Anschluss auf der Wache seelenruhig die Anzeige in den Computer. Das Ende der Geschichte war für die Polizei als Institution beschämend: Der Chef wurde weggelobt, durfte auf Staatskosten ein halbes Jahr eine Kur in einem Luxus-Sanatorium machen und konnte dann ohne Abzüge in Frührente gehen. Diehnagers Nachfolger wurde Berger, der immer fleißige Beamte, mit den stets besten Beurteilungen.

Berger musste in der Vergangenheit miterleben, wie sein Kollege Cullan mit den Jahren immer radikaler in der Ausübung seines Dienstes wurde. Er hieß nicht alles gut und wurde auch jeweils von der Dienstaufsicht zu den Fällen befragt. Aber Berger respektierte die Erfolge, die Cullan erzielte. So machte er seine Aussagen vor der Internen Ermittlung und nahm seinen rabiaten Kollegen so weit wie möglich in Schutz.

Eine ganz andere Sorte Polizist war Martin Winterhall.

<<Kennst Du das, wenn Du jemanden so richtig ätzend findest? Sowas kann viele Gründe haben, wie zum Beispiel das Aussehen: Da ist so ein Typ, der hat die Haare schleimig gescheitelt und grinst immerwährend blöd. Dann gibt es Ty-

pen, die haben so eine bekloppte Art an sich, die waren als Kind schon unerträglich. Und dann gibt es diese Typen, die sind BEIDES!>>

Und so einer war Winterhall. Der trank den letzten Kaffee aus und setzte keine neue Kanne auf. Der kam später und ging eher. Der tat immer so, als ob er alles weiß und kann, spielte sich ständig auf und wenn man mal nachhakte, kam... nichts. Dazu schwärzte er Kollegen an und schleimte sich beim Chef ein. Aber das Schlimmste war: Man konnte sich auf ihn als Partner nicht hundertprozentig verlassen. Bei einem Einsatz mit Randalierern wähnte ein Kollege Winterhall im Rücken, versuchte, die Randalierer zu überwältigen, aber Winterhall hatte sich ins Einsatz-Fahrzeug verzogen, tat so, als ob er funkte. Der Kollege wurde übel zusammengeschlagen. Bei einem weiteren Einsatz, bei einer Demonstration von krawallbereiten Hooligans, vermissten die Kollegen nur einen in ihrer vordersten Reihe: Martin Winterhall. Der hatte sich morgens krankschreiben lassen, tauchte aber nach der Demo wieder gesund und munter zum nächsten Dienst auf.

Schon seit Wochen ermittelten Cullan und Winterhall in einem Fall mit illegalen Zocker-Clubs in der Stadt. Winterhall, ehrgeizig wie immer, preschte dabei, nach Cullans Meinung, viel zu auffällig voran und hatte schon ein paar Mal durch zu übereifrige Aktionen die Ermittlungen zurückgeworfen. Cullan hatte in mühsamer Kleinarbeit einen Informanten rekrutiert, ‚Speedy', einen unbedeutenden Kleinkriminellen, der Zugang zu den Spielzirkeln hatte. Ohne sich mit Cullan abzusprechen, nahm Winterhall den Mann fest und verhörte ihn ergebnislos über drei Stunden,

was zur Folge hatte, dass dieser sich unauffindbar zurückzog und nicht mehr verfügbar war.
Ein anderes Mal organisierte Winterhall, wieder ohne Absprache mit Cullan, eine Razzia in einem illegalen Casino. Ergebnis: Verschreckte Gäste, ein noch rede-unfreudigerer Betreiber und Hintermänner, die jetzt registriert hatten, dass die Zocker-Szene nun unter Beobachtung stand. Cullan war stinksauer und stellte Winterhall zur Rede.
„Mensch Winterhall, jetzt hast Du mit Deiner unüberlegten Aktion schon wieder dafür gesorgt, dass die Szene gewarnt ist."
„Was willst Du denn???", blaffte der ihm entgegen, „Ich wollte die hochnehmen. Hätte ja auch fast geklappt."
„Ja eben: fast. Wir müssen das gemeinsam vorbereiten und entscheiden. Du hast meinen Informanten Speedy hochgenommen. Der wusste zwar nicht viel, kommt jetzt aber nirgendwo mehr rein, weil die Hintermänner gespannt haben, dass wir ermitteln. Toll gemacht."
„Was Du immer hast. Speedy war im Casino und kam aus einem der Hinterzimmer raus, da hab‘ ich ihn mir geschnappt."
„Ja und hast alles versaut. Den hätten wir uns schön aufbauen können und dann hätten wir einen super Insider gehabt."
Cullan war genervt von seinem Kollegen. Er selbst wollte heute Abend eine Kneipe aufsuchen, von der die Beamten erfahren hatten, dass dort auch illegal gespielt wurde.
Berger beruhigte die Situation und widmete sich seinem Kollegen.
„So Cullan, alles klar für nachher?"
„Ja, ich versuch's mal."
Berger nahm Ray beiseite „Ach so, noch was. Was hat das

zu bedeuten? Winterhall hat zu mir gesagt, Du hast einen Informanten verloren?“

Rays Miene verfinsterte sich. „Das klären wir später, ich muss los.“

Beim Verlassen des Gebäudes musste sich Cullan schon wieder über seinen Kollegen ärgern...

<<Winterhall Du Penner! Was hast Du denn dem Berger erzählt???>>

Das ‚Seepferdchen' war eine kleine gemütliche Kneipe im Hauptgebäude des Wikinghafens in Schleswig. In dem großen Komplex, der in den 70ern zeitgleich mit dem 27 Stockwerke hohen Wikingturm an der Schlei entstand, war ein wenig Ruhe eingekehrt. Wo früher eine kleine maritime Geschäftszeile die Segler in dem Yachthafen mit allem Notwendigen versorgte und ein Hotel, ein Restaurant und sogar die kleine Disco ‚Spinnaker' für ein reges Tag- und Nachtleben sorgten, war der Bau heute hauptsächlich Wohnstätte für Residenten. Einige der Ladengeschäfte standen leer. Aber Holgis kleine Kneipe hatte all die Jahre des wirtschaftlichen Auf und Ab gut überlebt und so stand die Tür auch diesen Abend offen.

Um die Ermittlungen in der Schleswiger Glücksspielszene voranzutreiben, beschlossen die Ermittler, in zivil an illegalen Pokerrunden teilzunehmen, um Teilnehmer zu identifizieren und mehr über Abläufe und Strukturen zu erfahren. Ray schob den dicken roten Samtvorhang beiseite und betrat das Lokal.

„Moin."

„Moin."

Ray setzte sich an die Bar und sah sich langsam um. „Ein Bier bitte."

Holgi schwang sich an die Zapfanlage und füllte ein Null-Dreier. Im Hintergrund lief leise ein Song von ‚Truck-Stop', am Tresen saßen noch zwei weitere einheimische Gerstensaft-Konsumenten. An zwei der vier Tische saßen Gäste älterer Bauart vor ihren Bieren und redeten entspannt miteinander, während an dem Flatscreen in der rechten Ecke über dem Tresen Fußball ohne Ton lief. Ray nippte an seinem und später noch an einem weiteren Bier und schaute dem Treiben zu. Eine halbe Stunde lang. In dieser Zeit kamen ein paar weitere Gäste, schnackten jeweils kurz mit Holgi und verschwanden dann hinter einer Tür mit dem Toiletten-Symbol.

Ray zückte eine dicke Geldrolle und zog auffällig unauffällig einen Zehner raus, um zu bezahlen. <<So Holgi, schau‘ mal, wie viel Kohle ich hier hab’...>> Er schob den Zehner über den Tresen.

„Stimmt so.“

„Oh danke. Hier, den gibt’s noch aufs Haus.“ Holgi schenkte einen Klaren in ein Schnapsglas, schob ihn zu Ray rüber und stellte sich zu ihm.

„Pokerst Du?“

Ray kippte den Schnaps. „Ja manchmal, is’ aber nich’ mein Spiel.“ Ray stellte sich uninteressiert.

„Wir haben heute eine Pokerrunde hinten.“

„Hinten? Wo hinten?“

„Interesse?“

„Na, ich hab‘ nix weiter vor. Warum nicht?“

Holgi winkte mit dem Kopf und ging voran, durch eine Tür in den hinteren Flur, dämmrig beleuchtet. Hinter den Türen mit dem Rock- und dem Hosen-Symbol war noch eine dritte Tür: ‚PRIVAT‘. Holgi öffnete die Tür und deutete Ray an, einzutreten.

Hier sah es ganz anders aus als in dem Kneipenraum vorne: Ein rechteckiger Raum, vielleicht 20 Quadratmeter groß, schöner Holzfußboden, an den Wänden edle, fein gestreifte dunkle Tapeten, Stuck an den Decken und in der Mitte ein schwerer Pokertisch. Daran acht hochwertige Cocktail-Sessel aus braunem Leder und mitten über dem Tisch eine

Designerlampe, die mit klarem Licht die grün bespannte Oberfläche des Tisches ausleuchtete. In den Ecken hingen dezente Lautsprecher, aus denen leise Chill-Out-Musik perlte.

<<Oh, nettes Plätzchen.>>

„Hi Leute, ich hab’ hier einen neuen Spieler für Euch“, stellte Holgi den neuen Mitspieler vor.

„Setz‘ Dich. Was willst Du noch trinken?“

Ray setzte sich auf einen der drei leeren Plätze.

„Dann nehme ich noch ein Bierchen.“

„Geht los, bis gleich.“

„Moin.“

Die fünf Männer am Tisch nickten ihm wortlos zu. Ray kannte keinen der Männer. Nummer 1 war ein etwa 40 Jahre alter Banker im grauen Anzug, Hipster-Bart, schwarze Hipster-Brille. Nummer 2 ein etwa 60 Jahre alter wettergegerbter Mann in Klamotten, wie sie Jäger tragen, wenn sie mal besser ausgehen. 3 machte den Anschein eines unscheinbaren Familienvaters um die 40, Jeans und eines von diesen langweiligen Karo-Hemden. 4 und 5 waren Managertypen, Mitte fünfzig, groß, beide in eleganten Anzügen, der eine mit einer auffälligen Goldrandbrille.

Hipster-Banker gab die Karten aus. Es wurde um Bargeld gespielt. Jeder hatte einen Stapel Geldscheine an seinem Platz liegen. Manager 4 hatte am meisten Geld, Manager 5, Goldrandbrille, war wohl der Loser des Abends.

Die Spiele gingen zackig und fast ohne Worte über die Bühne, Ray qualmte fast eine ganze Schachtel Kippen weg, gewann zu seiner eigenen Überraschung einige Euros dazu, während sich Manager 4 als ganz großer Gewinner des Abends bestätigte und ‚Goldrandbrille‘ mit immer hekti-

scher werdenden Blicken am Ende ohne alles dastand und ausstieg.
„Ich muss los."
„Bis morgen", antwortete 4 und warf ihm einen drohenden Blick zu. ‚Goldrandbrille' erwiderte den Blick nicht und verließ hastig den Raum.
„Ich werd' dann auch ma' los..." Cullan stand ebenfalls auf. Er plante, den Verlierer des Abends zu verfolgen.
„Sehen wir uns wieder? Du hast Dich gut geschlagen."
„Gerne. Nächste Woche?"
„Jep."
Ray zahlte noch bei Holgi seine restliche Zeche und ging in aller Seelenruhe aus der Kneipe.

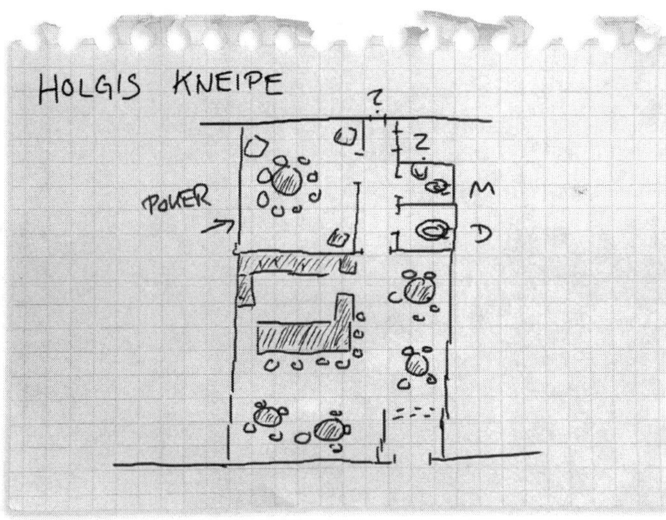

<<So, jetzt aber schnell. Wo ist ‚Brille'?>> Ray schaute sich um und sah ein schwarzes Mercedes-CLS-Coupé davonfahren. Er rannte schnell zu seinem Wagen und folgte dem anderen Fahrzeug. Dank der vielen parkenden Autos in

der schmalen Straße konnte er zügig zu dem CLS aufschließen, folgte im Sicherheitsabstand bis zur Gottorf-Kreuzung. Der CLS bog ab Richtung Norden und... die Ampel sprang auf rot.
„Ah verdammt. Gegenverkehr!!!“ Cullan hatte den Wagen verloren. Seine Hoffnung, mehr über einen der Poker-Teilnehmer herauszufinden, zerschlug sich. Aber er hatte neue Erkenntnisse gewonnen. Ein weiterer bestätigter Raum, in dem regelmäßige Pokerrunden stattfanden, Spieler und einen Überblick über die Summen, um die gespielt wurden.

Der Kommissar konnte zu diesem Zeitpunkt noch nicht im Geringsten ahnen, wie die Fäden in seinem nächsten Fall über diese Glücksspielszene zusammenlaufen sollten...

Die Frau bürstete sich durch die langen blonden Haare. Neben dem Nassrasierer stand eine Dose Rasierschaum, eine Zahnbürste in einem Glas, ein fast leerer Flacon ‚Havana'-Herrenduft und eine kleine Porzellanschale mit zwei goldenen Ringen. Sie nahm einen davon, den dicken Gelbgoldring, und steckte ihn sich über ihren rechten Ringfinger. Gedankenverloren sah sie die beiden Ringe an. Sie passten zueinander. Aber nur jetzt, in diesem Moment, an ihrem Finger, nicht mehr in der Gegenwart. Sie nahm den Ring ab, legte ihn wieder zurück und bürstete weiter ihre Haare. Langsam, fast genüsslich. Sie betrachtete sich selbst im Spiegel. Zwischen den Zahnpastaspritzern betrachtete sie ihr Gesicht: etwas in die Jahre gekommen, aber immer noch hübsch.
<<Seltsam, wieder hier zu sein...>>
Sie ging aus dem Badezimmer und streifte durch die Wohnung. Sie war lange nicht mehr hier. Es hatte sich nur wenig verändert. Sie bemerkte, dass es etwas unaufgeräumter als früher war. Die 3-sitzige braune Ledercouch im Wohnzimmer, der Glastisch, zur Hälfte bedeckt mit leeren Chipstüten und Bierdosen, der volle Aschenbecher, der alte Röhrenfernseher mit einer blassgrauen Staubschicht auf der Oberseite, die zwei Einzelsessel, von denen einer so geschoben war, dass er als Fußablage zum horizontalen Fernsehen diente, das Regal mit den Büchern, das Phono-Rack mit dem Plattenspieler und den Schallplatten im unteren Fach.
<<Oh Ray, hier hat sich ja fast gar nichts verändert...>>
Kirsten war Rays zweite Ex-Frau. Das Paar hatte sich nach dreijähriger Ehe in aller Freundschaft getrennt. Die Beziehung funktionierte nicht mehr zwischen ihnen. Ray nahm seine Arbeit mehr und mehr zu wichtig und vernachlässigte

dabei seine Ehe. Er besaß nicht das Gespür, die Signale von ihr zu erkennen. Die vielen Zeichen, dass er ihr fehlte, dass sie zu wenig gemeinsame Dinge unternahmen. Na ja, und der Sex kam auch zu kurz. Der Trennungsgrund war aber letztendlich, dass die Lebensziele der beiden nicht mehr übereinstimmten. Ray war Kommissar mit Leib und Seele und seine volle Aufmerksamkeit galt seinen Fällen. Sie wollte mehr Beziehung und vielleicht auch ein Kind. Die Trennung war nur die logische Konsequenz und erfolgte sehr freundschaftlich. Der Respekt füreinander war immer noch uneingeschränkt vorhanden, aber Kirsten wollte Abstand und zog in die 50 Kilometer von Schleswig entfernte Landeshauptstadt Kiel.

Jetzt stand sie wieder in der alten Wohnung. Ihr Schlüssel passte noch und in den Räumen kehrten viele Erinnerungen zurück. Eine dieser Erinnerungen, das Vertrauen, das sie in ihren Ex-Mann hatte, brachte sie dazu, hierher zurückzukehren.

Tag 1 – Mittwoch – Der Mord-Tag

Das alte Nokia 3310 klingelte mit dem vertrauten ‚T-mobile'-Klingeln, so dass schon bei dem Retro-Ton klar war, dass hier ein Relikt aus alten Zeiten dem Technik verweigernden Besitzer einen Anruf ankündigte.

„Hey Ray, fahr' sofort zum Dom, zweifacher Mord, ein Mann und eine Frau. Beeil' Dich."

Rays Nokia

Die Stimme von Rays Kollegen, Martin Winterhall, klang fast schon ein wenig genervt. Die Beine auf dem Schreibtisch übereinandergeschlagen, saß er entspannt in seinem Bürostuhl. Nach der Meldung hätte er auch selbst losfahren können aber seine Faulheit überwog. Dem Fall unangemessen, legte er in der knappen Nachricht an seinen ungeliebten Kollegen eine gute Portion Abneigung mit hinein.

„Was? Du hast die Meldung bekommen, also fahr' Du hin."

„Das wird nichts. Ich komme hier nicht weg. Du musst hin, der Küster wird schon unruhig. Ende."

„Na wenn Du meinst... Ok, bin unterwegs. Einer muss es ja machen..."

Ray hielt sich in dem Moment ganz in der Nähe des Doms auf. Er hatte gerade vor, seine Stammkneipe zu besuchen, als sein Kollege ihn von seinem Plan abbrachte.

Ray setzte sich in Bewegung. Er schwang sich in seinen Wagen, ein runtergerockter Opel Monza, ein Oberklasse-Coupé aus den 90ern, silberne Karosserie, mit standesgemäßen

Rays Monza

Alurädern und unstandesgemäßen Kratzern an Stoßstangen, Felgen und sämtlichen Karosserieteilen. Das Coupé sprintete unter Aufheulen des kräftigen 3-Liter-Motors los und brachte ihn zum Dom.

In drei Minuten erreichte er den kleinen Parkplatz vor dem Haupttor. Polizeifahrzeuge mit leuchtendem Blaulicht standen vor dem Eingangsbereich, uniformierte Beamte bewachten das Tor. Ray schwang die massive schwere Holztür des evangelischen Gotteshauses auf und sah sofort, wo er hinmusste. Weitere Streifenbeamte scharten sich um den Vorplatz des opulenten Holzschnitzaltars, dazu einige Kirchenmitarbeiter.

Die Leichen konnte man durch sie hindurch auf dem Boden liegen sehen. Cullan trat an die Szenerie heran.

„Moin Cullan. Na, ausgeschlafen?"
„Och nö, Bachmann...", raunte er den Kollegen an, „... laber mich nicht voll! Rück' raus mit der Sprache. Was haben wir hier?"
Der Kollege Bachmann, auch Ende vierzig wie Cullan, war einer von den frustrierten Beamten im mittleren Dienst, der, wie auch die restlichen Kollegen des Schleswiger Reviers, kein Fan von Cullan war. Die einen sagten, Cullan sei ein selbstgerechter Einzelgänger, die anderen sagten, er sei ein unkollegialer Nervbolzen. Wie auch immer, Bachmann mochte den Kommissar nicht besonders – und zeigte es ihm auch bei jeder Gelegenheit.
Widerwillig, aber dem Umstand entsprechend, informierte der Hauptmeister den Kollegen über die Sachlage.
„Heute Nachmittag, gegen 16:45 Uhr..." Bachmann schaute auf seine Uhr. „... rief der Domküster Harald Scheffel die Dienststellennummer an und meldete den Fund von zwei Leichen im Dom. Wir sind sofort raus, haben den Fundort gesichert und Winterhall hat Dich informiert. Und hier sind wir jetzt. Deine Baustelle."
„Ok, danke, geht doch", raunzte Ray und schritt rüber zu den beiden Leichen.
„Hauerha, die sind ja übel zugerichtet." Ray ließ sich Einweghandschuhe reichen, zog sie über und inspizierte die Leichen genauer. Dabei sprach er laut vor sich hin:
„Einschusswunde mitten im Gesicht, der Hinterkopf weggefetzt. Ich vermute eine großkalibrige Handfeuerwaffe, abgefeuert aus kürzester Entfernung, Mund voller Blut." Cullan beschrieb die offensichtliche Todesursache bei der männlichen Leiche.
„Wie heißt denn der Gute?" Ray suchte im Sakko des To-

ten nach Brieftasche oder Ausweisdokumenten, fingerte ein elegantes Lederportemonnaie heraus und zog den Personalausweis heraus. „Dr. Kurt Fellbach... aus Stexwig,... 62 Jahre alt, dazu noch seine Visitenkarte: Der Mann ist Schönheits-Chirurg in seiner eigenen Klinik, ‚Fellbach Beauty-Institute'... das ist doch dieser Palast, wo sich die Damen die Gesichter glattziehen lassen..." Cullan warf das Portemonnaie zu einem Beamten hinüber und widmete sich der zweiten Leiche.

„So, die Nächste bitte: Opfer weiblich, frontaler Einschuss im Gesicht, Geschoss-Austritt aus dem Hinterkopf, massive Schädel-Zerstörung, extremer Blutaustritt, Mund und Gesicht auch voller Blut. Ich sag' mal: dieselbe Waffe, ebenfalls Schuss aus nächster Nähe. Haben wir von ihr eine Tasche oder irgendwas gefunden?" Die Polizisten schüttelten die Köpfe. „Hmh, ok, Ende vierzig, groß, schlank, elegant gekleidet... lasst sie bitte in die Pathologie bringen, ich muss mehr Einzelheiten wissen."

Der mit den wenigen Worten des Ermittlers beschriebene Tatort zeigte dem Betrachter eine blutige Horror-Szene. Die beiden Leichen lagen Kopf an Kopf hintereinander, die Gesichter zerschossen. Durch den großkalibrigen Kugelaustritt wurden die Hinterköpfe über die Bodenfliesen verteilt, Blut und Gehirnmasse übersäte die Fläche. Auch das weiße Tuch, das den Altar bedeckte, war mit dem Gemisch aus Blut und Schleim bespritzt, obwohl der mindestens zwei Meter entfernt war. Die beiden Leichen lagen, unwirklich verformt, durch die Wucht der Einschüsse nach hinten geschleudert auf dem nackten Kirchenboden.

Die Spurensicherung kümmerte sich weiter um den Tatort, suchte nach Patronenhülsen und anderen Spuren, während Bestatter die beiden Leichen in Zinksärgen zur Pathologie brachten. Cullan befragte noch die Anwesenden vor Ort, konnte aber keine brauchbaren Hinweise dazugewinnen. Niemand konnte beobachten, wie die beiden Personen in den Dom geschafft wurden, geschweige denn den Moment der tödlichen Schüsse. Die Täter schienen einen Moment abgepasst zu haben, in dem sich keine weiteren Besucher hier aufhielten. Demzufolge hörte auch niemand die tödlichen Schüsse.
Der Kommissar skizzierte in seinen Block die vermuteten Schussrichtungen.

Mit einer knappen Handbewegung verabschiedete Cullan sich bei den Beteiligten und verließ den Dom. Draußen musste er das Gesehene erst mal sacken lassen. So ein brutaler Doppelmord erzeugte bei dem Kommissar unheilvolle Gedanken.
<<Wow, welches kranke Wesen macht sowas Heftiges? Das war nicht nur ein Mord, das war eine Hinrichtung. Wie tief gesunken muss die Hemmschwelle sein, um zu sowas fähig zu sein?>>
Er ließ sich in die aufgeschlissenen Velours-Polster seines Opel fallen, startete den Motor und fuhr viel zu schnell über das Kopfsteinpflaster zurück auf die Hauptstraße – geradewegs zurück zum ‚Marvil', seinem Lieblings-Bistro.

360-Grad-Rundum-Blick
St. Petri-Dom

Die Leichen wurden in die Pathologie des Schleswiger Krankenhauses gebracht. Dr. Jürgen Heldt, der leitende Oberarzt der Pathologie und sein junger Assistenzarzt Kevin Stechler rollten die Edelstahl-Transportliegen zum Eingang und nahmen die Leichen in Empfang.

„Was für eine Schweinerei", murmelte Heldt, während er mit Kevin die Leichen aus den Särgen auf ihre Liegen wuchtete. Die Leichenstarre hatte schon eingesetzt. Beim Auflegen auf den Edelstahl wirkten die Körper wie Wachsfiguren. Der etwas übergewichtige Heldt schnaufte, seine Nickelbrille mit den starken Gläsern glitt ein wenig seine dicke Nase herunter, der kräftige und gut gebaute Kevin erledigte den Job mühelos.

Fellbach und die unbekannte Dame lagen jetzt auf den Liegen, wurden in den Untersuchungsraum gerollt. Im Licht der kalten Neonröhren sah der gesamte Raum eisig aus, die Geräte und die Einrichtung aus Edelstahl unterstrichen die medizinische Kühle.

Heldt und Stechler entkleideten die Leichen und legten die teilweise blutbespritzten Bekleidungsstücke sorgsam auf einen Stapel. Zu Beginn führte Heldt eine äußerliche Untersuchung durch, Stechler machte fleißig Notizen zu den Ausführungen seines Oberarztes.

„Leiche, männlich, eins fünfundachtzig groß, Gewicht 96 Kilogramm, keine Verletzungen an den äußeren Gliedmaßen, leichte Prellungen am Oberkörper, Druckstellen an den Oberarmen, Fesselspuren von Kabelbindern an den Handgelenken..." Stechler schrieb akribisch mit und zeichnete in seinem Erfassungsbogen in die Skizze einer männlichen Figur kleine Kreise an die Positionen, an denen sein Chef die Druckstellen identifizierte. Heldt erreichte den

Kopf, benutzte seine speckigen Finger und einen Spatel, um den Mund zu öffnen. „… leichte Einrisse der Haut an den Mundwinkeln und..." Heldt stoppte abrupt. Das, was er jetzt zu sehen bekam, ließ einen kalten Schauer über seinen Rücken laufen

„... OH MEIN GOTT, WAS IST DAS DENN...?"

Heldt musste unverzüglich den Kommissar benachrichtigen.

Cullan genoss sein zweites Bier im ‚Marvil'. Er saß auf SEINEM Hocker, ganz links an dem Holztresen. Wirt Jan, schon seit vielen Jahrzehnten der Inhaber des Bistros, stand, wie immer gut gelaunt, hinter dem Tresen, polierte mit einem Geschirrtuch die Gläser und hoffte, dass sein einziger Gast ihn nicht mit Polizeigeschichten nervte. Cullan unterbrach Jans glücklichen Moment der Ruhe und beschloss, den Wirt in seine Ermittlungen einzubeziehen.
Ohne zu viel Details zu erzählen, hoffte er, von Jan Informationen zu erhalten. Viele Besucher eines Cafés erzählen viel und bedingt durch die zentrale Lage des Restaurants – mitten in der Fußgängerzone – bekommen die ganztägig präsenten Betreiber bestimmt das eine oder andere mit.
„Sag' mal, kennst Du zufällig den Fellbach, den Doktor von diesem Schönheitsschuppen, drüben in Stexwig?"
„Fellbach?... Ja, ein interessanter Typ. Früher Arzt in Schleswig, jetzt hat er seine eigene Klinik. Soll richtig gute Arbeit machen. Ist aber wohl auch viel beschäftigt. Den hat man hier in der Stadt nur ab und zu gesehen. Ach ja, er hat sich erst letzten Monat einen neuen Wagen geholt. Wenn man ihn mal sieht, fährt er die Karre ganz stolz in der Stadt spazieren."
„Fährt jetzt nicht mehr..."
„Lappen wech?"
„Nee, Kopf wech."
„Was?" Jan unterbrach seine Arbeit.
„Weggeschossen. Nur nur noch Brei über, kannste im Dom vom Boden kratzen."
„Is' nich' wahr..." Jan wurde jetzt doch neugierig. „... Erzähl'! Was ist passiert?"
„Ich muss mich noch ein wenig zurückhalten, wir wissen

noch keine genauen Details. Aber er ist nicht alleine getötet worden. Bei ihm war eine schicke Frau, genauso tot. Kanntest Du Fellbachs Frau?“

„Nicht persönlich, aber man hört so, dass das nicht die glücklichste Ehe gewesen sein sollte. Er hatte wohl eine Geliebte. Eine jüngere Geliebte.“

„Ah ok. Kannst Du die beschreiben? Alter, Aussehen?“

„So um die dreißig, groß, schlank, lange brünette Haare...“

<<Nicht die Frau, die mit ihm ermordet wurde...>>

„... ich glaub‘ Russin oder so...“

<<Okehh...>>

„... Die fühlte sich ganz toll an seiner Seite und man hatte jetzt auch nicht das Gefühl, dass die sich besonders versteckten...“

„Di di di di diiii“ – der historische Handyton unterbrach das Gespräch.

„Hey Cullan, Heldt hier. Wir haben was echt Sonderbares entdeckt. Komm’ bitte schnellstmöglich zu uns in die Klinik!“

„Sorry Jan, ich muss los. Schreib‘ mein Bier bitte auf meinen Deckel...“

Der silberne Monza hielt mit quietschenden Reifen direkt vor dem Krankenhaus-Haupteingang, da wo eigentlich nur Ein- und Aussteigen erlaubt ist. Cullan eilte schnellen Schrittes direkt in die Pathologie.

„Was ist los Jürgen? Mensch, mein Bier war noch halb voll...“

Heldt und Stechler standen mit weit aufgerissenen Augen an den Leichen, die auf den Edelstahltischen mit nur einem geringen Abstand nebeneinander lagen. Die beiden konnten es kaum erwarten, Cullan ihre Entdeckung zu zeigen.

„Schau' Dir das an, sowas habe ich noch nie gesehen. Los, zeigen!“
Heldt wies Stechler mit einer ruckartigen Handbewegung an, mit zwei Spateln den Mund von der Frauenleiche zu öffnen. Gleichzeitig öffnete Heldt den Kiefer von Fellbach. Cullan trat ganz nah heran und sah sofort, was die beiden meinten:

BEI BEIDEN LEICHEN FEHLTEN ALLE ZÄHNE.

<<Uh oh...>> Ray zuckte bei dem Anblick zusammen.
Heldt begann mit Fellbach:
„Auf brutale Art und Weise ausgerissen, die Verletzungen weisen darauf hin, dass die Zähne mit einem scharfkantigen Werkzeug, vermutlich einer Zange, aus den Kieferknochen mit massiver Gewalt rausgerissen wurden. Sowas habe ich noch nie gesehen, der Mann muss unerträgliche Schmerzen erlitten haben.“
<<Er wurde gefoltert oder bestraft. Großes Aua...>>
„Das Gleiche bei der Frau. Auch ihr wurden fast alle Zähne gewaltsam gezogen. Auch bei ihr Verletzungen in der Mundhöhle durch das Werkzeug, mit dem dieser barbarische Akt durchgeführt wurde, vermutlich eine Rohr- oder eine Kombizange. Nur die Backenzähne stecken bei beiden noch drin. Zu weit hinten, schwer rauszukriegen. Bei beiden konnten wir am Brustkorb Druckstellen und Hämatome finden, die darauf rückschließen lassen, dass sie festgehalten wurden, als man die ‚Operationen‘ an ihnen durchführte. Danach wurden sie getötet durch Kopfschüsse zwischen den Augen, kurze Entfernung. Todeszeitpunkt ca. 14:00 Uhr, also ca. zwei oder drei Stunden, bevor die Toten entdeckt wurden.“

Cullan fuhr sich durch seine Haare, fingerte eine Schachtel Zigaretten aus der Manteltasche, holte sein Zippo aus der Hosentasche und hatte doch glatt vor, sich eine anzuzünden.

„Cullan, BITTE...“

Er verzichtete auf das Anzünden und behielt stattdessen die Zigarette im Mundwinkel.

„Von dem Mann wissen wir Namen und Beruf, kannst Du noch was zu der Frau sagen?“

„Sie ist eins achtundsiebzig groß, wiegt 61 Kilogramm, vermutlich Mitte vierzig, trainierter Körper, gepflegte Erscheinung, keine Narben oder andere Verletzungen. Mehrere Schönheitsoperationen, Brustvergrößerung, Fettabsaugung an Oberschenkeln und Bauch.“

<<Patientin von Doc Hollywood>>

„Schau’ Dir die Kleidung an: Schuhe von Prada, Kostüm Yves St. Laurent, edle Unterwäsche. Im Zusammenhang mit dem Zustand des Körpers: eine sehr wohlhabende Frau.“

„Ok, wir checken mal, ob Vermisstenmeldungen aufgetaucht sind... so viele Edel-Ladys dürften ja nicht verschwunden sein.“

„Mir fällt da noch was ein:...“ Heldt hob den Zeigefinger und schaute Ray über den Rand seiner Brille an. „... Die Blutspuren vorne an der Kleidung stammen aus dem Mund, sind aber schon länger trocken als an den Hinterköpfen. Habt Ihr Blut von der Zähnezieherei auf dem Kirchenboden gefunden?“

Ray stutzte. „Super Einwand! Nein, das Blut im Dom stammte nur von den Kopfschüssen – denen wurden also erst die Zähne gezogen, dann wurden sie für die Liquidation in den Dom geschafft.!!! Aber warum in den Dom???“

Cullan verabschiedete sich von den beiden Medizinern, verließ die Pathologie, zündete sich noch beim Verlassen des Krankenhauses seine Zigarette im Foyer an, stieg rauchend in seinen Monza ein und fuhr zur Polizeistation.

Cullan, Winterhall, zu mir ins Büro!“ Berger war ein bisschen angespannt, seine Glatze schwitzte, obwohl es jetzt, Ende April, noch gar nicht soo warm war. Einen Doppelmord in seiner Stadt hatte es noch nicht gegeben, er verlangte Einzelheiten.

„So Jungs, erzählt mal, womit haben wir es zu tun?“

Da Winterhall es vorgezogen hatte, auf der Wache zu bleiben und Cullan am Tatort war, konnte er nicht das Wort ergreifen. <<Verdammt, wieso hab‘ ich das nicht übernommen? Jetzt ist das Cullans Fall. Dabei hätte ich mich damit prima profilieren können.>> Winterhall ärgerte sich, dass er nach dem Anruf aus dem Dom nicht selbst zum Tatort gefahren war, sondern dass er seinen Kollegen geschickt hatte. Der war jetzt Hauptermittler.

Cullan legte gemächlich los: „Ich komme gerade aus der Patho, wir haben zwei Leichen. Eine identifiziert als den Inhaber der Schönheitsklinik aus Stexwig, Dr. Kurt Fellbach, 62, und eine unbekannte Frau, Mitte Vierzig, beide Tod durch Kopfschuss, Tatzeit ca. 14:00 Uhr, aufgefunden im Schleswiger Dom, vom Küster Harald Scheffel. Und jetzt kommt‘s: Bei beiden wurden fast alle Zähne gezogen. Ziemlich übel.“

„Was? Zähne gezogen? Wer macht denn sowas? Ok, hängt Euch rein und recherchiert nach den beiden Toten. Einer von den Kirchenmitarbeitern aus dem Dom hat bereits Einzelheiten durchsickern lassen. Die Jungs von den ‚Schleswiger Nachrichten‘ haben schon bei mir Sturm geklingelt und wollen wissen, was da passiert ist.“

Winterhall startete einen Versuch, sich gegenüber Cullan zu behaupten. Er war besessen davon, seinen Kollegen zu übertrumpfen. Cullan, der das Gegenteil von ihm verkörper-

te: hemdsärmeliges Äußeres, unsportlich, Raucher, Trinker, Kneipensitzer, Schrott-Karre, ungehobelte Art. Winterhall machte keinen Hehl aus seiner Abneigung und versuchte bei jeder sich bietenden Gelegenheit, sich einen Vorteil zu verschaffen und Cullan bei Berger schlecht zu machen. Jetzt sah er eine Möglichkeit dazu.
Stolz posaunte er heraus: „Ich fahre raus zur Klinik, informiere Frau Fellbach und versuche, bei den Mitarbeitern Informationen einzuholen. Cullan kann ja versuchen, in seiner Kneipe was über die tote Frau rauszukriegen."
Berger drehte sich zu Winterhall und schaute ihn fragend an. Cullan schüttelte sich seine Locken nach hinten, entschied, die Bemerkung seines Kollegen zu ignorieren und machte sich an die Arbeit. <<Dieser Typ geht mir sowas von auf den Sack.>>
„Ich schau' mal bei uns im BKI nach und schnack' noch zusätzlich mit den Kollegen aus dem LKA Kiel, ob die was in der landesweiten Vermisstenkartei haben. Vielleicht führt uns das auf die Spur der Frau."
Cullan ging in sein Büro, Winterhall verließ das Revier und fuhr mit seinem picobello sauberen schwarzen Audi A4 stadtauswärts Richtung Stexwig.

Die schöne Klinik lag direkt am Schleiufer. Ein weißer, moderner Bau über vier Etagen mit einem schön glänzenden, schwarzen Pfannendach. Den Stil konnte man als klassisch villenartig, in einem Mix mit einem für hier typischen Friesenhaus-Look bezeichnen. Die sauber gepflasterte Straße zu dem von akkurat geschnittenen Ligusterhecken umrahmten Grundstück führte Winterhall auf die halbrunde Zufahrt, direkt vor den Haupteingang. Das Ehepaar Fellbach bewohnte das Penthouse in dem Klinik-Gebäude. An einem separaten Eingang an der Nordseite klingelte Winterhall und eine Stimme fragte aus der Gegensprechanlage:
„Ja bitte?“
„Oberkommissar Winterhall, Kripo Schleswig, Frau Fellbach, ich würde Sie gerne sprechen.“
„Nehmen Sie bitte den Fahrstuhl – vierter Stock.“
Als Winterhall aus dem Fahrstuhl heraustrat, wartete Frau Fellbach schon an der geöffneten Tür.
„Worum geht es?“
„Das sollten wir drinnen besprechen, darf ich eintreten?“
„Jetzt machen Sie mich aber neugierig. Was ist denn so wichtig?“ Sie bat den Beamten hinein und deutete mit einer Handbewegung auf die beiden Sofas in dem großzügigen Wohnzimmer. Die bodentiefen Fenster eröffneten einen Blick auf die Schleilandschaft in der Abendsonne.
Die Gastgeberin setzte sich, Winterhall nahm gegenüber von ihr Platz und bewunderte die anmutige Schönheit der Frau.
<<Na, ob da der Mann ein bisschen nachgeholfen hat?>>
„Ja also...“, Winterhall druckste herum, „... es ist so, ich muss Ihnen leider die traurige Nachricht überbringen, dass wir heute Ihren Ehemann... ja also...“

„Was denn jetzt?!“, unterbrach sie ihn barsch.
Winterhall fühlte sich extrem unwohl in dieser Situation. „... wir haben Ihren Mann heute tot aufgefunden. Mein Beileid.“
Schlagartig schoss Frau Fellbach von dem Sofa auf, stellte sich vor den Kommissar und schrie: „Nein, nein, das kann nicht wahr sein!“
Winterhall sprang auch auf, hob beruhigend die Hände.
„Es tut mir leid...“
„Es tut Ihnen leid... ??? Das... nein... wie können Sie...?“ Sie trommelte mit ihren Fäusten auf die Brust von Winterhall.
„Bitte beruhigen Sie sich.“ Er nahm die Frau beschützend in seinen Arm, deutete ihr sanft an, dass sie sich wieder hinsetzen sollte und setzte sich neben sie.
In aller Ruhe erzählte er ihr die Einzelheiten und berichtete über den derzeitigen Stand der Ermittlungen. Die Witwe ertrug alles mit Fassung. Der Polizist beendete seinen Besuch, ohne seinerseits der Frau Fragen gestellt zu haben. Er hielt es für unangemessen. Winterhall verabschiedete sich von Frau Fellbach.
Im Anschluss war der ursprüngliche Plan, noch die Klinikangestellten zu befragen, aber es war schon spät – Feierabend für Winterhall.

In dem engen Zwei-Mann-Büro war unschwer zu erkennen, welche Seite die von Cullan war. Auf der einen Seite ein klinisch sauberer Schreibtisch mit sorgsam angeordneten Büro-Utensilien, exakt übereinandergestapelten Akten, einem Flatscreen-Monitor und geometrisch ausgerichteter Tastatur samt Maus. Auf der anderen Seite ein unordentlicher Tisch mit wirr übereinanderliegenden Akten, einem Monitor, einer mit Asche berieselten Tastatur und einer uralten Maus.

Cullan startete seine Suche im lokalen BSI-Netz – keine Treffer. Anschließend griff er zum Hörer seines Telefons und wählte die Kieler Nummer.

„Moin, Cullan hier. Wir haben hier einen Doppelmord in Schleswig. Habt Ihr vielleicht was über eine Frau, die vermisst gemeldet wurde? Ca. 45 Jahre alt, eins achtundsiebzig, 61 Kilo, sehr wahrscheinlich wohlhabend.“

„Ach Cullan, Du? Erinnere Dich bitte daran, dass Du mir noch zweihundert Euro schuldest...“

<<Oh, das ist Kerbel. Verdammt.>>

„Kerbelchen, komm‘ schon, habt Ihr was?“

Es verstrichen einige Sekunden, man hörte das schnelle Tippen auf einer Tastatur.

„Nichts, was auf Deine Frau zutrifft, aber wir haben in Preetz und Holtenau jeweils ein vermisstes Mädchen. Beide um die siebzehn. Warte... noch ein vermisstes Mädchen... hier aus Heikendorf.“

„Nich’ meine Baustelle, danke. Ciao Kerbel.“

„Hey, was is’ mit meiner Koh...“ Cullan legte auf.

Er schüttelte die Maus, damit der Computer aus seinem Halbschlaf erwachte und googelte die Schönheits-Klinik. Erster Treffer: „www.beauty-esthetic-nord.de“.

Auf der eleganten Website wurde die Klinik mit schönen Fotos dargestellt, Cullan schaute sich die Inhalte in Ruhe an und landete auf der Seite mit Fotos von operierten Brüsten.

<<Nette Teile. Wie die sowas hinbekommen... oh, huh, was ist das denn? Das sind ja voll die Gummibälle, nee, das sieht so nicht gut aus, wenn die Brüste aussehen, wie unter die Haut gestopfte Tennisbälle, dazu noch mit einem Abstand dazwischen, der genug Platz noch für eine dritte Brust hätte... unnatürlich. Und die da, oh nee, viel zu riesig, dazu noch mit einer runden Kante oben, nee, sowas geht gar nicht...>>

Cullan surfte weiter auf der Seite, wo sich die Klinikleitung, die Ärzteschaft, das Pflegeteam und die...

<<Eh' Moment mal. Der Leberfleck!>>

Ray klickte noch mal die Seiten zurück zu den Beispiel-OPs, scrollte noch mal zu dem Bild mit den Gummibällen und schaute sich einige Bilder noch mal an. Um genauer zu sein: die Beispiel-Operation mit einem Bild, das eine Patientin zeigte, die einen Leberfleck unterhalb der rechten Brust trug.

<<Treffer, wenn das nicht unsere Tote ist... Ich muss Winterhall anrufen, der ist doch gerade bei Fellbachs Witwe.>>

„Tut-tuuut...“, <<Komm, geh‘ ran...>>, „The person you have called is temporarily not available…“

<<Mann, wo steckst Du?>>

Cullan konnte nicht länger warten. Er hatte einen wertvollen Hinweis zu der Identität der toten Frau entdeckt und wollte sofort Gewissheit für seine Vermutung. Er verließ das Revier, schmiss sich in seinen Monza und fuhr nach Stexwig zur Klinik. Auf der etwa zehnminütigen Fahrt kam ihm, kurz nach der Ortseinfahrt, ein picobello sauberer, schwarzer Audi A4 entgegen. Den Fahrer konnte er nicht sehen, weil er gerade danebengeascht hatte und das Stück Glut vom Polster des Beifahrersitzes hauen musste.

Rechts neben der Klinik lag ein großzügiger Parkplatz, den Cullan aber ignorierte, denn er hatte keine Lust auf den langen Fußweg. Er parkte seinen Wagen direkt vor der Haupt-Eingangstür und stiefelte mit brennender Zigarette in die Lobby.

„Entschuldigen Sie, hier ist das Rauchen absolut..."

„Ja ja, ich weiß." Ray trat die Zigarette aus, hob den Stummel auf und steckte ihn in seine Manteltasche.

„Kripo Schleswig, ich muss sofort mit der Klinikleitung sprechen."

„Äh, ja, einen Moment bitte, ich muss schauen, ob die Geschäftsleitung noch da ist..."

Die Empfangsdame griff zum Telefon und rief ihren Vorgesetzten.

„Folgen Sie mir bitte." Sie ging vorweg und Cullan folgte ihr in ein elegantes Büro mit Blick auf die Schlei. Ein großgewachsener Mann im Arztkittel begrüßte den Kommissar. Der Kittel war penibelst gebügelt und wies scheinbar nicht eine einzige Falte auf. Die Frisur des Arztes ähnelte dem akkuraten Seitenscheitel von Barbies Ken. Sorgsam gekämmt, kein Haar am falschen Platz.

Der Arzt sah den Polizisten mit einem arroganten Blick von oben herab an.

„Ich bin Dr. Jean de la Granfour..."

<<Hihi, hört sich an wie ‚John de la Grand Furz'>>

„... ich bin der Geschäftsführer der Klinik."

„Hauptkommissar Cullan, Kripo Schleswig. Ich würde ger-

ne..."
Abrupt unterbrach ihn der Arzt. Offensichtlich hatte der Arzt eine andere Erwartungshaltung an die Kontaktaufnahme eines Polizisten mit seiner Klinik. Er hob die Hand und streckte seine Hand-Innenfläche in Richtung des Kommissars. Mit überheblicher Stimme wies er seinen Gesprächspartner zurecht.
„Aber sehr geehrter Herr Kommissar, wir beide wissen doch ganz genau, dass das, was Sie hier gerade tun, nicht den Gepflogenheiten der Polizei in unserem Rechtsstaat Deutschland entspricht..."
Ray war perplex.
„He Moment, ich wollte Sie doch nur gerade fragen, ob..."
„Tatatatata, Herr Kommissar...", flötete der Arzt, „... müssten Sie nicht eigentlich einen schriftlichen Antrag stellen, um mich sprechen zu wollen?" Granfour nickte Cullan zu wie ein Grundschullehrer seinem Erstklässler, dem er Benehmen beibringen wollte.
Cullan war äußerst genervt von der arroganten Art des Arztes und wollte zum Punkt kommen.
„Also noch mal, ich ermittle in einem Mordfall und ich will..."
Wieder unterbrach ihn der Arzt: „Tatatatata, Sie ‚wollen'? Mir dünkt, Sie wünschen auszudrücken, dass Sie das Begehren haben, mich um etwas zu bitten."
Ray musste sich größte Mühe geben, die Fassung nicht zu verlieren.
„Herr Doktor de la Granfour..." Er ließ sich jetzt auf Gesprächston des Arztes ein. „... ich bitte untertänigst darum, mal einen kleinen Blick in Ihre Patientenakten werfen zu dürfen. Wir sind auf der Suche nach einer Frau, ca. 45 bis

50 Jahre alt, schlank, Brust-Vergrößerung, Leberfleck unter der rechten Brust. Auf Ihrer Beispiel-Seite im Web, auf der Brust-Seite die dritte von oben."

„Aber Herr Kommissar,..." Granfour schüttelte nonchalant den Kopf. „,... dieser Bitte kann ich leider nicht Folge leisten. Es tut mir leid, die kann ich Ihnen leider nicht herausgeben. Diskretion ist eines unserer Maxime."

Ray wurde es zuviel. Er beschloss, das Spiel des Arztes nicht mehr länger mitzuspielen.

„Ey Spaßvogel, wir ermitteln in einem Mordfall."

„Excusé moi Monsieur le Commissaire, ich sehe mich außer Stande, Ihnen in dieser Angelegenheit unsere Unterstützung anzubieten." Mit einer ballettartigen Winke-Bewegung gab er zu verstehen, dass es hier nichts zu holen gab.

„Ich sag's ein letztes Mal: Die Akten, aber zackig."

„Dieser Ton von Ihnen goutiert mir gar nicht. Sie überrennen mich gerade, wir haben hier die ärztliche Schweigepflicht und die Patientenakten stehen unter Verschluss, Sie..."

WATSCH! – Cullan schlug dem Arzt mit der flachen Hand direkt eine Ohrfeige ins Gesicht.

„Scheiße Du Wichser, ich krieg' Dich dran wegen Behinderung in einem Mordfall! Die Akten... oder willst Du Dir noch eine einfangen?"

Das war die Lösung. Überrascht von der Schelle und sichtlich eingeschüchtert, veränderte sich der Gesichtsausdruck des Arztes. Der bis jetzt distinguierte de la Granfour war wie ausgewechselt. Er hastete auf die andere Seite des Büros, öffnete einen Aktenschrank und fingerte wild in den Akten.

„Das muss..., äh, das kann nur..., Moment, die Bilder aus dem Web, der Leberfleck, das ist eine 70 C, keine Tropfenform, das ist..., äh Moment...“

„Mach‘ hin Du Schleimbeutel!“

„Ja, ja, hier habe ich es glaube ich...“ De la Granfour zog eine Akte heraus, legte sie sehr zügig auf seinen Schreibtisch und öffnete sie. Cullan schob den Arzt sanft beiseite und griff sich die Fotos.

<<Ja, das ist das Foto aus dem Internet. Die Brüste, der Leberfleck und... dieses Mal MIT Kopf auf dem Bild. Das passt alles zu der Leiche und jetzt haben wir einen Namen: Beate von Meinheim. Treffer. Hier ist die Adresse. Da muss ich sofort hin.>>

Während der Fahrt rief Cullan Winterhall an.

„Winterhall, endlich. Ich hab’ den Namen der Frau – Beate von Meinheim – ich fahr’ raus zu denen nach Brodersby und befrage den Mann.“

„Wie bist Du darauf gekommen?“

„Konntest Du nicht wissen. Wenn Du mit Deinem Hintern nicht immer den Bürostuhl plattsitzen würdest, wärst Du in der Patho dabeigewesen und hättest sie gesehen. Ich hab’ sie anhand eines Leberflecks auf Fotos von der Klinik wiedererkannt und hab’ mir die Akte in der Klinik geben lassen.“

„Ich war auch in der Klinik...“

„Ja und da hast Du null ermittelt. Leg’ Dich wieder schlafen.“

„Warte ich...“ Klack – aufgelegt.

<<Wichser – kriegt nix gebacken. Mach‘ Du ma‘ schön Feierabend Du Sack.>>

Von Stexwig aus führte der direkte Weg südlich der Schlei und dann mit der kleinen Fähre von Missunde über das

Wasser hinüber nach Brodersby. Er erwischte noch die letzte Fähre vor Feierabend. Während der kurzen Überfahrt zog Cullan genüsslich an seiner Zigarette. Am anderen Ufer angekommen, legte der Fährmann gekonnt an, die Rampe senkte sich. Cullan fuhr weiter über die Schleistraße zu dem Anwesen der Meinheims. Zum zweiten Mal heute durfte er seinen Wagen in einem großzügigen Kreisel vor einer schönen Villa parken. Er drückte an der monströsen Eingangstür auf den edlen Klingelknopf aus Messing und hörte leise den melodiösen Ton der Türklingel. Eine philippinische Hausangestellte in alberner Hausmädchen-Tracht öffnete die Tür. Beate von Meinheim war verheiratet mit Wolfgang von Meinheim, wohnhaft in dem feudalem Anwesen in Brodersby an der Schlei. Sie besaßen etliche Immobilien und betrieben von Schleswig aus eine Immobilienverwaltung mit regionalen Wohn- und Gewerbe-Objekten.

„Cullan, Kripo Schleswig, ich möchte Herrn Meinheim sprechen."

„Einen Moment bitte."

Sie schloss die Tür wieder vor seiner Nase. Es dauerte einen Moment, dann öffnete sich die Tür wieder und ein großer, gut aussehender Mann stand im Türrahmen. Wolfgang von Meinheim war ein sportlicher Mann, gekleidet in englischem Chic: blaue Stoffhose, beige-meliertes Tweed-Sakko, welches mit dem blütenrein weißem Hemd perfekt zu seinem vollen, weiß-grauen Haar passte. Mit der zarten Goldrandbrille und dem ebenfalls silbergrauen Oberlippenbart könnte er in einem Rosamunde-Pilcher-Streifen auch den englischen Lord geben.

<<Verfluchte Scheiße – Goldrandbrille!>> Cullan tat so, als ob er ihn nicht wiedererkannt hätte. Meinheim wiederum

schien sich nicht an den Kommissar zu erinnern – wahrscheinlich zu viel Verlierer-Stress bei der damaligen Poker-Nacht.

„Guten Tag. Wie, Polizei? Sie wünschen bitte?“

„Ja, Hauptkommissar Cullan, Kripo Schleswig. Entschuldigen Sie bitte die späte Störung. Können wir drinnen reden?“

Wahrscheinlich aus Angst um seine Teppiche versuchte Meinheim, Cullan an der Tür abzuservieren.

„Muss nicht sein, das können wir auch hier regeln, ich habe wenig Zeit. Also was gibt es?“

<<Ok, Du willst es nicht anders.>>

„Na gut, dann eben hier. Wir haben heute Ihre Frau ermordet aufgefunden.“

Meinheim sah aus, als wäre ein D-Zug mit Höchstgeschwindigkeit in ihn hineingefahren. Seine vormals beeindruckende Golfer-Bräune wich dem Weiß eines italienischen Mozzarella und er taumelte zwei Schritte zurück.

„Was??? Was erzählen Sie da?“ Meinheim stotterte und war vollkommen aus der Bahn geworfen. Cullan verspürte jetzt fast so etwas wie Mitleid mit dem Witwer und verstand das Zurückweichen von Meinheim als Einladung, einzutreten. Er schloss die massive Tür hinter sich und betrat die hallenähnliche Lobby.

„Es tut mir leid Herr von Meinheim, aber wir haben Grund zu der Annahme, dass Ihre Frau Opfer eines Gewaltverbrechens geworden ist.“

Meinheims Reaktion schwankte zwischen Unglaube, Erschrockenheit und Verwunderung.

„Oh mein Gott, Beate, mein Gott, ich glaube es nicht...“ Er ließ sich in einen der schweren weißen Ledersessel fallen.

„Darf ich Ihnen eine Frage stellen?“

Meinheim nickte fahrig.

„Wann haben Sie Ihre Frau das letzte Mal gesehen?“

„Heute morgen, gegen 9:30 Uhr, verließ sie das Haus, sie wollte ins Büro in die Plessenstraße. Es war alles ganz normal.“ Meinheim war immer noch fassungslos, aber seine Stimmung wechselte zu einer Art konzentrierter Nachdenklichkeit.

„Ist Ihnen an Ihrer Frau in letzter Vergangenheit irgendwas aufgefallen?“

Meinheim zögerte, starrte für einen Moment ins Leere, fing sich kurz wieder und sah Cullan in die Augen.

„Äh, nein, nicht, dass ich wüsste...“ Kleine Schweißperlen standen auf seiner Stirn. „„... also, nee, äh, so... nein, nichts.“ Er sah grübelnd aus, wirkte jetzt fast abwesend. Es schien, als ob er verschiedene Szenarien in seinem Kopf durchspielen würde, widmete sich gar nicht mehr dem Kommissar. Cullan hatte das Gefühl, dass Meinheim Zeit für sich brauchte und brach ab. In dieser Situation konnte er nichts mehr für den Witwer machen. Er legte seine Karte auf den Tisch, stand auf und ging Richtung Tür.

Meinheim, sichtlich in sich zusammengesackt, folgte ihm. Der Kommissar öffnete die Tür und verließ das Haus.

Cullan fuhr vom Anwesen, nahm die Kurve und bremste abrupt ab. Der Kommissar hatte einen vagen Gedanken:

<<Was war das denn für eine Reaktion auf die Todesnachricht? Das habe ich so noch nicht erlebt. Wenn wir jemanden so eine Nachricht überbringen mussten, brechen die Leute in sich zusammen, schreien herum oder hauen auf uns ein. Aber der Meinheim? Erst ist er total geschockt und dann auf

einmal so nachdenklich? Sehr ungewöhnlich.>>

Ray beschloss, den Mann zu beobachten, was der jetzt als Nächstes machen würde.

Er parkte seinen Wagen hinter einem Baum, stieg aus und lief schnell zurück auf das Grundstück des Geschäftsmannes. Die Sonne ging mittlerweile unter und im Schutz der Bäume, die eine schöne Allee zu der Auffahrt bildeten, schlich er zum Anwesen und beobachtete das Innere des Hauses. Durch die großzügig verglaste Eingangstür mit den nebenliegenden Fenstern konnte er das Geschehen im beleuchteten Inneren des Hauses perfekt beobachten.

Meinheim rannte hin und her, ein Telefon am Ohr. Er sah wütend aus und sprach wild gestikulierend. Er schrie in den Hörer, mehrere Minuten lang und dann brüllte er zum Abschluss noch mal etwas in den Hörer und schmiss das Telefon in die Ecke. Der Mann löschte das Licht im Wohnzimmer und zog sich in das Obergeschoss zurück.

<<Ok, genug gesehen.>>

Cullan schlich zurück zu seinem Fahrzeug und machte sich auf den Rückweg nach Schleswig. Sein Weg führte ihn auf der Schleidörferstraße zurück in die Kreisstadt. Er erreichte den Stadtrand und fuhr an den ersten Industriegebäuden des Stadtteils St. Jürgen vorbei als...

<<Häh, was ist das denn?>>

Ray entdeckte zarten Lichtschein in einer der Hallen.

Sein Kriminalistik-Spürsinn schlug Alarm. Er beschloss sofort, sich das genauer anzusehen.

Ray bremste mit aller Kraft, stellte seinen Wagen etwas versteckt auf dem Seitenstreifen ab.

<<Das ist doch hier das alte ‚Nordmilch'-Gelände und das steht doch eigentlich leer. Seit Jahren.>> Er näherte sich

vorsichtig dem Gebäude und suchte nach einer Möglichkeit, im Inneren etwas zu erspähen.
<<Verdammte Scheiße, wo kann ich denn hier mal was sehen?>>
Er fand ein Fenster, das durch den jahrelangen Leerstand des Industrieobjekts schon fast blind vor Staub war, doch in dem schwach ausgeleuchteten Lagerraum entdeckte er:

<<FUCK - WAS FÜR EIN TREFFER!!!>>

Vier südländisch aussehende Männer! Die standen zusammen, gestikulierten wild, rannten dann aufgeregt hin und her.
<<Wow, wo bin ich denn hier gelandet? Was machen denn diese Typen hier?>>
Cullan war überrascht von seiner unerwarteten Entdeckung, prägte sich die Gestalten ein, während er beobachtete, dass einer der Männer bei der Diskussion ziemlich verzweifelt aussah. Der Disput schien beendet. Einer bewegte sich Richtung Ausgang. Cullan versteckte sich schnell hinter einem Müllcontainer. Die anderen drei räumten ein paar Kisten zusammen, verließen gemeinsam das Gebäude und verschlossen die Tür mit einem Vorhängeschloss. Der Polizist blieb in seinem Versteck, bis die Luft rein war... überlegte kurz <<Och, wenn ich schon mal hier bin...>>, zog sein Lockpicking-Besteck aus seiner Manteltasche und öffnete mit geübten Handgriffen das Vorhängeschloss.

Mit vorsichtigen Schritten und unter dem Licht seiner kleinen

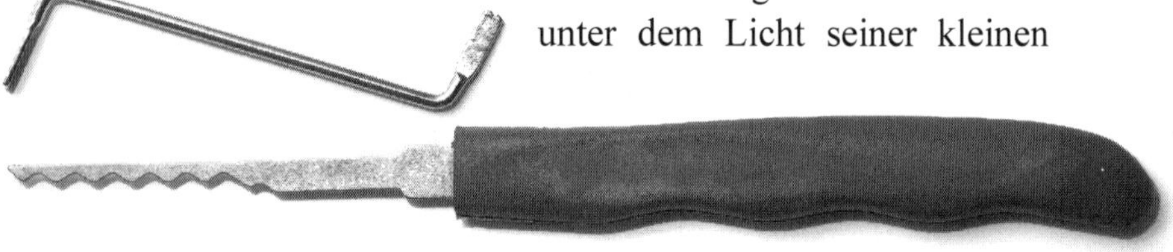

Taschenlampe schaute sich Cullan in der Halle um. In der ehemaligen Meierei dienten diese Räumlichkeiten als Lager für Milchbehälter und als Werkstatt. In einem der hinteren Flure leuchtete eine funzelige Deckenlampe. Langsam schlich er durch den Flur, von dem aus mehrere Räume abgingen. Er inspizierte Raum für Raum, konnte aber außer liegengelassenen Gerätschaften nichts Verdächtiges entdecken. Nur noch ein Raum. Vorsichtig schob Cullan die Tür auf, leuchtete mit seinem kleinen Lichtkegel in den Raum, ging hinein und...

ZOCK!!! – Ein Gegenstand traf ihn direkt ins Gesicht!

WÄHMM!!! – Ein weiterer Schlag traf ihn in der Magengrube!

<<SCHEISSE, WAS...?>>

WHOCK!!! – Noch ein Schlag! Er taumelte und sah jetzt seinen Angreifer.

„EY, WAS WILLST DU???“

WÄHMM!!! – Abermals traf ihn der Gegenstand!

Jetzt musste sich Cullan ranhalten, damit er nicht KO ging. Er beugte sich zur Seite, wich einem weiteren Schlag aus, griff an seine Seite, bekam ein dünnes Rohr in seine Hand, wich noch mal aus und schlug dann zu.

WÄHMM!!! – Er traf seinen Widersacher heftig!

WÄHMM!!! – Noch mal!

WÄHMM!!! – Wieder auf den Körper!

In der Dunkelheit konnte man nur erahnen, was man tat, aber das tat Cullan mit aller Gewalt. Er griff das Rohr mit beiden Händen, schlug blind in Richtung seines Angreifers, spürte die Treffer und rammte es zum Abschluss in den Leib des Gegners! Der sank zu Boden, röchelte einmal kurz und blieb dann regungslos liegen. Cullan war voller Adrenalin,

blieb in absoluter Alarm-Bereitschaft und checkte, ob sich der Mann noch bewegte. Nein.
<<Licht! Verdammt, hier muss es doch einen Lichtschalter geben.>>
Er fingerte an der Wand entlang. Klack. Eine kleine Deckenlampe schenkte dem Raum ein wenig Licht.
„Oh, verfluchte Scheiße...“ Am Boden lag sein Gegner, das Eisenrohr steckte in dem Bauch, Blut rann aus der Wunde heraus.
„Ey, sach mal, geht’s noch? Das hast Du jetzt davon.“ Cullan musste erst mal wieder zu sich kommen. Er beugte sich hinunter zu dem Mann, doch als er vor ihm hockte, blickte er an ihm vorbei und der Tote interessierte ihn jetzt kein Stück mehr.

„OH HALLELUJA!!!
DAS DARF DOCH NICHT WAHR SEIN!!!“

In der Ecke lag ein junges Mädchen, eingekauert auf einer Decke, am rechten Fußgelenk gefesselt mit einer Kette, die an der Wand angeschlagen war, wie beim ‚Graf von Monte Christo‘.
„Hey, hey Kleine...“ Cullan berührte sie vorsichtig, er fühlte ihren Puls.
<<Sie lebt noch.>>
„Hey Kleine, Du bist in Sicherheit.“ Er fasste sie an der Schulter und bewegte sie ein wenig. Ihre Augen öffneten sich langsam. Sie war zu kraftlos, um sich zu erschrecken, schaute den Kommissar benommen an.
„Ich heiße Ray, ich bin von der Polizei, wie heißt Du?“
„Miriam, Miriam Kleber.“
„Ich nehme Dir erst mal die Fessel ab.“ Er zückte sein Lock-

picking-Besteck, nahm den Spanner und eine 7er-Krokodil-Nadel, stocherte in dem großen Vorhängeschloss, bis der Bügel aufsprang. Er nahm die Kette vom Fußgelenk und richtete die junge Frau auf.
Miriam Kleber trug eine eng anliegende Jeans, eine weiße Bluse unter einem korallfarbenem Pullover und an den Füßen knöchelhohe blaue Chucks. Ihre kurzen blonden Haare waren durcheinander, die Reste ihres Make-ups verschmiert.
„Komm‘, ich bring‘ Dich ins Krankenhaus.“ Cullan hob den entkräfteten Körper hoch und trug das Mädchen durch die langen Flure hinaus ins Freie zu seinem Wagen. Er stellte sie neben dem Monza ab, öffnete die Beifahrertür, fegte mit einer flotten Handbewegung die leeren Burger-Schachteln weg und hob die junge Frau in den Sitz.
Cullan fuhr los und rief über sein Handy die Wache an.
„Hey Jungs, ich brauche sofort zwei Kollegen ins Krankenhaus. Begleitschutz für eine gefundene Geisel. Wir treffen uns in der Notaufnahme, dann erzähle ich Euch alles.“
Er wendete sich zu seinem Fahrgast und fragte sie in ruhigem Ton aus.
„Wie alt bist Du?“
„17.“
„Wo wohnst Du?“
„Rendsburg.“
„Wie lange warst Du dort gefangen?“
Miriams Stimme klang leise aber gefasst: „Ich wurde in der Nacht von Samstag auf Sonntag entführt. Welchen Tag haben wir heute?“
„Mittwoch, 22. April.“
„Ok, dann seit vier Tagen. Ich war am Samstagabend im ‚ElaEla‘, Feiern mit ein paar Freundinnen. Wir wollten so

gegen drei Uhr nachts los, ich bin als erste gegangen. Vorm Ela stand kein Taxi mehr, da wollte ich zur vorderen Straßenecke und von da nach dem nächsten Taxi schauen. Auf dem Weg dahin zog man mir plötzlich sowas wie ein Tuch über den Kopf, das roch ekelig und dann kann ich mich erst wieder erinnern, als ich in dem Lagerraum aufgewacht bin, angekettet. Meine Handtasche war weg, die haben mir alles abgenommen."

„Wann hattest Du den ersten Kontakt zu den Entführern?"

„Das muss dann so Sonntagmittag gewesen sein. Ich war schon wach, als sich die Tür öffnete und zwei Männer hereinkamen. Sie hatten Masken auf, sie sagten, dass mir nichts passieren würde und gaben mir Wasser zum Trinken. Dann sind sie wieder raus. Jeden Tag, so gegen spätem Abend, kamen einer oder zwei rein, man gab mir Wasser und ich wurde zu einer Toilette geführt. Sonst nichts."

„Ok Kleine, bevor wir Deine Eltern anrufen, lassen wir Dich untersuchen..."

Miriam schaute ein wenig verängstigt und ließ ihren Blick suchend schnell hin und her wandern. Cullan merkte, dass etwas nicht in Ordnung war.

„Hey Kleine, was ist los?"

„Ich... ich bin mir nicht sicher, aber ich glaube, die Typen haben sich... an mir... vergangen."

<<Diese Schweine, die kauf ich mir!>>

Miriams Blick veränderte sich hilfesuchend.

„Es muss etwas in dem Wasser gewesen sein..."

<<K.O.-Tropfen, na klar.>>

„... wir kamen von der Toilette wieder und ich wurde benommen, ich konnte nichts mehr machen, habe aber irgendwie im Dämmerzustand... Oder ich bilde mir das nur ein...?"

„Und genau deswegen lassen wir Dich untersuchen."
„Ich weiß gar nichts mehr, aber irgendwie... ich kann mich an ganz schwarze Augen und so einen stechenden Geruch erinnern. Ein Mix aus Knoblauch-Fahne und einem eklig-süßen Herren-Parfüm. Iiih, was haben die Typen mit mir gemacht???"
„Ganz ruhig Kleine, Du bist jetzt in Sicherheit."

Der Monza hielt wieder direkt vor der Tür der Notaufnahme. Cullan stieg aus und während er zur Beifahrerseite ging, zog er seinen Mantel aus. Er öffnete die Tür, half Miriam aus dem Wagen und legte ihr seinen Mantel über die Schultern. Die beiden uniformierten Beamten warteten schon, nahmen ihm die junge Frau ab und stützten sie, einer auf jeder Seite. Cullan instruierte seine Kollegen, den Arzt seines Vertrauens hinzuzuziehen: „Ruft Dr. Heldt an. Er und NUR ER soll das Mädchen untersuchen. Ruft ihre Eltern an und Ihr bleibt so lange bei ihr, bis die Eltern da sind und... zu niemandem ein Wort. Ihr bewacht das Mädchen und lasst sie keine Sekunde aus den Augen!"
Zarte Finger griffen nach Cullans Hand und drückten zu. „Danke Ray", flüsterte Miriam leise zum Abschied zu ihrem Retter.

Der Kopf ratterte, Ray griff hinter seinen Sitz und riss sich eine Büchse Bier aus einem 6er-Träger. Er zischte seinen Gerstensaft und zündete sich eine Zigarette an.
<<Alter Schwede, was geht hier ab? Die Kleine ist jetzt in Sicherheit, aber was ist mit dieser Lagerhalle, den vier Typen und dem fünften Typen, der jetzt keine Probleme mehr mit Eisenmangel hat? Was ist, wenn die Typen zurückkehren und feststellen, dass das Mädchen weg ist? OH VERDAMMT, der Kerbel aus Kiel sprach doch von DREI vermissten Mädchen. Aber keine davon aus Rendsburg! Das heißt, es wurden vielleicht noch mehr Mädchen entführt. Und ich bin hundemüde und mir tut meine Fresse weh von dem Kampf. Verdammt, ich muss da wieder hin!>>
Ray startete seinen Wagen und schoss los, zurück zu der alten Fabrikhalle. Kurz vor dem Gelände stellte er seinen Monza in einem Seitenweg ab und ging die letzten Meter zu Fuß. Er zog seine Polizeiwaffe, eine Walther P99. Die Pistole im Anschlag, schlich er sich wieder an die Halle heran.
<<Ok, keine Autos, das geöffnete Schloss ist noch so, wie ich es zurückgelassen habe.>>
Er betrat das Gebäude und in der Halle den gleichen Weg wie bei seinem ersten Besuch. Mit seiner Lampe leuchtete er den Weg ab und durchsuchte die einzelnen Räume.
<<Wenn das hier das Quartier der Entführer war, muss es hier noch mehr geben. ‚Eisenmangel‘ blieb vermutlich als Wache hier.>>
Ray stand in einem der Räume, ausgestattet mit Tisch und sechs Stühlen, an der Wand ein alter Blechschrank. Er öffnete die Türen und fand im unteren Fach drei dicke Sporttaschen, oben in den Regalen heftige Schusswaffen: ein M16-Sturmgewehr, einen Stapel Magazine à 20 Schuss, zwei

Revolver <<Hammerhalleluja, Smith & Wesson Magnum 500, die durchschlagstärkste Handfeuerwaffe, die es zu kaufen gibt – das ist was für Papa…>>, dazu zwei Schachteln Munition, eine Packung Zigaretten und einen Autoschlüssel mit einem großen schwarzen ‚T' drauf. Ray öffnete eine der Sporttaschen und es verschlug ihm den Atem:

GELD!!!

Voll bis oben hin, pralle Bündel mit Euroscheinen. <<Krass, ich werd' verrückt – was ist das hier?>> Hastig zog er auch die anderen Taschen raus, öffnete sie und:

ALLE TASCHEN VOLLER SCHEINE!!!

Ray überlegte einen Moment. Das Geld und die Waffen konnte er hier nicht liegen lassen.
<<Der Schlüssel – der Wagen – wo ist der Wagen?>>
Ray deponierte die Magazine, die Munition und die Revolver in eine der Taschen, hängte sich das Gewehr und eine Tasche um, nahm die anderen beiden Taschen in seine Hände und verließ hastig dem Raum. Er vermutete den Wagen im hinteren Bereich des Gebäudes und im Licht der fahlen Notausgang-Beleuchtung rannte er weiter nach hinten.
<<Die Straße auf dem Gelände führt rechts und links um die Gebäude, von links bin ich gekommen, hinten rechts waren die alten Anlieferungs-Tore, da muss der Wagen stehen.>>
Und richtig: Nach dem langen Flur kam noch ein Lagerraum. Von dort aus führte der Gang in die Anlieferzone mit großen Rolltoren. Da stand das Automobil: ein schwarzer Tesla Model S, ein amerikanischer Wagen, viersitzig, schi-

cke Coupeform und mit einem monstermäßigem Elektroantrieb ausgestattet, der das Gefährt in aberwitzigen drei Sekunden von Null auf Hundert beschleunigte.
<<Wow, Baby, Du bist jetzt meiner…>>
Ray öffnete den Kofferraum mit dem Funkschlüssel und packte Taschen und Waffen hinein.

Der Tesla

<<Das Gefährt werde ich erst mal in Sicherheit bringen. Und das Geld. Und die Waffen. Verdammt, das kann ich nicht hier lassen. Soll ich den Fund melden? Hmh, was passiert dann damit? Das wandert doch nutzlos in die Asservatenkammer. Was kann das Geld da bewirken? Nichts. Was kann ich damit machen? Vieeeel Gutes. Niemand vermisst das Geld, beziehungsweise jetzt noch nicht. Ich finde das raus und wenn sich niemand meldet wegen des Geldes – muss ich es wohl behalten.>>
Ray öffnete ein Rolltor, fuhr den Wagen geräuschlos aus der Halle, stieg aus, schloss das Tor, setzte sich wieder in die luxuriösen Lederpolster und rauschte leise surrend davon.
<<Wohin jetzt mit der Kiste? Am besten erst mal in meine Garage. Dieses Fahrzeug ist genial. Geräuschlos. Perfekt für unbemerkte Fahrten.>> Ray schaltete das Licht erst auf der Hauptstraße an, fuhr über den Mühlenredder, am Stadtfeld vorbei, in die Schubystraße und lenkte die Karosse in den Innenhof der Villa. Die mittlere Garage war seine, er öffnete das wackelige Blechtor und fuhr den Wagen rückwärts in die Garage. Taschen und Waffen ließ er im Kofferraum.
<<So eine Kiste, vollgestopft mit Technik... die ist doch auch hundertpro voll vernetzt. Verdammt, die Karre kann dann bestimmt auch geortet werden... Wo ist hier der Schal-

ter?>> Ray suchte in dem Cockpit vergeblich nach einem Schalter. In der Mitte des Armaturenbretts befand sich nur der monstermäßige Monitor zur Steuerung aller Funktionen. <<Ok, Du Neandertaler, jetzt such‘ mal nach dieser Ortungsfunktion.>> Ray tippte auf dem Display herum und surfte im Fahrzeug-Menü. <<Was für ein Dschungel. Los geht‘s: ‚Fahrzeug‘ - ‚Einstellungen‘ - ‚Kommunikation‘ - ‚Telefon‘ – ... nein, hier wird das nix... noch mal: ‚Fahrzeug‘ - ‚Einstellungen‘ - ‚System‘ - ‚Sicherheit‘ - ‚Airbag-Steuerung‘ – ... nein, verdammt, das ist es auch nicht. Noch mal: ‚Fahrzeug‘ - ‚Einstellungen‘ - ‚System‘ - ‚Wartung‘ - ah, hier haben wir es: ‚Fahrzeug-Identifikation‘ - ‚Fahrzeug-Ortung‘ - ‚Deaktivieren‘>> Ray drückte den virtuellen Button, der Wert veränderte seine Farbe von grün auf rot. <<Geschafft! Dieses Baby findet Ihr nicht mehr.>> Ray verließ den Tesla und schloss das Tor hinter seiner Beute.

Eine Zigarette anzündend ging er nach vorne zur Straße, zückte sein altes Nokia und rief über die 2 77 77 77 ein Taxi: „Moin Sönke, Cullan hier, bitte schick‘ mir einen Wagen in die Schubystraße. Danke Dir“.
Die Zigarette war noch nicht zu Ende geraucht, da stand schon das Taxi vor ihm. Heinz, ein älterer Mann mit akkurat frisierten, grauen Haaren saß am Steuer. Ray stieg ein. „Hi Heinz, bring‘ mich bitte hoch zum alten Nordmilch-Gelände.“

Cullan ließ sich an der Straße aussetzen, zog wieder seine Waffe und schlich erneut zu dem Lagergebäude. Das Geld, die Waffen und das Fahrzeug wollte er schnellstmöglich beiseiteschaffen, daher kehrte er hierher zurück, um seine

Durchsuchung fortzusetzen.
Alle Gänge und Räume wurden ein weiteres Mal inspiziert, aber ohne kriminaltechnische Ausrüstung konnte der Kommissar nichts Weiteres finden. Das Mädchen aus Rendsburg schien die einzige hier festgehaltene Geisel zu sein.
<<Scheiße, die Jungs drehen durch, wenn die entdecken, dass ich denen die Kohle abgenommen habe und dass ich das Mädchen da rausgeholt habe. Ich ruf‘ die Kollegen hierher, dann ist der Ort erst mal verbrannt und die trauen sich nicht mehr hierher.>>

Zu seinem Monza zurückgehend, rief Cullan seine Dienststelle an.
„Hi, Ray hier, ich habe in dem vorderen der Lagergebäude vom alten ‚Nordmilch‘-Gelände ein entführtes junges Mädchen befreit. Eine Leiche, mein Opfer. Musste ich erledigen bei der Befreiung der Geisel. Klingel‘ Berger raus und trommelt alles zusammen, was wir bekommen können, dazu die Jungs von der Spusi Flensburg, wir müssen den Tatort hier untersuchen lassen. Ich warte hier auf Euch.“

Nur kurze Zeit später trafen Berger und vier Streifenwagen ein. Cullan informierte Berger über den Hergang in allen Einzelheiten. Die Spurensicherung übernahm das Gebäude, sperrte alles ab und untersuchte den Tatort.
„So, ich hab‘ genug für heute, ich muss Feierabend machen.“
„Alles klar Ray, gute Arbeit. Morgen sehen wir weiter.“ Berger verabschiedete Cullan, der in seinen Monza stieg und davonbrauste.

Völlig erledigt nach diesem langen Tag betrat Cullan seine

Wohnung im zweiten Stock der alten Villa in der Schubystraße, schlüpfte aus den Stiefeln, warf seinen Mantel über die Garderobe und verschwand im Bad. Er entledigte sich seiner restlichen Klamotten, zog den Duschvorhang beiseite, trat in die Emaille-Wanne und ließ das Wasser auf sich niederprasseln.
<<Poah, das tut gut.>> Er atmete tief durch und ließ die Geschehnisse dieses langen Tages Revue passieren.
<<Heftige Geschichte, ich hoffe, dem Mädel geht's besser… Verdammt, der tote Angreifer... Was war das für ein Sack? Und die anderen? Scheiße, das Ding ist noch lange nicht zu Ende…>>
Todmüde schlurfte er aus dem Bad, löschte das Licht, ging ins Schlafzimmer und ließ sich in sein Bett fallen.
„Poahhh, was zum…" Schlagartig saß Ray aufrecht im Bett.
„Hey, beruhig' Dich…" Kirstens vertraute Stimme ließ Ray verstummen. „,… entspann' Dich. Ich musste Dich sehen. Und spüren."
Die Überraschung war gründlich gelungen. Seine Ex-Frau war zwar die Letzte, die Ray in seinem Bett erwarten würde, er ließ sich aber darauf ein, sank wieder zurück und umarmte den nackten Körper der gereiften Schönheit.
„Du weißt gar nicht, wie gut das jetzt tut…", hauchte er zufrieden.

Tag 2 – Donnerstag

Am Morgen wurde Ray von dem Duft frisch gebrühtem Kaffees geweckt. Aus der Küche vernahm er Geräusche, die darauf schließen ließen, dass sich Brötchen im Ofen befanden und Kirsten den Tisch deckte. Er stand auf und ging, so nackt wie er war, rüber in die Küche.
„Guten Morgen, ich muss Sie leider festnehmen wegen Hausfriedensbruchs.“
Kirsten drehte sich um. Sie trug eines von Rays Oberhemden, ihre nackten Beine darunter ließen offen, ob sie einen Slip trug. Sie lächelte ihn mit dieser unbeschreibbaren Mischung aus Güte, Freundlichkeit und Sexyness an.
„Guten Morgen mein Brummbär. Komm setz‘ Dich, die Brötchen sind fertig.“ Sie beugte sich runter zum Ofen und holte die dampfenden Brötchen heraus. <<Kein Slip...>> Kirsten setzte sich ihm gegenüber an den weißen Küchentisch, der mit allem gedeckt war, was Rays Kühlschrank noch hergegeben hatte. Zwei fast leere Marmeladengläser, eine Packung mit etwas durchgetrockneten Käsescheiben, eine Schale mit Cocktailgürkchen, etwas Camembert, einen Rest Butter und etwas Salami.
„Wie lange bist Du schon da?“
„Seit gestern späten Nachmittag, ich hab‘ hier auf Dich gewartet.“
„Warum? Ist was passiert?“
„Das ist eine ernste Geschichte…“ Kirstens Blick veränderte sich von milde zu besorgt. „… Ray, ich brauche Deine Hilfe.“
Ray biss von seinem Marmeladenbrötchen ab. „Schieß‘ los, was kann ich für Dich tun?“

Kirsten lehnte sich zurück und fing an zu erzählen.
„Du weißt doch, dass ich in der Weißgerber-Werft in Kiel arbeite. Ich bin seit Sommer letzten Jahres in die Personalverwaltung gewechselt. Dort habe ich die Neuzugänge auf meinem Tisch, dazu auch die Praktikanten, die in den Sommer- oder Semesterferien zu uns kommen und bei uns arbeiten. In den Osterferien hatte ich darunter auch die Tochter der Weißgerbers, Eleonor, dabei. Sie ist siebzehn, ein hübsches Mädel, ganz aufgeweckt und total normal. Sie hat sich super angestellt, war immer hilfsbereit, ungewöhnlich erwachsen für ihr Alter."
Ray hörte aufmerksam zu und wartete auf den spannenden Teil der Geschichte.
„Sie hat in meiner Abteilung in meinem Büro mit mir gearbeitet und weil wir uns so gut verstanden haben, tauschten wir unsere Nummern aus und hatten nach ihrem Ferienjob noch Kontakt. So alle zwei bis drei Wochen haben wir telefoniert. Wenn es passte, haben wir uns sogar ab und zu getroffen, im Sophienhof unten bei den Essständen oder im Citti-Park in der coolen Eisdiele. Und jetzt kommt's: Sie war immer pünktlich und ich konnte mich immer auf sie verlassen, deswegen bin ich jetzt sehr besorgt. Wir hatten uns letzten Donnerstag für den folgenden Montag verabredet, haben seit Donnerstag keinen Kontakt mehr gehabt, aber sie ist am Montag nicht aufgetaucht.
„Wo hattet Ihr Euch verabredet?"
„Sie hatte am Montag noch einen freien Tag von ihrem Internat. Wir wollten Montagnachmittag noch einen Kaffee am Bahnhof trinken, dann wollte sie mit dem Zug nach Schleswig."
„Ok, junges Mädchen, Partys, Typen – da gibt's viel Ab-

lenkung…"
„Ja ich weiß. Es hätte mich auch nicht beunruhigt, wenn sie nicht immer so zuverlässig wäre. Und ich kann sie auch jetzt nicht erreichen. Auf ihrem Handy geht nur die Mobilbox an. Auf meine Nachrichten hat sie bis jetzt noch nicht reagiert. Ray, ich mache mir ernsthafte Sorgen. Ich mag sie und mir kommt das Spanisch vor. Kannst Du da was machen?"
„Ok, ich nehme das ernst, was Du da erzählst. Wo wohnt das Mädchen?"
„Unter der Woche im Internat, am Wochenende ist sie immer zu ihren Eltern nach Kiel gefahren, die wohnen in einer Villa in Düsternbrook."
„Hmh, ich hatte gestern ein Telefonat mit einem Kollegen aus Kiel, die hatten drei Vermisstenfälle von jungen Mädchen, aber die waren alle aus dem Umkreis von Kiel, nicht in Kiel selbst. Ich recherchiere mal nach und fahre zu den Eltern, da werde ich schon irgendwas rausfinden…"
„Ok, und da ist noch was…" Kirsten schaute jetzt noch besorgter aus. „Ähem, ich weiß gar nicht, wie ich Dir das sagen soll…"
„Raus damit, was ist?"
Kirsten blickte ihm sorgenvoll in die Augen.
„Ich werde gestalkt."
Rays Finger ballten sich zu einer Faust.
„Es ist mein Vorgesetzter, unser Personalchef. Erst habe ich das gar nicht so wahrgenommen. Es fing damit an, dass er ständig in mein Büro kam und irgendeinen Blödsinn gefragt hat. Da habe ich mir nichts bei gedacht. Dann hatte ich morgens so kleine Geschenke auf meinem Schreibtisch: Schokolade oder auch eine Rose, alles mit so einer kleinen roten Schleife verziert. Ich dachte, das kommt von dem Bürobo-

ten, so ein pickliger Bengel um die fünfundzwanzig. Aber als ich mal im Dienst war und der Bengel reinkam, um was abzugeben, war ich mir sicher, dass das nicht von ihm ist, weil er mich weder angesehen hat oder irgendwelche Zeichen gesendet hat. Ich habe ihn angesprochen und Andeutungen gemacht, aber der hat null reagiert. Das merkt man."
Kirsten atmete tief durch. „Und dann habe ich abends das Gefühl, dass, wenn ich in meiner Wohnung bin, draußen einer steht und mich beobachtet. Ich habe aus dem Fenster gesehen und unten auf der Straße so eine Gestalt gesehen. Der ist aber jedes Mal verschwunden, als ich rausgesehen habe. Den ersten konkreten Verdacht hatte ich, als ich einen Wagen wegfahren sah, ein auffälliger, blauer Geländewagen. Genau so einer wie der von unserem Personalchef. Aber der wohnt nicht bei mir in der Nähe, also ist er meinetwegen da."
„Wie lange geht das schon?"
„So etwa acht Wochen."
„Was??? Schon acht Wochen? Was hat er noch gemacht?"
„Das ging dann weiter, dass er mich angerufen hat. Mit einer unbekannten Handynummer. Er hat immer nur leise ins Telefon geatmet hat und seit einer Woche liegt auf meiner Fußmatte immer irgendwas, wieder Schokolade oder auch wieder eine Rose, ebenfalls mit dieser Scheiß-Schleife drum."
„Oh Mann, das ist höchste Eisenbahn."
„Ja, aber das Schlimmste kommt jetzt: Ich glaub', der war sogar in meiner Wohnung."
Rays Magen zog sich zusammen. „Woran hast Du das gemerkt?"
„Es fehlte nix oder so und in der Wohnung hat er auch nichts hingelegt, aber ich bin mir hundertpro sicher, dass er meine

Unterwäsche durchwühlt hat.“

Ray vertraute ihr, glaubte ihr jedes Wort und wurde immer wütender. „Wie heißt der Typ? Wie alt, wie groß? Wie sieht der aus?“

Kirsten zückte ihr Smartphone, öffnete die Website der Werft und zeigte Ray auf der ‚Team‘-Seite das Bild des Personalchefs. „Hans-Hermann Bickel.“ Das Bild zeigte einen Oberschullehrer-Typ, Halbglatze, Ende fünfzig, schleimiges Grinsen.

<<Den merk‘ ich mir>>

„Er ist ungefähr so groß wie Du, bisschen dicker vielleicht. Ray, ich hab echt Angst…“

Ray stand auf, nahm Kirsten in den Arm und beruhigte sie: „Ich kümmer‘ mich um den Typen. Du fährst jetzt erst mal ganz normal zur Arbeit und lässt Dir nichts anmerken. Ich habe heute noch Einiges auf dem Zettel – krasser Fall gerade – dann komme ich nach Kiel, statte den Weißgerbers mal einen Besuch ab und dann rufe ich Dich an. Solange bleibst Du auf jeden Fall im Büro.“

Bevor Ray zur Polizei fuhr, hatte er noch etwas Wichtiges zu erledigen. Er griff sich sein Schnurlos-Telefon und rief den Hausmeister einer benachbarten Wohnanlage an, um einen Unterschlupf für den erbeuteten Tesla zu organisieren.

„Hey Micki, ich ziehe demnächst um und brauche einen Stellplatz für ein paar Klamotten. Hast Du noch ‘ne Garage in der Feldstraße frei, die ich mieten kann?“

„Oh, da hast Du Glück. Eine hab‘ ich noch frei. Ich bin sowieso grad‘ da. Komm‘ einfach rum, dann zeige ich sie Dir.“

Ray verabschiedete Kirsten an der Eingangstür und ging die wenigen Meter zu Fuß hinüber in die Feldstraße. Dort be-

fand sich im Hinterhof eine Garagenanlage mit 15 Plätzen. Ein typischer Bau aus den Sechzigern: nette Betonwände, Eternitdach, hübsch graue Tore. Der Hausmeister wartete schon.
„Hi Micki."
„Hi Ray. Hier, die ‚Sieben' kannst Du haben." Beide schlenderten rüber zur Garage Nummer Sieben, Micki schloss auf, drehte den korrodierten Alubügel einen Viertelkreis nach rechts und zog das Tor quietschend hoch. „Hier, tiptop sauber. Extra für Dich."
Ray sah sich die Garage an. „Alles klar, gekauft. Was sollst Du dafür haben?"
„Gib mir zwanzig den Monat, dann ist das ok."
„Prima, danke Dir. Hier, für den Rest des Jahres." Ray fingerte ein paar Scheine aus seiner Tasche und drückte Micki 160 Euro in die Hand.
„Danke Ray und viel Spaß beim Umziehen."
Micki dampfte ab, sein grauer Kittel schwang im Takt seiner Schritte.
Ray zückte sein Nokia und wählte eine Schleswiger Nummer.
„Marks Baumarkt Schleswig, ich wünsche Ihnen einen schönen guten Tag, was kann ich für Sie tun?"
„Cullan hier. Herr Ebsen bitte."
„Sehr gerne, ich stelle durch."
„Ebsen."
„Hi Heiko, Ray hier. Kannst Du was für mich tun?"
„Klar Ray, um was geht's?"
„Ich hab' hier in der Feldstraße eine Garage gemietet. Kannst Du mir einen elektrischen Garagenantrieb einbauen?"
„Klar, geht los, wir haben hier sehr schöne Tore von Hör-

mann. Am besten, Du kommst mal vorbei und wir suchen was Schönes für Dich aus."
„Lieb gemeint, aber ganz wichtig ist, dass das alte Tor drin bleibt, ist nur 'ne Mietgarage. Ich brauch' nur den Antrieb. Kriegst Du das trotzdem hin?"
„Selbstverständlich. Wann sollen wir loslegen?"
„Wenn es geht, bitte sofort. Es ist die ‚Sieben', der Schlüssel liegt in der Mitte unter der Kante. Bau' bitte alles ein, den Sender hole ich mir bei Dir ab und dann musst Du noch sagen, was Du haben sollst. Ach, und noch was: Das Tor quietscht elendig. Vielleicht können Deine Jungs es bei der Gelegenheit auch ein bisschen ölen."
„Alles klar Ray, wird erledigt. Wir haben alles vorrätig. Ich schicke meine Mitarbeiter sofort los. Heute Nachmittag kannst Du den Sender bei mir abholen."
„Danke Dir. Bis nachher."
Ray ging zurück in die Schubystraße, stieg in seinen Monza und fuhr zur Wache.

Berger wartete schon.
„Mensch Ray, da bist Du ja endlich. In mein Büro. Winterhall…“ Er rief in Richtung des Kollegen. „… mitkommen!“
Die drei Beamten standen in Bergers Büro.
„Also, Miriam Kleber ist heute aus dem Krankenhaus entlassen worden. Die Eltern sind schon gestern Abend zu ihr gefahren, haben im Krankenhaus übernachtet und sie heute nach Hause geholt. Deine Leiche Ray, ist ein gewisser Saimir Gjermeno, 42 Jahre alt, Albaner, aus Vlora an der Adria. Er ist in Deutschland schon mehrfach polizeilich aufgefallen: Raub, Erpressung, Drogenhandel. Wir haben in dem Gebäude, in dem Raum, in dem Du Miriam Kleber gefunden hast, Hinweise darauf gefunden, dass sie die paar Tage schon in Gefangenschaft war, aber auch Hinweise, die darauf schließen lassen, dass sie noch länger festgehalten werden sollte. Volles Programm: Wasser, Lebensmittel, Hygieneartikel und so weiter. Richtig gut vorbereitet. Die Menge dieser Sachen und auch die Tatsache, dass noch zwei weitere der Räume wie ein Gefängnisraum vorbereitet waren, legen nahe, dass die Täter vorhatten, noch weitere Geiseln dort unterzubringen. In den anderen Räumen war nichts, beziehungsweise nur noch so eine Art Aufenthaltsraum mit Spuren von mindestens fünf Personen. Garagen und Lager hinten leer. Bachmann ist gerade dabei, herauszufinden, wer das Gelände angemietet hat. Wir haben leider keine Videoaufzeichnungen oder Ähnliches, was wir nutzen können, um die Bewegungen auf dem Gelände auszuwerten. Vier von den anderen hast Du gesehen Ray. Versuch‘ mal herauszufinden, ob Du über den identifizierten Albaner an die anderen herankommst und ob Du etwas über sie er-

fahren kannst. Winterhall, Du klemmst Dich an Vermisstenmeldungen von jungen Mädchen. Schau‘ mal, ob wir einen Zusammenhang zwischen den Entführern und weiteren Opfern herstellen können. An die Arbeit!“
Die beiden Männer gingen zu ihrem Büro.
„Bachmann, hast Du was über die Halle?“
„Bin dran, aber noch nix Konkretes.“
„Ok, sag‘ Bescheid.“
Während Winterhall zum Telefon griff, startete Cullan seinen PC und recherchierte in der landesweiten Datenbank über Organisierte Kriminalität nach den Albanern.

Drei halbstarke Teenager bauten sich vor einem Gleichaltrigen auf.
„Ey Streber, hast Du Kohle dabei?“
„Nee. Hey was soll das? Lasst mich in Ruhe!“
Der schmächtige Julius Blinkmann war nicht das, was man einen harten Typen nennen konnte. Er war definitiv das Gegenteil. Der 17-jährige Bengel ging auf die Domschule, eines der zwei Gymnasien von Schleswig. Sein Teenager-Körper ist schnell gewachsen, ohne dass sein Gewicht mitwuchs, so dass der Junge zur Zeit eine absolute Bohnenstange war. Durch die wuscheligen Haare erkämpfte sich eine schwarze Hornbrille ihren Weg, um dem Jungen etwas Durchblick zu verleihen. Auf Klamotten legte er keinen Wert, dafür umso mehr auf alles, was mit Computern zu tun hatte. Julius Blinkmann, genannt ‚Blinky‘, war ein waschechter Nerd, mit erstaunlichen Fähigkeiten am Computer. Leider nur am Computer, so dass die Situation den erwarteten Verlauf nahm.
„Du hast doch Kohle dabei. Los, her damit, sonst polieren wir Dir die Fresse.“ Die drei anderen Schüler waren von der Sorte Rüpel mit krimineller Ader und auf seinem Nachhauseweg kreuzte Blinky leider die Umlaufbahn der kommunikationsbehinderten Halbstarken.
Bereitwillig zückte er sein Portemonnaie und die anderen fischten seine hart erarbeiteten 30 Euro heraus.
„Vielen Dank mein Guter, bis morgen“, feixten die Jungs und rauschten ab. Blinky war nur froh, dass die Typen ihm nicht auch noch sein Handy gestohlen hatten. Seine sowieso nicht so hippen Klamotten, geschweige denn seine Chucks in Größe 46, hätten den jungen, im Prinzip kriminellen Schülern eh‘ nicht gepasst. So schlurfte er nach Hause, in

die Schubystraße, zu der Villa, in der auch Cullan wohnte. Blinky und seine alleinstehende Mutter wohnten in dem Dachgeschoss über Cullan. Carola Blinkmann überließ ihrem heranwachsendem Sohn uneigennützig das größte Zimmer der Wohnung. Der dankte es ihr mit besten Schulnoten, viel Hilfe im Haushalt und etwas dazuverdientem Geld von seinen Nachhilfejobs, mit dem er die schmale Haushaltskasse unterstützte. Seine Mutter arbeitete Vollzeit im Büro bei einem Handwerksunternehmen in Schleswig. Mit ihren 42 Jahren und ihren weiblich proportionierten Rundungen war sie eine attraktive Frau, die leider klamottenmäßig ihr Licht unter den Scheffel stellte. Seit der Scheidung vor vier Jahren sorgte die Frau tapfer für den Lebensunterhalt der beiden und sie schaffte es sogar, mit hier und da gespartem Geld sich und ihrem Sohn einen bescheidenen, kurzen Urlaub zu finanzieren.
Blinky jobbte nicht nur als Nachhilfelehrer, er verdiente auch zusätzliches Geld mit kleineren Programmierarbeiten für Unternehmen aus Schleswig. So schrieb er zum Beispiel für ein Yachtcharter-Unternehmen ein Programm, mit dem die Adressen von Messebesuchern automatisch erfasst, einsortiert und ausgewertet werden konnten. Genau diese Fähigkeiten erkannte Ray auch schnell bei dem Jungen. Als die zwei sich, zwangsläufig durch das Wohnen im selben Haus, kennenlernten, freundeten sie sich miteinander an. Ray verbrachte viel Zeit mit Blinky, half ihm als männliche Bezugsperson. Blinky half Ray mit allem, was Handy, Computer und neue elektronische Geräte anging. Die beiden waren verbunden durch eine väterliche Männerfreundschaft und so freuten sich beide, als sie sich jetzt wiedersahen. Ray hatte seine Recherche im Revier abgebrochen,

war nach Hause gefahren und saß jetzt auf der Treppe vor Blinkys Wohnungstür.
„Hi Alter."
„Hi Alter, alles klar bei Dir?"
„Jep. Junge, Du musst was für mich erledigen."
„Geht klar. Komm' rein und erzähl', was Du brauchst."
Die beiden traten ein und gingen schnurstracks in das Zimmer des Jungen. Das große Dachgeschosszimmer erstreckte sich über für ein Kinderzimmer üppigen 30 Quadratmetern, mit Dachfenstern auf drei Seiten. In der linken Ecke stand ein 140er-Bett, natürlich ungemacht, mit ‚Big Bang Theory'-Bettwäsche, in der Mitte stand ein kleines 2er-Sofa, dazu ein Sessel und ein kleiner Tisch, der unter einem Stapel Computer-Zeitschriften kaum sichtbar war. Die Kleiderschränke standen an der geraden Wand, in der sich auch die Tür befand. Der wichtigste Teil des Zimmers stand in der rechten Ecke: Der Computertisch. Oder vielmehr: der große Haufen Technik, Tower, Tastaturen, Mäuse, Scanner, Drucker, Monitore und viele viele Kabel, die in einem bunten Knäuel alles miteinander verbanden.
„Blinky, das sieht ja aus wie in Cape Canaveral..."
Blinkys Augen strahlten voller Stolz, während er alle Maschinen startete. „Ok, kann losgehen. Wonach suchen wir?"
„Das ist hier natürlich top-secret, muss ich Dir ja nicht sagen… Also, wir haben einen Albaner aus einer Stadt an der Adria und wir sind auf der Suche nach vier weiteren Männern, vermutlich gleicher Nationalität, über die ich in unserem Polizeinetz nichts finden konnte. Versuche mal, über den Namen unseres Albaners was rauszufinden – Kontoverbindungen, Telefon, Mobilfunk, Auto-Zulassungen – halt alles. Wir brauchen Hinweise auf die anderen und mehr

über unseren Mann: Saimir Gjermeno." Ray klappte seinen kleinen Notizblock auf und zeigte ihn dem Jungen.
„Geht los…" Blinky legte einen konspirativen Blick auf und hämmerte in die Tasten.
„Ich gehe über ein Botnet in eine gesicherte Verbindung, schleuse mich über einen anonymen Tor-Server in die Datenbank aller Mobilfunkunternehmen. Dann hacke ich mich in den zentralen Server der Vergabestellen für Transaktionsnummern für Online-Banking ein und in die Zulassungsdatenbank komme ich über ein virtuelles Script über die…"
„Reicht reicht, verstehe ich sowieso nicht. Mach' einfach…", schob der computermäßig nur basisinformierte Kommissar rüber. „... Ich darf eh' nicht genau wissen, was Du hier überhaupt treibst, also hau' in die Tasten und besorg' mir mehr Informationen. Ich muss noch mal los, ich ruf' Dich nachher an."

Wie mit Kirsten besprochen, machte sich Cullan auf den Weg nach Kiel zu den Weißgerbers, ihrem Chef und den Eltern der vermissten Praktikantin Eleonor. Er fuhr Richtung Autobahnauffahrt Schleswig/Schuby, machte vorher im Norden der Stadt einen kurzen Zwischenstopp im ‚Marks'-Baumarkt. Er betrat das Foyer und der Inhaber Heiko kam ihm schon entgegen.
„Hi Ray, alles erledigt. Hier Dein Funksender." Ray nahm das kleine graue Kästchen entgegen. „Zwei Tasten: Die obere zwei bis drei Sekunden gedrückt halten, dann geht's auf. Zum Stoppen oder Schließen ebenfalls wieder zwei drei Sekunden gedrückt halten – fertig."
„Super, danke, was bin ich Dir schuldig?"
„Anlage und Einbau 380."
„Prima…" Ray zückte vier Hunderter aus der Tasche. „... stimmt so. Vielen Dank für die schnelle Erledigung. Ich muss los. Ciao."
„Immer wieder gerne. Tschüss Ray, bis zum nächsten Mal."

Ray stieg in seinen Monza und fuhr weiter nach Kiel. Über die A7 führte sein Weg über die Rader Hochbrücke, die den Nord-Ostsee-Kanal überspannte, dann weiter über die A210 nach Kiel. Durch die Stadt hindurch führte sein Weg ihn an das Ufer der Kieler Förde, einige Kilometer am Wasser längs, in den Stadtteil Düsternbrook mit den netten Villen inklusive Fördeblick. Die Fahrt dauerte circa 35 Minuten. Es war mittlerweile später Nachmittag, als er seinen Wagen auf das feudale Anwesen der Weißgerbers steuerte.
Cullan drückte den auf Hochglanz polierten Messing-Klingelknopf, eine akustisch anspruchsvolle Aneinanderreihung von angenehmen Tönen bildeten den Klingelton. Auf das

Öffnen der Tür wartend, drehte sich Ray noch mal um und genoss den traumhaften Blick auf die Kieler Förde.
„Guten Tag, Sie wünschen bitte?“ Ein distinguiert dreinschauender, älterer Herr in Butler-Uniform stand in der Tür und musterte den robust aussehenden Kommissar.
„Kripo Schleswig, ich würde gerne Herrn und Frau Weißgerber sprechen.“
Aus den Augenwinkeln des Butlers zuckte es ein wenig bei dem Wort ‚Kripo‘. „Sehr wohl, bitte treten Sie ein.“
Ray betrat die opulente Eingangshalle des Hauses. Marmorfußboden breitete sich unter seinen Füßen aus, an den Wänden hingen überdimensional große Ölbilder von Frauen und Männern. Eine weiße Doppeltreppe führte rechts und links von zwei Seiten in das obere Stockwerk.
„Folgen Sie mir bitte“, flüsterte der ältliche Hausdiener. In gemächlichem Tempo ging es zwischen den beiden Treppen durch eine hohe Tür weiter in einen Empfangssalon. Der Butler zeigte auf eines der zierlichen Rokoko-Sofas und deutete an, dass sich Ray setzen sollte. „Einen Moment bitte. Die Herrschaften sind gleich bei Ihnen.“
Ray setzte sich nicht, sondern schaute sich ein wenig in dem prächtig ausgestatteten Raum um: Ein Riesen-Kamin bildete das Zentrum des Salons. Neben der Rokoko-Sitzgruppe standen in dem Raum noch zwei weitere Sitzgruppen und nette Tischchen an den Wänden, dekoriert mit historischen Porzellan-Uhren. Zur Wasserseite bestand fast die gesamte Wand aus deckenhohen, zweiflügligen Türen, die den Blick auf eine schöne Terrasse freigaben, von der aus sich ein herrliches Förde-Panorama eröffnete.
„Herr Kommissar, ich bin überrascht, was führt Sie zu uns?“
Von dem Förde-abgelenktem Polizisten unbemerkt, hatten

Herr und Frau Weißgerber den Salon betreten und standen ihm jetzt gegenüber.
„Bitte setzen Sie sich."
Johannes Weißgerber, ein aristokratisch anmutender, sportlich aussehender Unternehmer-Typ in perfekt sitzendem, dunkelblauem Nadelstreifen-Anzug mit weißem Hemd und gestreifter Krawatte, zeigte galant auf eines der pittoresken Rokoko-Sofas. Seine Frau Sophie, eine äußerst attraktive Frau, wie ihr Mann ungefähr Mitte fünfzig, in einem eng anliegendem schwarzen Etuikleid und eleganten schwarzen Pumps, hatte sich bereits gesetzt und schaute ihn mit übereinandergeschlagenen Beinen mit ihren großen hübschen Augen neugierig an.
„Frau Weißgerber, Herr Weißgerber, ich bin Hauptkommissar Ray Cullan vom Polizeirevier Schleswig, bitte entschuldigen Sie den unangemeldeten Besuch. Ich komme auch gleich zur Sache: Können Sie mir sagen, wo sich Ihre Tochter Eleonor befindet?"
RUMMMS – das hatte gesessen. Wie von einer Lokomotive überfahren, erschraken beide bis ins Mark und starrten Cullan ungläubig an. Beide blickten sich an, die Überraschung war in den Gesichtern mehr als deutlich zu sehen. Frau Weißgerber schaute ihren Mann derangiert an, schloss die Augen und nickte ihm langsam zu.
„Herr Kommissar, woher wissen Sie…?", stammelte Weißgerber.
„Ich weiß gar nichts, erzählen Sie es mir." <<Häh???>>
Sichtlich niedergeschlagen, die unternehmerische Dominanz gänzlich abgelegt, begann der jetzt fast ängstlich wirkende Mann zu berichten.
„Unsere Tochter Eleonor ist in der Nacht zu Sonntag ent-

führt worden…“

<<DA HABEN WIR ES:
DIE NÄCHSTE ENTFÜHRUNG!!!>>

„… Sie kam am Freitag ganz normal von Ihrem Internat nach Hause, hat den Nachmittag und den Abend mit uns verbracht. Am Samstag bekam sie Besuch von Ihrer Freundin, mit der sie erst Shoppen war und mit der sie sich abends gemeinsam bei uns fertiggemacht hat, um dann mit ihr loszuziehen. Die beiden wollten sich mit weiteren Freunden zum Essen treffen und anschließend noch in die Disco.“
„Hier in Kiel?“
„Ja, hier in Kiel. Unsere Tochter hat einen tollen Freundeskreis, die jungen Leute haben nie Unfug getrieben und sie war immer wieder rechtzeitig zurück. Es war normal, dass sie dann am Sonntag lange geschlafen hat, deswegen haben wir auch erst gegen Mittag in ihr Zimmer gesehen und bemerkt, dass sie nicht da war. Und da haben wir angefangen, uns Sorgen zu machen, denn einen Freund hat sie nicht und wenn sie bei einer Freundin schlafen würde, hätte sie uns mit einer WhatsApp benachrichtigt, eben damit wir uns keine Sorgen machen. Wir haben versucht, sie auf ihrem Handy zu erreichen – nur die Box, dann bei ihren Freundinnen, aber die sagten nur, dass sie irgendwann los ist und sie dann nichts mehr von ihr gehört haben.“
„Wie lange haben Sie das versucht?“
„Wir haben bestimmt eine Stunde herumtelefoniert – kein Erfolg. Unser Stresspegel stieg an und dann klingelte das Telefon. Wir dachten, das ist Eleonor, aber dann…“ Ray ahnte schon, was jetzt kam. „… war eine fremde Stimme

in der Leitung. Ein ausländischer Akzent und eine verstellte Stimme. Sie sagten, dass sie unsere Tochter entführt haben. Wir sind aus allen Wolken gefallen und haben einen Schock bekommen. Meine Frau ist zusammengebrochen…“ Als er das erzählte, schlug Frau Weißgerber ihre Hände vor ihr Gesicht zusammen und fing an, leise zu weinen. Er legte den Arm um ihre Schultern und tröstete sie. „… Das Erste, was sie uns zu verstehen gaben war, dass wir auf alle Fälle die Polizei raushalten sollten, sonst schneiden Sie unserer Tochter einen Finger ab. Schrecklich. Und dann stellten sie die Lösegeldforderung:…“ Ray zog seine rechte Augenbraue hoch. „… Eine Million Euro.“
„Haben Sie schon bezahlt?“
„Nein, die Geldübergabe soll morgen erfolgen.“
<<Was, noch nicht bezahlt??? Dann ist die Kohle aus dem Lager nicht von denen.>>
„Aber Herr Cullan, Sie bringen uns jetzt in eine schlimme Situation. Wenn die rausbekommen, dass Sie, also die Polizei, jetzt hier bei uns sind, dann… dann tun die unserer Tochter was an…“
„Ok, das ist jetzt wirklich eine heikle Situation, Sie haben es einem Zufall zu verdanken, dass ich überhaupt hier bin. Auch, wenn ich jetzt um alles weiß, werde ich mein Revier nicht informieren. Sie werden alles so weiter halten wie bisher. Sie befolgen die Anweisungen und führen die Geldübergabe so durch wie geplant. Ich kann Sie, abgesehen von der Situation an sich, beruhigen: In den meisten Fällen gehen diese Entführungen glimpflich aus. Wenn die Entführer ihren Willen, also das Geld, bekommen. Ich bitte Sie aber trotzdem, mich über alle Schritte weiter zu informieren. Ich bin an einem anderen Fall dran, die Dinge könnten zusam-

menlaufen und die neuen Entwicklungen könnten unsere Ermittlungen unterstützen.“ Ray zückte eine Visitenkarte und schob sie über den zierlichen Tisch.
„Danke, das alles ist extrem, aber das Wichtigste ist, dass wir unsere Tochter unversehrt wiederbekommen.“ Frau Weißgerber, mit geröteten Augen, nickte ihrem Mann zu.
„Wo ist die Geldübergabe geplant?“
„Morgen um Mitternacht sollen wir eine Tasche mit dem Geld in unregistrierten Scheinen deponieren.“
„Ablageort?“
„Rastplatz ‚Hasenmoor‘, an der A210, von Rendsburg Richtung Kiel, kurz hinter der Abfahrt Bredenbek. Dort stehen an der Kfz-Spur drei Mülltonnen. In die mittlere soll ich die Tasche stecken.“
„Ok, Sie werden das genau so durchziehen. Zeigen Sie mir bitte ein Foto von Ihrer Tochter und geben Sie mir die Nummer von dem Handy, das Sie bei sich haben werden.“
Weißgerber schrieb die Nummer auf die Rückseite seiner Visitenkarte und schob sie zu Cullan rüber, zückte sein Handy, zeigte ein aktuelles Foto seiner Tochter.
„Welchen Wagen werden Sie morgen nehmen?“
„Unsere S-Klasse. Mercedes Benz, neues Modell, silber, Alufelgen.“
„Ok. Zu Ihrer Information: Ich werde morgen auch da sein. Rechtzeitig. Ich verstecke mich und beobachte die Geldablage. Ich werde nicht einschreiten, sondern mich an die Fersen der Leute heften, die das Geld abholen werden. Sie deponieren das Geld und verlassen den Ort wieder. Und dann werde ich sehen, was ich herausbekommen kann. Alles ok so?“ Weißgerber nickte zustimmend. „Ich werd‘ dann jetzt los.“

Der distinguierte Butler führte Ray zur Tür, öffnete ihm, schaute ihm besorgt-opamäßig besonders tief in die Augen und nickte ihm hoffnungsvoll zu.

Ray verließ die Villa der Weißgerbers. Sein Weg führte ihn jetzt direkt in das Wohngebiet von Kirsten, in den Südteil von Kiel. Von unterwegs aus rief er seine Ex-Frau an.
„Kirsten, mach‘ jetzt auffällig Feierabend und fahr‘ ganz normal nach Hause. Du gehst in Deine Wohnung, machst Licht an und bewegst Dich in Deiner Wohnung ein bisschen hin und her.“
„Ok, Du wirst da sein. Ich danke Dir. So fühle ich mich schon mal besser.“
Ray parkte seinen Wagen einen Block weiter als Kirstens Wohnung, stieg aus und suchte sich ein verstecktes Plätzchen, um die Wohnung aus sicherer Entfernung zu beobachten. Er musste nicht lange warten, Kirsten traf ein, stellte ihren Fiesta vor dem Block ab, ging ins Haus und tauchte ein paar Momente später in ihrer Wohnung im ersten Stock auf. Wie besprochen, machte sie die Lichter an und bewegte sich in der Wohnung. Ray beobachtete die Umgebung.

Es dämmerte langsam, als ein großer, blauer Jeep-Geländewagen langsam in die Straße einfuhr. Der Wagen stoppte einen Block gegenüber vor Kirstens Haus und blieb stehen. Der Fahrer blieb sitzen und sah sich um. Ray konnte aus seinem Versteck sehen, dass der Fahrer mit seinem Handy hantierte. Kirsten bewegte sich oben in der Wohnung. Ray blieb ruhig und beobachtete weiter.
<<Der Sack lässt sich Zeit…>>
Jetzt tat sich was. Der Typ stieg aus. Ray erkannte Hans-

Hermann Bickel. Alter, Größe, Halbglatze: passte. Ray verließ sein Versteck und schlenderte rüber zu Bickel, der sich langsam dem Haus von Kirsten näherte. Er steckte sich im Gehen eine Zigarette in den Mundwinkel.
„Moinsen Kumpel…“, sprach er Bickel an, „… hast Du mal Feuer?“
„Äh wie? Was?...“ Bickel drehte sich halb verwundert, halb erschrocken um…
„Feuer Kumpel. Zigarette…“ Ray nahm die Zigarette aus dem Mundwinkel und streckte sie auffordernd zu ihm hinüber.
„Äh, nee, tut mir leid, ich rauche nicht.“ Bickel wendete sich ab.
„Hey Kumpel, nicht so schnell…“ Ray sprach ruhig weiter. „… Du musst mir mal helfen, mein Akku ist leer. Kann ich mal Dein Handy haben? Ich muss mal dringend meine Tochter anrufen.“
Bickel war verunsichert, wusste nicht, wie er sich aus dieser Situation winden sollte und entschied sich, wahrscheinlich um keinen Stress zu erzeugen, anzuhalten, fingerte sein Smartphone aus der Tasche und gab den Code ein, bevor er es rüberreichte.
„Danke Kumpel.“ Ray nahm das Handy und öffnete schnurstracks die Liste der getätigten Anrufe.
BINGO! Ray scrollte runter. Bis auf wenige Ausnahmen Kirstens Nummer. Bestimmt an die 18 von 20 Einträgen. Ray steckte das Telefon in seine Tasche.
„He Moment mal, mein Han…“
„Den Schlüssel.“
„Was???...“ Bickel stutzte.

Cullan war hin- und hergerissen. Es brodelte in ihm. Er kochte vor Wut. Wilde Gedanken steuerten seine Emotionen:
<<Oh Mann, da habe ich jetzt diesen Typen vor mir. Der bedrängt Kirsten. Egal, ob sie meine Ex-Frau ist oder nicht. Hier geht es darum, dass so ein Arsch einer Frau nachstellt, sie bedrängt, ihr Angst einjagt. Wer weiß, wo das endet? So einer hört doch nie auf. Ein Mann, der sich ein schwächeres Opfer gesucht hat. Anzeigen gegen solche Stalker führen zu gar nichts. Freisprüche, Bewährungsstrafen... wenn es überhaupt zu einem Verfahren kommt. Die gestalkten Frauen haben Angst, müssen ihr Leben umstellen. Nur weil so ein Arsch sie im Visier hat. Nee, wenn ich jetzt nicht handle, passiert Schlimmeres. Wenn ich ihn von Kirsten abwende, sucht er sich eine neue. Nein, der Typ muss lernen, dass er sowas nie wieder macht. Der bekommt jetzt eine Abreibung, die er nie wieder vergessen wird.>>

FLATSCH!!! – eine saftige Ohrfeige traf Bickel voll ins Gesicht.
„Den Schlüssel. Ich sag's kein drittes Mal."
„Eh, ich weiß nicht, ich.." Bickels Augen traten aus dem Gesicht raus wie Tischtennisbälle.
WHOCK!!! – Ray schlug Bickel seine Faust auf die Nase, dass es knackte. Die war gebrochen.
„Welchen Schlüsseeeeeeel?", wimmerte Bickel. Ray hatte ihm diese letzte Chance gegeben, aber der Mann hatte sie nicht genutzt. Mit trockener Miene zückte er seinen Teleskop-Schlagstock aus dem Mantel, holte aus und zog ihm einen derben Schlag in die Niere! Bickel krümmte sich zusammen. KRACK – noch ein schöner Schlag auf die Brust.

Ausgeholt und – FLOTSCH – ein kräftiger Tritt in die Kronjuwelen, Bickel sackte zusammen. Cullan zog ihm das Knie volles Pfund in das Gesicht, das Blut spritzte. Bickel kniete schmerzverzerrt auf dem Boden und war zugegebenermaßen desorientiert. Da half bestimmt noch ein schwungvoller Schlag mit dem Stock auf das Schlüsselbein und noch ein zweites Knie in die Kauleiste. Bickel war fertig. Ray stupste ihn an die Stirn, er fiel auf den Rücken und lag da wie ein Käfer, die Augen schielten, das Blut lief ihm aus den Mundwinkeln.
Cullan beugte sich über den erledigten Mann und zog ihn auf eine kleine Grünfläche zwischen den Häusern. Er durchsuchte ihn und fand in der Hosentasche, was er suchte: einen Hausschlüssel, einzeln, nicht an dem Schlüsselbund. <<BINGO. Kirstens Wohnungsschlüssel.>> Ray steckte ihn ein. Er nahm den Autoschlüssel und ging zu dem Jeep. Der piepte kurz beim Drücken des Knopfes. Ray öffnete die hintere Tür – nichts. Im Fußraum vorne – nichts. Im Seitenfach der Fahrertür – ein kleines Fernglas. Er ging zum Kofferraum, öffnete die Klappe – hier war das nächste BINGO: e ine Klappkiste mit Schokolade, Barbie-Puppen, ein Bund rote Rosen und eine Rolle mit rotem Schleifenband. <<So Freundchen, den Kram brauchst Du jetzt nicht mehr…>> Ray entschied sich dazu, diesem Mistkerl einen zusätzlichen Denkzettel zu verabreichen, zückte sein Zippo und zündete die Barbies an. Die kleinen Polyester-Kleidchen brannten sofort wie Zunder. Er warf zwei von den brennenden Puppen nach vorne durch auf die Velourspolster, die auch sofort Feuer fingen. Innen brannte es schon ganz nett, Cullan schloss alle Türen und ging gemächlich zurück zu dem ramponierten Bickel im Gras. Der röchelte.

„So Kumpel, is klar ne?“ Zwei Tischtennisbälle glotzten ihn angstvoll an.

„Weißt jetzt Bescheid, oder?“

Bickel atmete schwer und starrte Cullan an.

„Kumpel, ich lass‘ Dich nur leben, damit Du von jetzt an alles besser machen wirst. Machst Du doch oder?“

Bickel verstand natürlich und nickte so gut er konnte. Cullan kniete sich runter zu dem Buchhalter.

„Ich gehe davon aus, dass ich Dich hier nie wieder sehen werde. Wenn doch, überlebst Du das nicht. Wenn Du Dir ein anderes Opfer suchst – bringe ich Dich auch um. Höre ich irgendeine Scheiße von Dir – bringe ich Dich auch um. Also... bist Du ab jetzt artig?“

Bickel bekam vor Schmerzen keinen Ton raus, nickte mit letzter Kraft.

„Ich werde jetzt einen Krankenwagen für Dich rufen. Sei froh darüber. Ich will meine unendliche Gnade nicht bereuen müssen. Haben wir uns verstanden?“ Bickel nickte wieder – und wurde ohnmächtig. <<Lusche!>>

Ray rief einen Krankenwagen und die Feuerwehr. Auftrag erledigt – ab nach Hause.

Auf der Fahrt rief er Kirsten an und teilte ihr mit, dass sie ab sofort wieder ruhig schlafen könne. Danach Blinky.

„Hey Junge, hast Du was?“

„Ja, halt‘ Dich fest, das wird ‘ne längere Geschichte. Am besten, Du holst mich morgen von der Schule ab, dann erzähl‘ ich Dir alles.“

„Geht klar, dann bis morgen.“

In Schleswig angekommen, nutzte Ray die Dunkelheit, um

den Tesla von seiner alten in die neue Garage zu bringen. Er öffnete seine alte Garage im Innenhof der Villa, ging hinein, machte das Licht an und schloss das Tor wieder von innen. Mit einem Druck auf den Funkschlüssel des Fahrzeugs öffnete sich der Kofferraum sanft elektrisch. Ray nahm die Taschen heraus, zog aus einer von ihnen ein fettes Bündel Hunderter heraus, nahm dazu noch die darin liegende Schachtel Zigaretten mit heraus, stellte die Taschen in den rostigen Blechspind in der linken hinteren Ecke seiner Garage und sicherte den Spind mit einem Zahlen-Vorhängeschloss. Die Waffen ließ er im Auto, die Zigaretten packte er zu seiner fast leeren Marlboro-Schachtel in die Manteltasche, die Geldscheine rollte er zusammen, steckte sie sich in die Hosentasche. Der Kommissar öffnete das Tor, ließ sich in den weichen Ledersitz fallen, startete den Elektrobomber und das Fahrzeug glitt lautlos vom Hof. Ohne das Licht anzuschalten, überquerte Ray die Straße, fuhr in die Feldstraße ein und lenkte das schwarze Geschoss vor die Garage Nummer Sieben. Schon beim Einbiegen in die Anlage hatte Ray den Knopf des Funksenders gedrückt, so dass das Tor schon offen stand und er den Tesla direkt rückwärts einparken konnte. Mit dem Ladekabel, das unter dem klappbaren Ladeboden im Kofferraum lag, verband er das Fahrzeug mit der Steckdose. Eine kleine Kontroll-LED zeigte ihm, dass der Ladevorgang aktiviert war. Zu Fuß schlenderte er zurück zur Villa, schlurfte etwas müde die Treppe hoch und erblickte:

Marie-Charlotte!

Sie saß auf der Treppenstufe vor seiner Wohnung und freute

sich, ihn zu sehen.
„Hi Du. Mein Mann ist unterwegs – die Arbeit – und da dachte ich mir: Ich besuch‘ Dich mal.“
„Sehr gute Idee. Komm‘ rein, ich mach‘ uns einen Wein auf.“ Er nahm Marie-Charlotte in den Arm und sie betraten die Wohnung. Drinnen riss sie ihn an sich und küsste ihn leidenschaftlich.
„Du hast mir gefehlt.“
„Du mir auch…“ Ray blickte sich verstohlen um und musste mit Freude bemerken, dass Kirsten seine Wohnung ein wenig aufgeräumt hatte. Das Frühstück und alles, was nach einem Besuch aussah, war fein säuberlich verschwunden.
„Komm, setz‘ Dich erst mal…“ Ray zog eine Flasche Rotwein aus dem Regal im Wohnzimmer, entkorkte ihn und schenkte zwei Gläser großzügig ein. Sie kuschelten sich auf dem Sofa ein, genossen den Wein und erzählten sich gegenseitig die letzten Erlebnisse, zogen dann aber weiter ins Schlafzimmer und holten auch dort Einiges nach…

Tag 3 – Freitag

Bachmann, was haben wir über die Lagerhalle?“ Berger sah total übermüdet aus.
„Ich hab‘ da was…“, posaunte Bachmann stolz, „… Die Halle gehört einer Düsseldorfer Immobiliengesellschaft. Privatbesitz, Bernhard von Litzewitz. Denen gehören in Düsseldorf ein Haufen Wohnungen. Das Gelände in Schleswig steht leer, seit die ‚Nordmilch‘ da raus ist. Zahlreiche Vermarktungsversuche verliefen im Sande, auch die Stadt hat es nicht geschafft, einen neuen Investor zu finden, also stand es seitdem leer. Ein geeignetes Versteck.“
„Ich bin heute Nacht hier geblieben…“, knurrte Berger verschlafen, „… und habe mir die Berichte von der Spurensicherung noch mal vorgenommen. Wir haben die Hinweise auf die Albaner und Dinge von dem Mädchen. Die Lebensmittel waren alle noch relativ frisch. In dem Müll fand man Wasserflaschen und Nahrungsreste von wahrscheinlich vier oder fünf Tagen. Das Mädchen sagte, es wurde Samstag entführt, also müssen wir davon ausgehen, dass die Entführer das Quartier vielleicht einen oder zwei Tage vorher bezogen und eingerichtet haben. Winterhall, was hast Du?“
„Ich habe mal in der Datenbank nachgesehen und noch mal mit Kerbel aus Kiel telefoniert. Ach ja... Ray... er sagte, dass Du ihm noch Kohle schuld…“
„Ja komm‘, is‘ gut...“
„… ok. Also, die Meldungen von den Mädchen aus Preetz, Holtenau und Heikendorf haben sich erledigt: Alles ausgerissene Gören, die wieder aufgetaucht sind.“
„Ray, hast Du was über die anderen Albaner?“
„Ich bin dran, hab‘ nachher noch einen Termin, kann dann

mehr sagen."
„Ok, das ist die Mädchen-Geschichte. Aber wir haben ja auch noch unsere Leichen aus dem Dom. Mann, wieso muss es wenn, dann immer dicke kommen? Gibt es da Neues?"
„Sind wir auch dran", klang es im Duett.
„Ok, recherchiert weiter. Ich mach' für heute Schluss, hol' mir erst mal 'ne Mütze Schlaf." Berger griff sich seine Jacke und verließ das Revier.
Cullan, Winterhall und Bachmann standen vor zwei Whiteboards. ‚Dom' und ‚Mädchen'. Bachmann hatte alle bisherigen Erkenntnisse in Form von kleinen Kärtchen an die zwei Wände gepinnt. Eine Anzahl von Kärtchen mit Details zu den beiden Leichen aus dem Dom. An dem anderen Whiteboard Kärtchen mit der Lagerhalle, dem entführten Mädchen und dem toten Entführer. Die Beamten konnten sich gar nicht entscheiden, welche Ermittlungen jetzt eine höhere Dringlichkeit erforderten.
Cullan übernahm das Delegieren.
„Wo sind die Motive für die Morde an dem Beauty-Doc Fellbach und der Frau Meinheim? Sie war seine Patientin, aber welche Gemeinsamkeiten hatten die beiden noch? Winterhall, klemm' Dich mal dahinter. Grab' mal ein bisschen tiefer, fühl' der Witwe und dem Witwer auf den Zahn. Bachmann, Du kümmerst Dich um die Entführungsgeschichte. Such' mal nach einer Verbindung zu dem Inhaber der Wohnungsgesellschaft, der die Lagerhalle gehört. Eine Düsseldorfer Firma... und ausgerechnet diese Halle nehmen die Entführer? Da steckt mehr dahinter. Ich werd' mal los, ich hab' 'ne Quelle für die Albaner."

wann hast du schulschluss?

13:30, aber hol' mich ruhig jetzt schon ab, ich mach blau, warte vorne an der Straße auf Dich

bin gleich da

Diese lästige SMS-Tipperei nervte Cullan. Er beschloss, sich so ein neumodisches Smartphone zuzulegen. Er wuchtete sich in seinen Monza und fuhr von der Wache runter an die Königsstraße zur Domschule. Blinky stand schon an der Straße, stieg ein und warf seinen Rucksack zu den leeren Bierdosen auf die Rücksitzbank.

„Moin Junge. Kennst Du Dich mit diesen Smartphones aus? Moment, wieso frage ich überhaupt? Lass‘ uns mal zum Elektronikmarkt.“ Ray fuhr geradeaus weiter, über die Lange Straße, den Gallberg hoch in das Gewerbegebiet St. Jürgen zum ‚expert MegaLand Schleswig‘. Die beiden gingen schnurstracks in die Handy-Abteilung.

„Was ist das beste, was man hier kaufen kann?“
Blinky strahlte: „Ganz klar, das neue iPhone mit dem großen Speicher.“
„Gibt‘s die Dinger hier?“
„Klar, gleich hier, geilo, in silber.“
Ray ließ sich zwei Geräte zeigen. Das normale mit 6,1-Zoll-Display und das ‚Pro‘ mit 6,7 Zoll großem Display.
„Oh, das ist ja schön für meine alten Augen. Welches gefällt Dir besser?“
„Das normale ist schon cool, aber das ‚Pro‘ ist endgeil.“
„Ich nehm‘ zwei davon.“ Ray ließ sich zwei neue Geräte aus dem Schrank herausgeben und packte noch zwei PrePaid-SIM-Karten im D1-Netz dazu. An der Kasse direkt gegenüber der Handy-Abteilung bezahlte Ray die Ware in bar und kaufte noch für 500,- Euro PrePaid-Guthaben. Blinky beobachtete ungläubig den Kaufrausch von seinem väterlichen Freund.
„So, Abflug, ich hab‘ keine Lust mehr.“ Ray und Blinky gingen zurück zum Wagen, stiegen ein und fuhren zu ihrem Zuhause.

„Wir gehen direkt hoch zu Dir Blinky“, sagte Ray, ging an seiner Wohnungstür vorbei weiter nach oben.
„Mom ist noch bei der Arbeit…“ Blinky schloss die Tür zu seiner Wohnung auf. „… wir haben also erst mal Ruhe.“ In seinem Zimmer startete er seinen Technik-Park.
Ray packte die Handys aus. „So mein Junge, nachher zeigst Du mir mal, wie man mit diesem Ding umgeht.“
„Klar, gerne…“, strahlte Blinky, „… aber wieso hast Du Dir zwei gekauft?“
„Na, weil eins davon für Dich ist.“

Blinky strahlte noch mehr. „Wow Ray, wie geil ist das denn?“
„Sieh‘ es als Lohn für Deine Mühe“, grinste Ray. Es machte ihm sichtlich Freude, dem Jungen eine Überraschung bereitet zu haben. Blinky streichelte glücklich sein neues Telefon und schloss beide Geräte zum Aufladen an.
„So, und jetzt erzähl‘ erst mal, was Du über die Albaner hast.“
Blinkys Computer waren hochgefahren, er öffnete seinen Verlauf und das Verzeichnis mit seinen abgespeicherten Dokumenten.
„Also, pass auf. Über den Namen habe ich den Handy-Provider rausgefunden. Vodafone in Deutschland. Über die Anmeldungen auf dem Hauptserver von dem Provider habe ich Anmeldungen in unmittelbarem Zeitraum vor- und hinterher rausgefunden. Hammer, weißt Du, wie viele Leute da Verträge abschließen…? Auf jeden Fall wurden innerhalb kürzester Zeit siebzehn Handyverträge von vergleichbar albanisch klingenden Personen abgeschlossen – krass was? Hier, die Liste drucke ich Dir aus.“ Der Drucker fing an zu rattern. „Über die Namen habe ich Mietverträge bei Autoverleihern gecheckt und Bingo: Noch am gleichen Tag wurden vier VW Touran und ein Tesla gemietet. Zeitpunkt: Vor zwei Wochen. Erst die Autos am Flughafen, die Handyverträge ungefähr zwei Stunden später in der Innenstadt, unter anderem in Hamburg, im Europa-Center an der Innenalster. Aber jetzt kommt’s: nicht nur in Hamburg, sondern zeitversetzt auch in Düsseldorf, Bremen und Berlin.“
„Wahnsinn, gute Arbeit. Das sieht ganz danach aus, als ob die Truppe sich aufgeteilt hat und in kleinen Gruppen sozusagen in Deutschland eingefallen ist.“

Blinky fuhr fort „Alle diese Personen, ich gehe mal davon aus, dass die Namen alles Männer sind, hatten alle den gleichen Herkunfts-Flughafen: Tirana in Albanien. Über die Anmeldedaten der Kreditkarten der Autovermieter bin ich an die Bankdaten der Jungs gekommen."
„Junge, Du wirst mir unheimlich."
Blinky grinste über das ganze Gesicht. „Mit den Kreditkarten wurden vor dem Abflug ein paar Transaktionen gemacht, ich schätze mal Materialkauf und Klamotten und so. Über eine Kreditkarte konnte ich ein Referenzkonto verifizieren: ein Online-Konto bei der ING-DiBa. Mit ein bisschen Schweiß habe ich es geknackt und siehe da: kurz vor Abflug ein Geldeingang aus Deutschland. 30.000 Ocken. Kennst Du den: ‚B. Heck'. Und hier, noch mal 30.000 – von ‚V. Nehler'!"
<<Häh, wer bitte sollen denn die jetzt sein???>> „Nee, kenne ich nicht. Klemm' Dich dran und versuch', mehr über diese Geldquellen rauszufinden. Auf jeden Fall Spitzen-Arbeit Bengel, ganz großes Kompliment." Blinky lehnte sich voller Stolz zurück. „So und jetzt zu den Handys. Zeig' mir, wie die ganze Technik mit WhatsApp und Internet und so funktioniert."
Blinky verschränkte die Finger seiner Hände ineinander, drückte sie mit den Handflächen nach außen bis es knackte und legte los. „Ok, alter Mann, jetzt gut aufpassen…"

Ray war nachmittags wieder ins Revier zurückgekehrt und stand vor dem ‚Mädchen‘-Whiteboard. Zu den fünf Kärtchen mit den Albanern pinnte er weitere zwölf dazu. Er schrieb die Namen von Blinkys Liste auf die Kärtchen, und mit einem Marker kritzelte er ‚Hamburg‘, ‚Düsseldorf‘, ‚Bremen‘ und ‚Berlin‘ dazu.

<<Verfluchte Lumpen, was wollt Ihr hier? Wenn fünf hier oben sind, was planen die anderen?>> Er nahm zwei weitere Kärtchen, schrieb die Namen ‚B. Heck‘ und ‚V. Nehler‘ darauf und pinnte sie ganz nach oben.

Winterhall schlenderte mit einem Kaffeebecher träge in den Raum.

„Was hast Du da Neues?“

„Wir haben es hier mit einer ganzen Truppe Albaner zu tun. Sie sind vor circa zwei Wochen über vier Städte nach Deutschland eingereist, einen Teil davon haben wir hier oben. Was macht die Dom-Sache? Hast Du bei Witwer und Witwe mehr erfahren?“

„Ach so, nee, ich war noch nicht da…“

<<Mann Du Pflaume, was machst Du überhaupt?>>

„Bachmaaaaaaaaaann...“, rief Ray zum benachbarten Raum. Der Kollege kam um die Ecke.

„...hast Du mehr von der Lagerhalle?“

„Ich hab‘ noch mal bei dieser Immobilienfirma angerufen, die wissen in Düsseldorf nichts von dem Gelände in Schleswig und der Inhaber war nicht zu sprechen.“

<<Das kann doch nicht wahr sein, bin ich hier nur von Pennern umgeben?...>>

Ray war genervt, dass seine Kollegen keine neuen Erkenntnisse ermittelt hatten. Er griff seinen Mantel und dampfte ab.

Im ‚Marvil‘ sitzend zischte Ray erst mal ein nettes Bierchen. Jan strahlte ihn an.

„Na Schnucki, Du siehst ja richtig gut aus.“

„Wenn man nur von Flachzangen umgeben ist, dann sieht man so aus. Mach‘ mir bitte noch eins.“

Cullan zog gewohnheitsbedingt noch sein altes Nokia und schrieb eine gute alte SMS an Blinky:

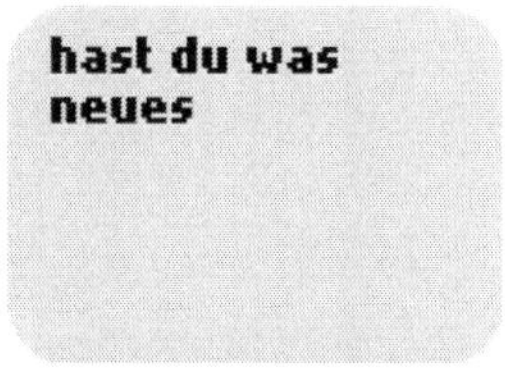

Ray zog sein neues iPhone und öffnete die App.

„Piep-piep“

<<Oh, cool. Da ist ja schon was.>>

Ray verstaute sein Smartphone und widmete sich wieder dem Wirt.
„Sach‘ ma‘ Jan, Du hast doch vorgestern erzählt, dass der Fellbach eine Geliebte hatte.“
„Ja, diese junge Russin.“
„Weißt Du, wo ich die finde?“
„Boah, ich wüsste nicht, dass die irgendwo arbeitet, die hat man eher immer im kargen Schleswiger Nightlife gesehen. Die hatte den Fellbach damals bei einem Praktikum in der Klinik kennengelernt und ihn sich dann geangelt. Eka…, Ekata…, Ekatarina heißt die. Und ich hab‘ gehört, dass sie pokert. Aber wo, weiß ich nicht.“
„Da hätte ich eine Idee. Was habe ich auf dem Deckel?“
„Sieben für die Bierchen – und 260 für die letzten 5 Wochen…“
„Hier, passt so.“ Ray packte drei Hunderter auf den Tresen und dampfte ab. Seinen Wagen hatte er hinter dem ehemaligen ‚Nootbaar‘-Gebäude geparkt, ein paar Schritte vom ‚Marvil‘ entfernt.
<<Hmh, die Poker-Kneipe am Wiking-Yachthafen wird noch nicht auf haben, da regel‘ ich erst mal das mit Blinky.>>

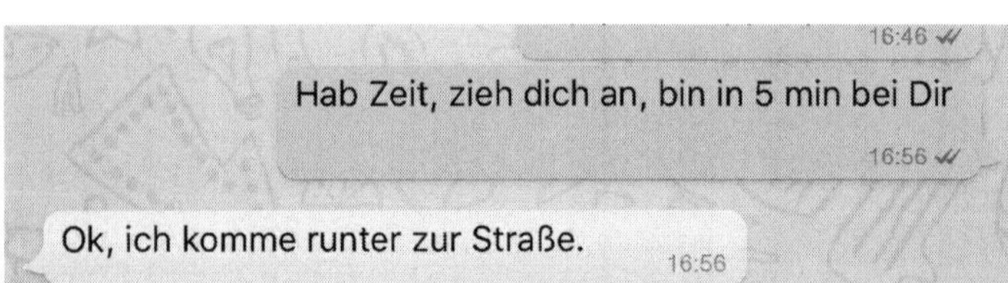

Blinky wartete unten, Ray kam die Schubystraße hoch, ließ ihn einsteigen.

„Was ist das für ein Computerdings, was Du neu brauchst?“
„Hah, so ein nagelneuer Intel Core mit einer Taktfrequenz Richtung Ultra-Megahertz, das wäre schon was Heißes.“
„Bekommen wir in Schleswig sowas?“
„Ja, bei Nordland-Computer oben bei ‚Marktkauf‘, die können so einen zusammenstellen.“
„Na dann mal hin da…“
Von der Schubystraße fuhr Ray hoch zur Flensburger, ins Industriegebiet ‚Schliekieker‘ zum ‚Marktkauf‘-Supermarkt-Komplex. Dort hatte der ‚PC-Spezialist‘ sein Geschäft mit angeschlossener Werkstatt. Die beiden betraten den Laden und Blinky wurde gleich vom Chef Horst angeschnackt.
„Moin Blinky, was brauchst Du Schönes?“
Blinky schaute Ray an, der nickte. Ein seliges Lächeln wanderte in sein Gesicht und er legte los: „Hightower mit 900er-Netzteil, den neuesten Intel Core, 64 Gigabyte RAM, zwei 500er-SSD-Festplatten, eine als Bootpartition, Vier-Terrabyte-Festplatte, zwei Quad-Head-Grafikkarten und mindestens 10 USB-C-Anschlüsse.“
„Ui, Du legst ja gut vor. Bauen wir Dir. Ich rechne mal zusammen, was die Maschine kosten wird. Die Teile sollten wir alle da haben.“
„Super, ich schaue mir noch die Monitore an.“ Blinky schlenderte zu den Displays und Ray beugte sich zu Horst über den Tresen. „Dein Preis wird schon in Ordnung gehen. Pack‘ mal noch drei von deinen größten und besten Bildschirmen mit drauf. Könnt Ihr den Kram morgen liefern?“
Horst freute sich über den guten Auftrag und nickte Ray zu.
„Komm‘ Kleiner, Abflug.“
„Warte mal Ray, die haben hier diesen neuen…“
„Ist schon geregelt, sie liefern Dir das Zeug morgen.“ Blin-

ky schaute etwas verwirrt, schien aber verstanden zu haben und die beiden verließen das Geschäft.
„Ich brauch‘ noch Fluppen, ich geh‘ noch mal kurz rüber zum Tabakladen.“
Ray holte sich bei seiner Lieblings-Tabakverkäuferin vier Stangen Marlboro rot, steckte sich direkt eine Zigarette an und die beiden fuhren zurück zur Villa. Er setzte Blinky an der Straße ab, wartete, bis dieser im Haus verschwunden war, fuhr dann in den Innenhof und stellte den Monza in seiner Garage ab.

Es war schon Abend. Ray ging zu Fuß in die Feldstraße, drückte den Knopf seines Funksenders und das Tor der siebten Garage öffnete sich sanft – ohne Quietschen. Mit dem geräuschlosen Elektrofahrzeug erhoffte er sich ein unbemerktes Annähern und Verfolgen der Entführer. Ray trennte das Ladekabel, bestieg das Luxusgefährt und rollte lautlos vom Platz. Durch einen Druck auf den Funksender schloss sich das Tor wieder.
Der Kommissar verließ Schleswig nordwärts, weiter zur Autobahnauffahrt Schleswig/Schuby, rauf auf die A7 Richtung Kiel. Hier tippte er auf dem siebzehn Zoll großen Zentraldisplay das Fahrmenü an und wählte die Fahrstufe ‚insane‘. Jetzt gab er dem Pferd die Sporen. Ein wahres Höllenfeuerwerk entlud sich. Die geballte Kraft der Elektromotoren stürzte sich auf den Allradantrieb, packte das Fahrzeug und beschleunigte es atemberaubend – 100 – 150 – 200 – 250 – in nur wenigen Sekunden flog Ray förmlich über die Autobahn – ein breites Grinsen legte sich auf sein Gesicht <<Yeah, das macht Spaß.>> Über die Rader Hochbrücke führte ihn sein Weg bis hinter die Abfahrt Bordes-

holm, zu dem Rastplatz ‚Hasenmoor'. Hier sollte die Geldübergabe der Weißgerbers über die Bühne gehen.
Ray löschte das Licht und befuhr die Rastplatzanlage. Die bestand aus zwei Fahrspuren, eine für LKW, die andere für Pkw. In der Mitte des Areals stand ein befestigtes Toilettenhäuschen, direkt davor die drei Mülltonnen. Es war noch zu früh, erst in etwa zwei Stunden sollte die Geldübergabe stattfinden. Ray sah sich um – kein anderes Fahrzeug zu sehen. Er rollte langsam in die zweite Straße ein und versteckte den Tesla hinter einer an der Fahrbahn liegenden Gebüschgruppe aus wintergrünen Gehölzen. Er stieg aus und steuerte auf die Mülltonnen zu. Die drei grünen Blechsäulen standen in kurzem Abstand nebeneinander, unter den zerbeulten Deckeln lugten die Kanten der blauen Müllsäcke hervor. Ray sah sich noch einmal um – immer noch nichts in Sicht – und öffnete die Tonnen, eine nach der anderen. Sie waren jeweils zu circa zwei Dritteln mit Müll gefüllt, der auf einer Raststätte so weggeworfen wird: Getränkeflaschen, Aluminiumpapier, Babywindeln, Umverpackungen von Bockwürstchen und Süßigkeiten, ausgeleerte Aschenbecher. Es stank natürlich dementsprechend.
<<Ok, Deckel wieder zu. Ich verziehe mich jetzt und beobachte die Mülleimer.>>
Ray ging zügigen Schrittes zurück zu dem versteckten Fahrzeug, setzte sich rein und wartete. Durch die Büsche hindurch konnte er die Gruppe von Mülltonnen aus sicherer Entfernung beobachten, ohne selbst entdeckt zu werden. Schweren Herzens verzichtete er darauf, sich eine Fluppe anzuzünden – zu große Gefahr, in der Dunkelheit dadurch gesehen zu werden.
<<Aber so ein Bierchen... das leuchtet nicht.>> Ray griff

hinter sich und wollte eine Büchse Bier aus dem Träger ziehen, doch seine Hand griff ins Leere.
<<Verdammt, das hier ist ja nicht mein Monza. Mist, nix zu Trinken mitgenommen!!! Gepennt Alter!>> Ray ärgerte sich heftig. Nicht Rauchen, nicht Trinken – schlechter Abend. Also lehnte er sich in den bequemen Ledersessel, hoffte, dass bald etwas passierte und kritzelte eine Skizze in seinen Block.

Bis auf ein paar durchfahrende Fahrzeuge, deren Insassen anhielten, ausstiegen, in dem Toilettenhäuschen verschwanden und wieder abfuhren, passierte nichts. Doch jetzt, um 23:55 Uhr fuhr eine silberne Mercedes-S-Klasse-Limousine in den Rastplatz ein. Zielgerichtet hielt die Karosse neben

den Mülleimern. Weißgerber mit seiner auffälligen Statur stieg aus, holte eine pralle blaue Tasche aus dem Kofferraum und steckte sie in den mittleren Müllbehälter. Er hielt den Deckel noch in der Hand und es sah so aus, als ob er sich von seinem Geld verabschieden würde. Nach dem kurzen Moment ließ er den Deckel fallen, stieg ins Auto ein, beschleunigte sanft und verließ den Rastplatz.
<<Sauber Alter, jetzt heißt es: Aufpassen.>>
Ray war hellwach, fixierte den Mülleimer und drehte sich regelmäßig zur Einfahrt um.
<<So Jungs, kommt, wo bleibt Ihr?>>

Ein schwarzer VW Touran fuhr langsam auf den Rastplatz. Ray konnte mindestens zwei Insassen wahrnehmen. Der Wagen rollte an die Mülltonnen heran, hielt an. Die Bremslichter leuchteten hell. Es verstrich ein kurzer Moment, der Ray wie eine Ewigkeit vorkam. Der Beifahrer stieg aus, sah sich um, öffnete die mittlere Tonne und zog die Tasche heraus. Er blickte sich noch mal um und stieg ein. Der Touran rollte los. Ray startete den Tesla, achtete darauf, dass alle Lichter, auch die Tagfahrlichter, ausgeschaltet waren und setzte seinen Wagen in Bewegung, um die Verfolgung aufzunehmen. In ausreichendem Sicherheitsabstand, so, dass er den Touran immer gut im Blick hatte, fuhr er hinterher. Das vorausfahrende Fahrzeug beschleunigte auf 140 km/h, der Kommissar immer dran. Knapp einen Kilometer hinter dem Rastplatz nahm der Touran die Ausfahrt ‚Achterwehr' scharf rechts,... <<Häh, jetzt fahrt Ihr schon wieder ab???>>
... unterquerte die Autobahn, bog sofort wieder links ab und fuhr wieder auf die Autobahn in Richtung Rendsburg. <<Okeeeeh, was wird das denn hier...?>> Ray kurvte hin-

terher, befuhr ebenfalls wieder die Autobahn und setzte die Verfolgungsfahrt fort, wieder mit einem ausreichendem Sicherheitsabstand. <<So, jetzt muss ich mir was überlegen, ich kann hier nicht unbeleuchtet auf der Autobahn weiterfahren. Ich lass‘ mich bisschen zurückfallen, mache das Licht wieder an, schließe auf und sehe so aus, wie ein normales Fahrzeug auf dieser Strecke.>> Auf diese Weise schloss Cullan auf den Touran auf, blieb aber trotzdem auf entfernte Sicht dahinter. Ray hatte es sich genau so gedacht, am Rendsburger Kreuz bog der schwarze VW Richtung Norden nach Schleswig auf die A7. Zu dieser nächtlichen Zeit war nicht viel Verkehr auf der Bahn, so konnte er trotz größerem Abstand das vorausfahrende Fahrzeug sicher im Blick behalten. Er rechnete fest damit, dass sie in Schleswig abfahren würden, ließ sich weiter zurückfallen, so dass seine Lichter aus dem Rückspiegel des Touran verschwanden. Circa 20 Kilometer nach der Rader Hochbrücke lag die Schleswiger Ausfahrt, Ray fuhr also die nächsten fünfzehn Kilometer ganz entspannt mit 150 bis 160 km/h, beschleunigte dann volles Pfund, um wieder hinter dem Touran landen zu können, bevor der die Ausfahrt nahm. Er löschte wieder das Licht, gab Vollgas. Der Tesla zischte über die Bahn. Da – die Rücklichter, Ray hatte ihn wieder, schloss jetzt näher auf, um den Wagen nicht zu verlieren.
Wie erwartet nahm sein Jagdobjekt die Ausfahrt ‚Schleswig/Jagel‘, verließ die Autobahn. An Busdorf vorbei fuhren die beiden Autos weiter über den Gottorfdamm und dann ab Richtung Innenstadt. Hinter der Tankstelle links rein und dann sofort wieder rechts in den Lollfuß. Einbahnstraße. Ray hatte genug Abstand gehalten, ließ sich im Licht der Straßenbeleuchtung weit genug zurückfallen, dass sein Wa-

gen nicht durch das reflektierende Licht auffallen konnte. Er sah gerade noch, wie der Touran direkt hinter einem der ersten Häuser in einen Hinterhof fuhr, stoppte und stellte seinen Wagen auf dem Parkplatz bei dem Scandia-Gebäude an der Ecke ab.
Zu Fuß schlich er zu dem Haus, zog seine Waffe und näherte sich der Einfahrt zum Hinterhof. Er hörte zweimal das Geräusch von zuschlagenden Autotüren, blickte schnell um die Ecke. Die zwei Männer gingen vom Fahrzeug zu der Hintertür des Hauses. Der größere von ihnen trug die Tasche, folgte dem anderen in das Haus. Die Tür fiel ins Schloss. Ray spurtete zu der Tür und versuchte, etwas zu sehen oder zu hören. Das alte Haus mit der grau gestrichenen Putzfassade bestand aus zwei Stockwerken und einem Walmdach aus dunkelroten Tonpfannen. Die kleinen Sprossenfenster waren von der Sonne durchgetrocknet, so dass sich von den Holzleisten kleine weiße Splitterfasern aufstellten. Die Scheiben bestanden aus einer Einfach-Verglasung, die ermöglichten, dass Ray Stimmen hören konnte. Die Gesprächsfetzen klangen für ihn wie Albanisch. Mindestens drei, wenn nicht sogar vier Stimmen. Das würde dazu passen, dass sich die fünf Albaner der Hamburg-Gruppe hier aufhielten, einen hatte er erledigt – also passte vier. Der Gesprächston war freudig, anscheinend packten sie die Tasche aus und freuten sich über das Geld.
<<Ok, die Kohle haben sie, dann sollte jetzt die Freilassung der Geisel erfolgen. Wenn alle vier hier sind, sollte das Mädchen auch hier sein. Na, dann geh‘ ich mal rein. Mit ordentlich Feuerkraft.>> Ray schlich sich zurück zur Straße, ging schnell zum Tesla und holte das Gewehr und einen der Revolver aus dem Kofferraum. <<Magazin – voll,

Trommel – voll.>> So bewaffnet kehrte er zu dem Haus der Entführer zurück, den Revolver im Hosenbund, seine P99 im Schulterholster und das Gewehr im Anschlag. Mit voller Wucht trat er die morsche Hintertür ein. Ein kurzer schmaler Gang, Raum rechts. Zwei Schritte, Ray blickte in den vorderen Raum, die Küche, zwei Männer – BÄHMMM – der erste Schuss zerfetzte den Kopf des Großen, rechts daneben – BÄHMMM – Bauchschuss, der Kleinere sackte in sich zusammen, der dritte kam mit weit aufgerissenen Augen aus dem Nachbarzimmer, eine Pistole im Anschlag – BÄHMMM – die Wucht der Gewehrkugel schleuderte den Mann wieder einen Schritt nach hinten. <<Wo ist Vier?>> Mit einem kurzen Blick checkte Ray die drei niedergeschossenen Albaner – keine Bewegung. Langsam ging er in den nächsten Raum – Esszimmer – den Gewehrkolben dicht an seine Wange gepresst, das rechte Auge an der Kimme, das linke Auge geöffnet. Leer – weiter – Wohnzimmer, schmuddeliger Teppich, Röhrenfernseher in der Ecke, ein altes Sofa mit einem zusammengeknautschten Nylon-Schlafsack, zwei Sessel, eine Anrichte mit Schnickschnack, hässliche Bilder an den Wänden, vergilbte Gardinen an dem Fenster, es roch nach Aschenbecher. Weiter, die hintere Tür stand angelehnt. Kleiner Flur, dunkel, drei Türen. Die rechte Tür – Emailleschild – Bad. Zwei weitere Türen.

<<Die zwei Zimmer müssten die Schlafzimmer sein. Das größere zur Straße wird das Elternschlafzimmer sein. Dort werden zwei von denen gepennt haben, also wird die mittlere Tür das kleinere Zimmer sein, für Kinder gedacht. Hier halten sie die Geisel. Hundertpro.>>

Ray stellte sich vor die Tür, das Gewehr immer noch im Anschlag, holte mit dem Bein aus und trat die Tür volles Pfund

ein. KRACKKKKK – das einfache Schloss barst, das dünne Holz flog zur Seite. Kleiner Raum, ein Einzelbett links an der Wand, ein kleines Fenster in der hinteren Wand.
„Lasse Waffe falle!!!“, rief Albaner Nummer vier. Der Entführer stand mit dem Rücken zur Wand. Er hielt ein junges Mädchen vor sich – Eleonor Weißgerber – groß, schlank, lange blonde Haare. Mit dem linken Arm umarmte er sie von hinten und hielt dabei seine Hand an ihrer Kehle. Mit seiner rechten Hand presste er einen silbernen Revolver an die Schläfe des Mädchens.
„Lasse Waffe falle!!!“, schrie er jetzt. Seine schwarzen Augen glotzen irr, aus seinem Mund mit den gefletschten Zähnen sprühten Speicheltropfen bei dem Aufschrei.
„Ok, ok, ganz ruhig. Eleonor, alles klar bei Dir?“
Die Kleine war total verängstigt. Offenbar hat Nummer vier sie aus dem Schlaf gerissen und sich jetzt hinter ihr verschanzt.
„Waaaas? Was ist hier los?“ Eleonor war desorientiert, konnte noch gar nicht erfassen, was um sie herum geschah.
„Ja, ich glaub‘ ja“, wimmerte sie.
„Ok, Kleine, bleib ganz ruhig, ich bin hier, um Dich zu retten.“
„Du solle Waffe falle lasse, Arschelöcher…“ Der Albaner wurde hektisch, würgte das Mädchen, die jetzt fast zappelnd in seinem Arm hing, drückte noch mal nachgiebig den Lauf seiner Waffe in die Schläfe des Mädchens.
„Auahhhh, Sie tun mir weh.“
„So Freundchen, wir wollen doch ganz cool bleiben…“, sprach Ray ganz sanft, „… ich zähl‘ jetzt bis drei und dann nehme ich meine Waffe runter. Aber tun Sie dem Mädchen nichts. Ok?“ Albaner nickte hastig.

„Eins…“

„Zwei…“

BÄHMMM – ein sauberer Schuss zerfetzte den Kopf des Albaners <<Mann Du Wichser, wir sind hier nicht im Scheiß-Tatort, wo jeder Scheiß-Bulle jedes Mal seine Waffe fallen lässt, nur weil so ein Scheiß-Arschloch meint, mit ‘ner Geisel im Arm kann man jeden Scheiß-Spruch bringen. AM ARSCH!!!>> Blut und Gehirn spritzte an die Wand, der Körper des Mannes wurde nach hinten gerissen, der Arm mit der Waffe schwang mit. Das Mädchen wurde in dem Klammergriff mit zurückgerissen, beide Körper klatschten zu Boden, das Mädchen landete auf dem Mann und ihr Hinterkopf prallte in das Blutgesicht ihres Entführers. Jetzt flippte sie total aus und schrie panisch. Ray sprang zu ihr rüber und half ihr hoch. Hektisch drehte sie sich zu dem Toten. Ray packte sie, nahm sie in seinen Arm, drückte sie fest an sich und hielt schützend seine kräftige Hand auf ihren Hinterkopf.

„Eleonor, Du bist in Sicherheit. Die sind alle tot. Du bist gerettet.“ Das Mädchen beruhigte sich langsam.

„Hey…“ Ray nahm Eleonors Gesicht in seine Hände und schaute ihr tief in die Augen. „… wir sind hier fertig. Ich bring‘ Dich nach Hause.“ Er legte einen Arm um ihre Schultern und führte sie raus. Sie gingen den kleinen Flur zurück, durch das Wohnzimmer, durch das Esszimmer, durch die Küche… Der Kommissar erschrak.

<<Scheiße, wo ist der Kleine???>> Ray schaute sich hektisch um.

<<Verdammte Scheiße, der Kleine war doch noch nicht tot!!! FUCK!!!>> Sofort drückte Ray das Mädchen hinter sich.

„BLEIB HINTER MIR!“
„Was ist los? Was ist los???“ Eleonor schrie wieder wie am Spieß.
„BLEIB HINTER MIR!!!“
<<Fuck, das Gewehr ist noch hinten. FuckFuckFuck“ Ray zog seine P99 und den Revolver. Mit beiden Waffen in den Händen und Eleonor in seinem Rücken ging er langsam vorwärts. BÄHMM – ein Schuss aus dem Flur. Ray schubste Eleonor zu Boden, sprang nach vorne und schoss mit dem Riesen-Revolver durch die Wand die ganze Trommel leer. BOMMM, BOMMM, BOMMM, BOMMM, BOMMM – mit ohrenbetäubendem Lärm krachten die Kugeln durch die Wand, die dünnen Lehmwände zerbarsten, der letzte Schuss wurde von einem stöhnenden Aufschrei aus dem Flur garniert. Ray hielt seine P99 vor sich und schaute in den Flur. Da lag der Kleine, die Pistole noch in der Hand, aus fünf Einschusslöchern lief sein Blut auf die Flurmatte.
<<Ok, das war’s aber jetzt wirklich.>> Ray ging noch mal zurück in das Kinderzimmer, hängte sich das Gewehr über die Schulter, sammelte die Waffen von Vier, Drei, dem Großen und dem Kleinen ein, schnappte sich Eleonor und die Tasche mit dem Geld und verließ das Haus. „So, Abflug.“

Auf der Fahrt nach Kiel beruhigte sich Eleonor zunehmend. Er fragte sie aus und erfuhr, dass auch sie in der Nacht zum Sonntag, von ihren Freunden getrennt, überwältigt, betäubt und entführt wurde. Sie hatte keine Ahnung, wo sich ihr Gefängnis befand, wurde aber den Umständen entsprechend ‚gut‘ behandelt, bekam zu essen und zu trinken, durfte regelmäßig zur Toilette, hatte einen Fernseher in dem Zimmer. Von unterwegs rief Cullan die Weißgerbers an, teilte ihnen mit, dass er ihre Tochter zurückbringen würde. Dazu rief er die Nachtschicht seiner Wache an, beauftragte sie, das Haus im Lollfuß zu sperren und den Tatort von der Spurensicherung untersuchen zu lassen.

In Kiel angekommen, standen die Eltern von Eleonor schon in der Tür und erwarteten die beiden. Ray rollte auf die Einfahrt, das Mädchen riss die Tür auf und rannte heulend in die Arme ihrer Eltern. Alle weinten, hielten sich in den Armen. Ray ging zu ihnen und Frau Weißgerber fiel ihm um den Hals.

„Danke, danke, ich bin Ihnen so dankbar, dass Sie meine Tochter zurückgebracht haben“, schluchzte sie. Auch Herr Weißgerber war erleichtert. Er wendete sich Ray zu, drückte ihm fest die Hand.

„Vielen vielen Dank Herr Kommissar. Kommt erst mal alle rein.“

Ray ging noch mal zurück zum Auto, nahm die Tasche mit dem Geld und folgte den dreien in das Haus. Eleonor stand in der Eingangshalle. Als Ray eintrat und die Tasche auf den Boden stellte, lief sie zu ihm, fiel ihm um den Hals und schlang ihre zarten Arme um ihn. Sie flüsterte ihm in sein Ohr: „Ich verdanke Ihnen mein Leben, vielen Dank Herr Cullan.“

Ray war fast ein bisschen beschämt. „Ach, ist schon gut Kleine. Jetzt ruh‘ Dich erst mal aus.“

Frau Weißgerber nahm ihre Tochter in den Arm und verschwand mit ihr über die Riesen-Treppe nach oben. Ihr Mann nahm die Tasche, hakte Ray ein und zog ihn in den Salon. Er öffnete die Tasche.

„Das ist eine Million,…“ Er fing an, Geldbündel aus der Ta

sche herauszunehmen. „… das Geld wäre so oder so weg gewesen, ohne Garantie, dass wir unsere Tochter je wiederbekommen. Sie haben unsere Tochter unversehrt wiedergebracht…“ Die Hälfte des Geldes lag jetzt auf dem Tisch. „… daher halte ich es für angemessen,…“ Er zog den Reißverschluss der Tasche zu, in der sich die andere Hälfte des Geldes befand. „… dass Sie einen Lohn für Ihren Einsatz bekommen. Hier,…“ Er nahm die Tasche und drückte sie Ray in die Arme. „… eine halbe Million Euro. Die sind für Sie. OHNE Widerrede. Ich akzeptiere nicht, dass Sie das ablehnen.“

Cullan war total perplex. Damit hatte er nicht gerechnet, ließ sich aber nicht zweimal bitten. „Danke Herr Weißgerber, das war eine Selbstverständlichkeit, das hätte jeder andere auch gemacht.“

„Aber vielleicht nicht gekonnt. Viel Spaß mit dem Geld.“ Ray nickte ihm lächelnd zu. „So, ich muss los. Bitte stellen Sie sich darauf ein, dass wir Sie alle noch mal befragen werden. Wir werden uns telefonisch mit Ihnen in Verbindung setzen.“

„Alles klar, wir stehen bereit. Gute Nacht und noch mal vielen Dank.“

Ray fuhr nach Hause, er trat das Gaspedal durch und flog mit 250 über die Autobahnen nach Schleswig. In der Feldstraße angekommen parkte er den Tesla rückwärts ein, verband das Ladekabel mit dem Wagen und schloss die Garage mit dem Funksender. Total kaputt fiel er oben in sein Bett – ein Glück, keine Frau zu Besuch in dieser Nacht…

Tag 4 – Samstag

Wie jeden Tag öffnete sich die schwere Eisentür. Ein vermummter Mann trat ein, schaltete die funzelige Deckenlampe an und stellte ein Tablett mit Essen auf den nackten Betonboden. Das quietsch-orange Plastiktablett enthielt eine 0,5-Liter-Packung Milch, zwei trockene Brötchen und einen Schokoriegel. Der Raum war klein, ohne Fenster, die Wände mit ungestrichenem Rauputz begrenzten die vielleicht zehn Quadratmeter kalte Enge. In der hinteren Ecke lag eine Matratze. Oberhalb der Matratze, in die Seitenwand mit Dübeln eingeschraubt, ragte eine stabile Eisenöse heraus, an der eine Kette befestigt war, die, vielleicht zwei Meter lang, am Handgelenk eines jungen Mädchens endete. Ein massives Vorhängeschloss sicherte, dass das Mädchen sich unmöglich befreien konnte. Das unmissverständliche Eisen gebot der Gefangen nur einen minimalen Bewegungsradius.

Der Mann beugte sich runter zu dem Mädchen, stupste sie an.

„Eh, aufwache…“ Der zarte Körper zuckte unter der dünnen Wolldecke zusammen, um sich dann blitzschnell aufzusetzen, mit dem Rücken an der Wand, die Knie an das Kinn gezogen. In dieser Schutzhaltung eingekauert, lugten unter den langen strähnig-fettigen Haaren zwei verängstigte Augen hervor.

„Kannsse ruhig bleibe – is nur Frühstück. Esse…“

Victoria kannte langsam die kontinuierliche Wiederkehr der täglichen Rituale. Das ‚Frühstück‘ markierte den Beginn eines Tages. Danach Abketten, der Gang zu der Toilette, zurück, Anketten. Warten. Noch mal Warten. Abends wieder das widerliche orange Plastiktablett, diesmal mit einer Dose Cola, einem Schokoriegel und einer Packung trockener Butterkekse, gebracht von einem der Typen. Abketten, Toilette, Anketten. Licht aus. Schlafen. So gut es eben ging. Diese Tages-Routinen wurden ergänzt durch diverse Besuche der Männer in ihrem Gefängnis. Vorzugsweise abends oder nachts sprang die Tür auf und zwei oder drei von ihnen machten sich einen Spaß daraus, dem hilflosen Mädchen nahe zu kommen. Unter ihrer heftigen Gegenwehr versuchte immer einer, ihre Brüste anzutatschen oder sie an anderen Stellen unsittlich zu berühren. Victoria schrie dann wie am Spieß, die anderen lachten meistens und feuerten den jeweiligen Strolch an. Zu ihrem Glück blieb es nur bei diesen sexuellen Übergriffen, zu einer Vergewaltigung war es noch nicht gekommen. Nach einigen Tagen fand sich das Mädchen mit ihrem Schicksal ab und hoffte auf eine baldige Befreiung aus ihrer Gefangenschaft. Victoria stellte ihr Gehirn ab dem Moment auf Aufnahmemodus und versuchte, sich alles zu merken, was sie registrieren konnte:

Vier Männer, alle ziemlich groß, osteuropäische Sprache, gebrochenes Deutsch. Allen gemein war, dass sie sehr muskulös und kräftig aussahen und durch ihre Sturmhauben hindurch nach Knoblauch, Bier und Zigaretten rochen. Sie gab den vier Männern Namen. ‚Stinki' roch widerlich nach abgestandenem Schweiß, ‚Soldat' trug permanent Tarnfleck-Klamotten mit schwarzen Kampfstiefeln dazu, ‚Lispel' lispelte bei seiner Muttersprache und seinem gebrochenem Deutsch, der vierte bekam den Namen ‚Hinkebein', der hatte eine Verletzung, zog immer sein rechtes Bein ein bisschen nach.

Ihr Gefängnis stufte sie als Lagerhalle ein. An ihre Ankunft

konnte sie sich nicht erinnern, sie wachte in dem kleinen Raum auf, angekettet. Die täglichen zwei Toilettengänge führten durch einen ca. 18 Meter langen Flur über Eck, an dessen Seitenwänden sich zwei mal drei Türen befanden. Die hinterste Tür führte zu ihrem Gefängnis. Was sich hinter den anderen Türen befand, ließ sich nicht sagen. Die Toilette gehörte zum vorderen Bereich der Halle. Ein circa 150 m² großer Lagerraum, leer, vier nebeneinander liegende Rolltore, hinter der Toilettentür zwei Büroräume, in denen sie aber nur durch unauffällige Blicke eine minimale Büro-Ausstattung wahrnehmen konnte. Das erste Büro wurde als so eine Art Aufenthaltsraum genutzt. Vorne in der Lagerhalle standen große Kartons, in denen die Lebensmittel gelagert wurden, zwei weitere Kartons enthielten den Müll.
Victoria charakterisierte ihre Entführer. Hinkebein war der Anführer, Stinki, Lispel und Soldat schienen ebenbürtig. Bei den täglichen Sex-Attacken war Soldat besonders eklig und aufdringlich. Bei Lispel hatte sie das Gefühl, dass er das eigentlich gar nicht wollte, sondern eher durch seine Freunde angestachelt wurde. Hinkebein hat es nie gemacht, war noch nicht mal immer dabei. Stinki hatte sie eher mehr gekitzelt als sich sexuell zu amüsieren. Aber furchtbar war es immer.
Bei den Toilettengängen wechselten sich die drei Schergen ab, ließen die Tür immer auf, wenn sie auf der Schüssel saß und glotzten sie an, als hätten sie noch nie einer Frau beim Pinkeln zugesehen. Nur wenn sie groß musste, schlossen sie die Tür. Das war die schönste Zeit. Ohne Fesseln, ein wenig Intimität, Ruhe, Ungestörtheit. Wenn diese Zeit um war, musste sie sich wieder wie ein Tier anketten lassen. Demütigend.

Victoria musste viel nachdenken. Sie hatte viel Zeit zum Nachdenken. Warum sie? Welches Ziel verfolgten die Entführer? Rache war es nicht, sonst wäre sie schon längst umgebracht worden oder man hätte sie verletzt oder gefoltert. Offensichtlich musste sie unverletzt am Leben bleiben, also vermutete sie eine Lösegelderpressung. Aber warum dauerte das so lange? Warum suchte niemand nach ihr? Oder es wurde nach ihr gesucht, aber erfolglos. Oder ist die Lösegeldübergabe gescheitert? Nein, wohl nicht, denn sonst wäre die Stimmung gereizter und es schien, als seien die Lebensmittel und die Lagerumstände für einen längeren Zeitraum geplant. Aufgrund der dicken Türen ihres Raumes konnte sie nie etwas hören, konnte nicht abschätzen, ob ihre Entführer das Versteck verließen oder ob sie sich die ganze Zeit vor Ort aufhielten.

Auch zeitlich versuchte sie sich zu orientieren. Ab dem Tag ihrer Entführung zählte sie mittlerweile den siebten Tag. Der Licht-an-Licht-aus-Rhythmus entsprach offensichtlich auch dem Tagesverlauf. Tagsüber Licht an, nachts Licht aus. Bei ihren Toilettengängen konnte sie an den Rolltoren der Lagerhalle kleine Lichtstrahlen sehen, die durch die Ritzen fielen. Also das passte zusammen.

Victoria war ein starker Charakter. In ihrer Schulklasse war sie beliebt, angesehen und die Klassensprecherin. Für ihre 17 Jahre war sie sehr erwachsen. Selbstbewusst und diskussionsstark, entwickelte sie sich von einem kratzbürstigen Teenager zu einer verantwortungsbewussten jungen Frau. Sie wuchs in reichem Hause auf, als Einzelkind genoss sie die volle Aufmerksamkeit ihrer Eltern. Mit allen finanziellen Möglichkeiten ausgestattet, genoss sie als Kind den Luxus einer Villa im besseren Stadtteil Kaiserswerth in

Düsseldorf, gleich um die Ecke des Schlossparks Kalkum. Ein eigenes Pony war Standard für das Kleinkind Victoria. Später, als Teenager, gab es eine schöne Holsteiner-Stute vom Gestüt Rabenhof aus Rabenkirchen in Schleswig-Holstein. Bei dem Besuch auf diesem Gestüt, um ein Pferd für ihre Tochter auszusuchen, zeigten die Eltern, Bernhard und Elisabeth von Litzewitz, ihrer Tochter auch die in der Nähe davon liegende Privatschule Louisenlund, auf der schon ihr Vater damals die Schulbank drückte. Auf dieses Internat schickten sie ihre Tochter ab dem 13. Lebensjahr.

Jedes Wochenende und in den Ferien fuhr sie mit der Bahn nach Hause nach Düsseldorf und verbrachte die Zeit meistens mit ihrem Pferd. Abends traf sie sich mit ihren Freundinnen, sie chillten oder gingen Feiern. Wie auch an dem Samstagabend, als sie auf der Fahrt nach Hause gekidnappt wurde. Sie konnte sich nur noch daran erinnern, dass ein Wagen ihr Taxi rasant überholte, ihnen den Weg abschnitt und zum Halten zwang. Zwei oder drei Männer kamen auf ihr Taxi zugestürmt, rissen die Tür auf und drückten ihr einen Lappen ins Gesicht, worauf sie das Bewusstsein verlor.

Victoria stellte sich nun auf ihre Situation ein. Sie war sich sicher, dass ihr nichts Schlimmes passieren würde, war sich aber auch ebenso sicher, dass es noch lange dauern könnte. Sie verbrachte die Tage damit, im Rahmen ihres durch die Kette eingeengten Bewegungskreises, gymnastische Übungen zu machen, um ihren Körper beweglich zu halten und um nicht verrückt zu werden.

Cullan hatte mit seiner Befreiungsaktion den Polizeiapparat mächtig in Wallung gebracht. Noch in der Nacht hatte die Spurensicherung das Haus im Lollfuß übernommen und weiträumig gesichert. Im Inneren des Hauses hatten die Forensiker Spuren gesichert und Fingerabdrücke genommen. Die Arbeiten waren beendet, der Bestatter transportierte die vier Toten in grauen Zinksärgen aus dem Haus. Sie mussten mit zwei Fahrzeugen kommen, um die Leichen zur Pathologie zu bringen. Bert Berger befand sich im hinteren Kinderzimmer, als Cullan dazu kam. In seiner Hand ein Pappbecher, gefüllt mit mittlerweile kaltem Kaffee, begrüßte er, ein wenig müde noch, seinen Chef.
„Moin Ray, ganz schönes Blutbad hier."
„Jo, ging leider nicht anders."
„Mann, Du kannst doch nicht alles wegballern, was Dir im Weg steht."
„War reine Notwehr. Die Jungs waren alle bewaffnet und ziemlich schräg drauf."
In dem Zimmer, an der Wand neben dem Bett, hatten die Entführer einen Ring in die Wand eingeschlagen, an der eine etwa zwei Meter lange Kette befestigt war, mit der das Mädchen gefesselt wurde. In dem Nachbar-Schlafzimmer wurde das Handy, die Handtasche und die Jacke des Mädchens gefunden.
„Wo ist Winterhall? Ruf ihn mal an."
Ray zog sein iPhone und rief den Kollegen an.
„Moin Winterhall, hab' ich Dich geweckt?"
„Cullan, was willst Du?"
„Ich habe eine weitere Geisel befreit, in einem Haus im Lollfuß. Komm' rüber."
„Eh, hallo? Wir haben Wochenende…"

„Berger will, dass Du kommst, wegen mir kannst Du liegenbleiben, kriegst ja eh‘ nix gebacken.“
„WINTERHALL... RÜBERKOMMEN, ABER SCHNELL!“, brüllte Berger im Hintergrund.
„Na Schätzchen, gehört?“ Cullan feixte.
„Klack“ – aufgelegt.
„Ray, was ist das hier? Ich sehe da keinen Zusammenhang.“
„Ich auch noch nicht, aber meiner Meinung nach ist das kein Zufall, dass die Albaner-Jungs zwei Mädchen im gleichen Alter gekidnappt haben, dazu noch am selben Tag.“
Die beiden sahen sich noch weiter in der Wohnung um.
„In dem Schlafzimmer schliefen zwei von ihnen, auf dem Sofa ein dritter, also war wahrscheinlich einer als Wache eingeteilt und sie haben sich abgewechselt.“
„Der Kühlschrank ist fast leer. Glaubst Du, die wollten nach der Geldübergabe das Mädchen wirklich freilassen?“
„Kann schon sein, warum nicht. Die hatten Skimasken, also gehe ich davon aus, dass sie dem Mädchen ausschließlich maskiert gegenübertraten.“
„Scheiße, wieso hast Du die alle abgeknallt?“
Winterhall trat ein. „Ja Cullan, was hast Du wieder angestellt?“
Ray und Bert schauten sich wortlos an und schüttelten die Köpfe.
„Wie, was ist? Was‘ los?“
„Winterhall,…“ Berger drehte sich zu seinem Oberkommissar. „… wie weit bist Du mit den Ermittlungen bei den Hinterbliebenen von unseren Toten im Dom?“
„Ähhh, da bin ich dran – läuft.“
„Ja… und? Was hast Du?“
„Ich warte noch auf einen Rückruf wegen der… naja, die…

die wollten sich melden…“
Ray schüttelte seinen Kopf. <<Ich fasse es nicht... was für ein Spacken…>> „Winterhall, Du bist eine Lusche. Scheiße, fahr‘ in die Pathologie und versuch‘, was über diese Leute rauszufinden und – vergiss nicht, an den anderen dran zu bleiben.“
Winterhall dampfte ab.
„Und Ray: Mach‘ Wochenende. Du hast hier zwar blutige, aber gute Arbeit gemacht. Ich sehe Dich Montag.“
„Alles klar Bert, schönes Wochenende.“
Ray ging auf die Straße, die Morgensonne beleuchtete mit warmem Frühlingston die gegenüberliegende Straßenseite. <<Häh?>> Er beobachtete Winterhall, der seinen Wagen am Anfang des Lollfußes geparkt hatte. Der wendete und fuhr mit seinem schwarzen Audi die Flensburger Straße runter. Von dort aus konnte man an der Tankstelle am Ende der Straße aber nur nach rechts abbiegen, stadtauswärts.
<<Dieser Arsch, das Krankenhaus liegt in der anderen Richtung. Der Sack macht jetzt eiskalt Wochenende. Was für ein Honk!>>
Ray entschied, dass er in die Pathologie fahren würde, um Winterhalls Aufgabe zu erledigen. Vorher war allerdings noch Zeit für ein Frühstück mit Blinky.

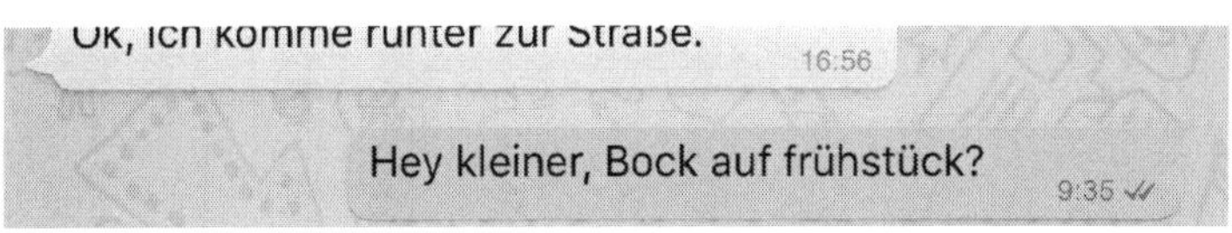

…

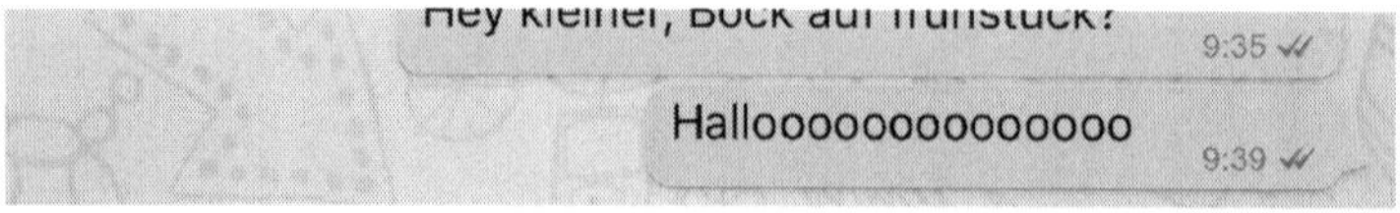

…
Blinky antwortete nicht. Ray wählte die Nummer des Jungen.
„The person you have called is temporarily not availlable...“, sprach die elektronische Stimme.
<<Na, der Kleine ratzt noch, den werde ich mal rausschütteln.>> Ray schwang sich in seinen Monza und fuhr zurück in die Schubystraße.

In der Villa stiefelte er direkt hoch zu Blinkys Wohnung und klingelte.
„Oh, guten Morgen Ray, was gibt's?“, begrüßte ihn Blinkys Mutter.
„Hi Carola, ich wollte Junior abholen, zum Frühstück.“
„Oh klasse, da wird er sich freuen, Juliuuuuuuuuuuuuuus…“
Blinky kam um die Ecke. Seine wuschligen Haare waren jetzt am Morgen noch wuscheliger als sonst.
„Moin Ray.“
„Komm Kleiner, wir fahren Frühstücken. Wieso gehst Du nicht ans Telefon?“
„Erklär‘ ich Dir später, lass uns los. Tschüss Mama.“
Blinky gab seiner Mutter einen Kuss auf die Wange, schnappte sich seinen grünen Hoodie. Die beiden verließen das Haus, ab ins ‚Marienbad‘, einem Strandrestaurant mit traumhafter Lage direkt an der Schlei.
Auf dem Weg dorthin fragte Ray noch mal nach: „Wieso

bist Du nicht ans Telefon gegangen?“
„Na ja, ähh…“
„Was is?...“
„Ähh…“
„Scheiße, rück‘ raus mit der Sprache, WAT IS???“
Blinky war die Situation mehr als unangenehm. „Tja, Ray, ich wurde abgezogen. Drei Typen von der Schule haben mir das Handy abgenommen…“
IEHHHHHHHHHHH – Ray trat voll in die Bremse. „Was??? Welche Arschgeigen waren das?“ Ray stand mitten auf der Straße.
„Miller, Bogdansky und Daguryek.“
„Wo wohnen die?“
„Miller ist der Anführer. Der wohnt im Igelpfad.“
„Hausnummer?“
„4“
Ray wendete auf der Straße, fuhr Richtung Schleswig Nord in den Igelpfad. Vor dem Haus stellte er seinen Wagen ab… „Du bleibst im Auto.“ …ging zur Tür und klingelte. Ein pickliger Bengel machte die Tür auf.
„Sind Deine Eltern zuhause?“
„Äh, nee…“
„Sind Deine Kumpels da?“
„Ja, die sitzen im…“ Ray schubste Miller in den Flur, schloss die Tür hinter sich. Er stieß ihn weiter durch ins Wohnzimmer. Dort saßen die anderen beiden: Atium Bogdansky, ein hellhäutiger Deutschrusse mit leicht rötlichen Haaren und Cetin Daguryek, ein Türke mit zurückgegelten Haaren. Im Fernseher lief ein Ballerspiel, die Playstation surrte.
„Was wollen Sie, wer sind Sie?“, fragte Miller, ein wenig verunsichert, dass ein fremder Mann hier in das Haus ge-

stürmt war.
Ray hielt Miller mit seiner linken Hand jetzt fest am Hals, zielte mit dem rechten Zeigefinger auf Bogdansky.
„Wie alt bist Du?“
„Eh, siebzehn.“
„Und Du?“ Ray zeigte auf Daguryek.
„Binnisch siebsehn.“
Ray drehte Millers Kopf zu sich rüber.
„Und Du Schätzchen?“
„Achtzehn, ey Alter was geht hier ab?“
Ray schubste Miller zu den anderen beiden, die sich vom Sofa erhoben und sich neben ihren Kumpel stellten. Ray baute sich vor ihnen auf, streckte seine rechte Hand aus und hielt sie mit der offenen Handfläche nach oben.
„Hier legt Ihr es rein…“, sagte er langsam aber bestimmt.
Die Jungs glotzen sich gegenseitig an.
„Was Alter?“
FLATSCH – Rays Linke landete in Millers Gesicht. Der Kopf flog zur Seite, der Bengel wankte. Die anderen beiden guckten schockiert.
„Hier legt Ihr es rein…“
„Was denn Alter?...“ Millers Stimme klang jämmerlich. Seine Wange glühte.
FLATSCH – Rays Rechte landete in der anderen Seite von Millers Gesicht. Beide Wangen glühten jetzt wie rote Lampions.
„Los, gib es ihm schon…“ Bogdansky bettelte seinen Kumpel an, in Angst, dass er sich auch eine einfangen würde.
„Ja, gib es mir…“ Rays Stimme wurde lauter.
„Ok, ok, warte…“
Miller verschwand nach oben und kam mit einem schwar-

zen Lederportemonnaie wieder.
„Hier, ist noch alles drin, ...“, stammelte der Junge hektisch, „... ich hab‘ mir nur zwanzig Euronen rausgenommen.“ Miller reichte die Geldbörse rüber zu Cullan, sein Blick aus den geweiteten Augen war flehentlich. Ray nahm das Portemonnaie, steckte es in seine Manteltasche, lockerte aber nicht im Geringsten seinen strengen Blick auf den Jungen.
...
„Was… was denn noch?“
„Blinkys iPhone und den gesamten anderen Kram... und Bengel: Das ist voller Ernst – ich meine wirklich ALLES.“ Bogdansky und der Türke pissten sich fast in die Hosen vor Angst. Miller hetzte nach oben.
Man konnte hören, wie Miller oben wild in seinem Zimmer rumrannte. Er kam mit einer Tasche wieder runter. Das iPhone hielt er in der Hand und reichte es zu Ray.
„Hier, nix mit gemacht.“
Ray steckte das Handy ein, nahm die Tasche und stellte sie neben sich auf den Boden.
„So Ihr Lutscher…“ Miller saß jetzt mit seinen beiden Freunden auf dem Sofa wie Hühner auf der Stange. „… Ihr müsst Euch entscheiden in Eurem Leben. Ihr könnt nicht rumrennen wie die Kings und andere Leute abziehen. Das geht nicht. Nein, nein. Ihr müsst Euch überlegen, ob Ihr Teil unserer Gesellschaft sein wollt oder nicht. Es gibt die, die Ihrer Gesellschaft etwas Gutes tun, dann die, die sich in der Gesellschaft neutral verhalten und es gibt die ‚Bad People‘. Jungs, wollt Ihr Bad People sein?...“ Ray schaute alle drei nacheinander an. „… Leute, ich erwarte ja nicht von Euch, dass Ihr in die Heilsarmee eintretet, aber bitte, seid wenigstens neutral in unserer Gesellschaft. Marschiert los, macht

Euren Schulabschluss, lernt einen Job, geht arbeiten, heiratet eine Frau und bekommt Kinder – aber bitte – schadet nicht unserer Gesellschaft – denn sonst seid Ihr: Bad People! Und Bad People werden von mir ausgemerzt, bekämpft, vernichtet – eliminiert! Klaro?“ Die drei nickten.
„Tut mir leid wegen der Schellen Kleiner. Verzeihst Du mir?“
Miller schaute etwas verwirrt, zögerte… „Eh, ja…“
„Sehr gut Schnucki, dann ist ja alles geklärt.“ Ray strahlte und gab jedem der Jungs die Hand.
„Ich bin Hauptkommissar Ray Cullan und von Euch…“ Seine Augen wurden zu Schlitzen und er musterte jeden einzeln. „… will ich keinen Scheiß mehr hören. Sonst mache ich richtig Ernst mit Euch. Versprochen.“
Ray nahm die Tasche und verließ das Haus, begleitet von betretenen Blicken der drei Jungen.

„So Blinky…“ Ray gab Blinky sein iPhone zurück. „… jetzt haben wir uns unser Frühstück verdient.“
Die beiden fuhren über den Gottorfdamm an die westlichste Schleispitze, zum ‚Strandrestaurant Marienbad‘. Besitzer Paul und Lebensgefährtin Ingrid begrüßten die beiden Gäste.
„Hallo Ihr Zwei. Frühstück? Wie wäre es in einem der Strandkörbe am Strand? Bei dem schönen Wetter habt Ihr einen schönen Blick auf das Stadtpanorama.“

Das Gelände des ‚Marienbad‘ bestand aus einem sanft abfallenden Grundstück mit akkurat gemähtem Rasen, auf dem verteilt Strandkörbe und Sitzgruppen aus Teakmöbeln standen. Am Schleiufer sorgte der kleine Strandabschnitt für Badeatmosphäre, eine coole Strandbar lud zu Cocktails

ein. Die richtige Location für den schönen Frühlings-Vormittag.
Ingrid brachte den beiden das reichhaltige Frühstück nach draußen und deckte den Tisch mit den Köstlichkeiten. Die beiden ließen es sich schmecken.
„Letzte Nacht habe ich die anderen vier der Nord-Zelle erledigt." Ray zog den zusammengefalteten Zettel mit der Liste der Namen aus seinem Notizblock. Er faltete ihn auseinander und strich die obersten fünf Namen durch, die Blinky unter ‚Hamburg' aufgeführt hatte.
„Was für eine Verbindung könnte zu den anderen Zellen bestehen? Was planen oder machen die anderen, während die Entführungen hier oben gelaufen sind?"
„Anhand der Verbindungsnachweise konnte ich rausfinden, dass alle Zellen untereinander kommunizieren. Die Abbuchungen der Tankvorgänge belegen, dass alle Zellen in ihren Bereichen bleiben."
„Kannst Du die Aufenthaltsorte ihrer Handys orten?"
Blinky lächelte verschmitzt. „Wird schwer... und ein bisschen illegal, aber ja, kann ich zumindest versuchen."
„Prima, behalte die Gruppen im Auge und sag' mir Bescheid, sobald sich Bewegungen feststellen lassen."
„Geht klar."
Der Polizist und sein Sidekick genossen noch ein wenig das Wetter und beendeten dann ihr Frühstück.
„Sag' mal, wann wollten die von Nordland die Computer liefern?"
„Oh, hoppes, ja, wir müssen los." Ray zahlte bei Paul und die beiden fuhren in die Schubystraße.

Kaum angekommen, fuhr schon Horst von Nordland vor.

Alle drei trugen die Kartons hoch in die Wohnung im dritten Stock. Während Blinky aufgeregt die Hardware auspackte, drückte Ray Horst ein Bündel Scheine in die Hand und verabschiedete ihn. Er ging rüber in die Küche zu Carola.
„Na, wie war das Frühstück?"
„Alles tiptop, ich mag Deinen Jungen – ein aufgeweckter junger Mann."
„Oh ja, ich kann mich wirklich nicht beschweren. Er ist so fleißig und hilft mir, wo er kann. Es ist ja auch nicht einfach für uns zwei. Sag' mal, was ist denn da heute alles gekommen?"
„Och, Blinky hilft mir mit seinem Computerwissen und weil er bisschen neue Hardware brauchte, habe ich ihm ein paar Sachen gekauft."
„Aber Ray, das ist doch immer so teuer das Zeugs."
„Mach' Dir mal keine Sorgen. Das ist schon in Ordnung. Er hat es sich verdient und die Sachen sind bei ihm in guten Händen."
„Das ist aber doch nichts Gefährliches, was er da für Dich macht, oder?"
„Nein, da kann ich Dich beruhigen. Er macht mit seinem Computer Recherchen für einen aktuellen Fall. Das bekommen meine Kollegen nicht hin, da ist er eine echt große Hilfe."
„Ich hab' gesehen, er hat auch ein neues iPhone. Ist das wirklich von Dir?" Carola machte sich Gedanken, wollte sich vergewissern, dass ihr Sohn die neuen Geräte legal besaß.
„Ja, das hat er von mir. Für seine Hilfe. Ohne ihn wäre ich doch aufgeschmissen."
„Ok, aber übertreib' nicht."

„Geht klar.“

Ray ging rüber zu Blinky. Zwischen all den Kartons steckte ein glücklicher Nerd allerhand Stecker und Kabel zusammen und verband die Computer mit den Monitoren. Zusammen mit seinem alten Computer bauten sich jetzt zwei PCs und fünf Monitore vor ihm auf.

„Ich werd‘ jetzt erst mal ein Backup anstoßen, meine Daten spiegeln und dann können wir mit Vierfach-Power weitermachen – sehr geil.“ Blinky war in seinem Element. Seine Augen leuchteten durch sein Wuschelhaar hindurch.

„Ok, dann hau‘ rein… ich werd‘ noch mal los…“ <<…Winterhalls Arbeit machen…>>

Ray steckte sich eine Fluppe an und zog eine Dose Bier aus dem 6er-Träger. <<So, Mittag.>> Die Fahrt nach Stexwig dauerte ungefähr diese Dose-Bier-Zigaretten-Länge. Sein Monza steuerte auf das prächtige Klinik-Anwesen, ein gewohnter Wurf nach hinten entsorgte die leere Bierbüchse.

Ray klingelte an dem hinteren Eingang zur Penthouse-Wohnung der Fellbachs – keine Reaktion.

Ray klingelte noch mal, schaute nach oben – wieder nichts. Cullan ging zum Eingangsbereich der Klinik.

„Moin, Kripo Schleswig, ich würde gerne zu Frau Fellbach."

„Oh, die ist… die ist bei der Beerdigung ihres Mannes." Ray zuckte zusammen. <<Uupsi.>>

„Oh, das wusste ich nicht. Können Sie mir sagen, auf welchem Friedhof die stattfindet?"

„Bei der Kirche in Haddeby." <<Oh super, sauber dran vorbeigefahren…>>

Der Kommissar setzte sich in seinen Wagen und fuhr die Strecke an der Schlei wieder zurück, durch Fahrdorf und dann die Straße Richtung Wikinger Museum Haithabu. Dort lag die kleine St. Andreas Kirche. Ein zierlicher Feldsteinbau inmitten hoher Linden mit angrenzendem Friedhof. Dieses Plätzchen galt als Ausgangspunkt der Verbreitung des christlichen Glaubens in Nordeuropa. In dieser Umgebung errichtete Ansgar seine Holzkirche und betrieb von hier aus die Missionierung seiner Schäfchen. Der kleine Parkplatz war bis auf den letzten Platz gefüllt mit teuren Karosserien, sogar die Seitenstreifen der Straßen waren dichtgeparkt. Ray stellte seinen Wagen direkt an der kleinen Holzpforte vor der Kirche ab, strich sich die Haare zurück und klopfte die Falten aus seinem Mantel. Der Friedhof lag

rechts neben der Kirche, die Trauergesellschaft war schon draußen, etwa 70 bis 80 Gäste in schwarzer Kleidung standen in einem großen Pulk im hinteren Bereich des Geländes. Ray schlenderte langsam zu den Trauernden.
<<So, wen haben wir denn hier: Den Bürgermeister – kenne ich. Pastor Dr. Kai Hansen – kenne ich auch. Da haben wir Frau Fellbach. Die anderen kenne ich nicht.>> Pastor Hansen sprach die Trauerworte, die Witwe stand am Rand der Grabstelle. Ein prächtig verzierter, dunkler Eichensarg stand auf den Stützhölzern, auf ihm ein Berg von Blumen. Weiße Lilien und weiße Rosen türmten sich opulent auf, so hoch wie der Sarg selbst. Ray sah sich die Gäste an. Neben Familien, zu erkennen an jeweils einem Ehepaar mit Kindern, die wahrscheinlich zu den Verwandten gehörten, waren etliche Paare dabei, bei denen die Frauen durch große Brüste auffielen. <<Fellbachs Patientinnen.>> Ein paar Schritte neben Frau Fellbach stand auch der Geschäftsführer der Klink, Jean de la Granfour. <<Ah, ‚Furz' ist auch da.>> Er stand alleine, es schien keine Partnerin an seiner Seite zu sein. Die jungen Frauen neben ihm sahen aus wie Angestellte der Klinik.
Die Predigt des Pastors war vorbei, die Kirchenmitarbeiter ließen mit Seilen den Sarg in die Grube. Pastor Hansen ging zu der Witwe, kondolierte. Sie nahm die Lilie, die sie die ganze Zeit mit beiden Händen locker festhielt, trat an den Rand der Grube und ließ die Lilie fallen. Sie stellte sich einen Meter abseits und alle Anwesenden machten sich auf, bedächtig etwas in die Grube zu schmeißen. Die Gäste ohne Blumen nahmen das kleine Schäufelchen, streuten Sand auf den Sarg, und kondolierten dann bei Frau Fellbach. Das zog sich ganz schön hin, aber irgendwann war jeder mal dran

und alle begaben sich langsam zu den Fahrzeugen. Granfour begleitete Frau Fellbach, sie hakte sich bei ihm ein, ließ sich zu ihrem Fahrzeug bringen. Ganz Gentleman öffnete er ihr die Beifahrertür, schloss die Tür hinter ihr, setzte sich selbst ans Steuer und fuhr mit ihr vom Parkplatz. Ray drehte sich um, wollte auch los…

<<Hoppla, was haben wir denn hier?>>

Eine große, schlanke Frau, gekleidet in einem schwarzem Etuikleid, kurzem Pelzjäckchen, einem großem Hut auf dem Kopf, die Augen verborgen hinter einer überdimensionalen Sonnenbrille, wartete gezielt ab, dass alle Gäste langsam die Grabstelle verließen, ging zu der Grube, stellte sich an den Rand und verharrte dort.

<<Na, wenn das mal nicht seine russische Geliebte ist, diese Ekaterina. An das Püppchen klemme ich mich dran.>> Ray zündete sich eine Zigarette an, setzte sich an sein Steuer und wendete den Wagen. Genüsslich rauchend wartete er ab, bis die junge Frau von der Grabstelle zurückkehrte und zu ihrem roten Cabrio ging. Sie fuhr los, Ray hinterher. Er folgte Ekaterina bis nach Schleswig, zu einer der kleinen Seitenstraßen in der Schleswiger Altstadt. Sie stoppte ihren Flitzer, stieg aus und stöckelte zu ihrem Wohnungseingang.

„Entschuldigung…“ Ray stand jetzt direkt hinter ihr. „… Kripo Schleswig, darf ich Ihnen ein paar Fragen zu Dr. Fellbach stellen?“

Überrascht drehte sich die Frau um. „Oh, was? Ja klar, was wollen Sie denn wissen?“

„Können wir das drinnen besprechen?“

Sie nickte, schloss auf und deutete dem Kommissar an, dass er ihr folgen solle. Es ging die Treppen hoch in den zweiten Stock. Auf dem Flur befanden sich drei Eingangstüren, die hintere gehörte ihr. Sie schloss auf, trat ein, zog sich die Schuhe aus und gab Cullan ein Zeichen, auch einzutreten.

„Bitte ziehen Sie Ihre Schuhe aus.“

„Klar.“ Ray zog seine Stiefel aus und fühlte sich sofort wie komplett ausgezogen.

„Hier, ins Wohnzimmer bitte. Kann ich Ihnen etwas zu trinken anbieten?“

„Klar gerne, haben Sie einen Kaffee?“ <<Die ist ja nett.>>

„Nehmen Sie schon mal Platz, ich mache Ihnen einen.“ Ray sah sich im Wohnzimmer um. Die Wohnung befand sich in einem sehr guten Zustand, wahrscheinlich erst kürzlich frisch renoviert. Passend zu dem feinen Treppenhaus, war die Wohnung mit hochwertigen Türen ausgestattet, an den Decken waren Stuckleisten angebracht, die Fenster sahen neu aus. Das Wohnzimmer war modern eingerichtet, Parkettfußboden, beige Ledercouch, passend dazu ein beiger Ledersessel, großer Flatscreen, modernes Sideboard, Glas-Esstisch mit Chromstühlen. Das Ganze garniert mit russischem Deko-Schnick-Schnack, ein geschmacklich herausfordernder Teppich an der Wand <<Warum machen die das???>>, und so eine dickliche, runde, bunt bemalte Holzpuppe, mit immer kleiner werdenden Zwillingen, fein säuberlich nebeneinander aufgestellt. Ray setzte sich auf den Sessel, Ekaterina kam mit dem Kaffee und setzte sich ihm gegenüber auf die Couch.

„Vielen Dank.“ Ray nahm einen Schluck. Sie hatte sich ein Glas Wasser mitgebracht, nippte zaghaft daran.

„Wie heißen Sie?“

„Ekaterina Krakowa.“

„Darf ich ‚Ekaterina‘ zu Dir sagen? Ich bin Ray.“ Sie nickte.

„Ekaterina, in welcher Beziehung stehst Du zu Dr. Fell-

bach?“
„Ich bin… war… seine Geliebte.“
„Seit wann?“
„Seit ungefähr einem Jahr.“
„Wo habt Ihr Euch kennengelernt?“
„Beim Pokern. Ich gehe regelmäßig Spielen. Bei einem der Abende war er auch dabei. Wir haben uns zunächst nur angesehen und fanden uns gegenseitig interessant. Bei weiteren Pokerabenden sind wir uns erneut begegnet. Irgendwann hat er mich angesprochen. Es folgten Einladungen zum Essen und die Beziehung hat sich weiter entwickelt.“
Die junge Russin sprach ein sehr gutes Deutsch. Ihr hörbarer Akzent gab dem Gesprochenen ein exotisches Flair, das rollende ‚r‘ klang dabei total sympathisch.
„Wusste seine Frau von dem Verhältnis?“
„Ich glaub‘ schon, die ist ja nicht blöd. Wir haben uns zum Schluss zwei- bis dreimal in der Woche getroffen, teilweise ist er auch über Nacht bei mir geblieben. Frauen merken sowas schnell, da müssen sich die Männer nix vormachen. Die Ehe zwischen den beiden war eh‘ auf Eis, die blieben nur noch zusammen wegen der Klinik.“
„Hat sie nicht um ihren Mann gekämpft?“
„Nee, eher nicht. Als das mit uns anfing, war Kurt noch vorsichtig, aber später hat er kaum noch Rücksicht genommen. Einmal hat er sogar gesagt, dass er glaubt, dass seine Frau auch einen anderen hat.“
Ray wurde hellhörig. „Okehhhh, und da hat er nichts unternommen?“
„Doch klar – mit mir.“ Ekaterina lachte.
„Kennst Du den anderen von der Fellbach?“
„Nee, interessiert mich auch nicht. Ich hatte ja nur mit Kurt

zu tun und die Klinik gehörte ihm. Nur ihm.“ <<Hmh, vielen Dank für DIESE Info. Das hätte eigentlich Winterhall schon längst ermitteln können>>
Ray hatte genug erfahren, verabschiedete sich und verließ die Russin.
Im Auto sitzend, fiel ihm siedend heiß etwas ein:
<<Ok, wenn heute die Beerdigung von Fellbach war, dann…>>
Ray vermutete, dass heute auch die Beerdigung von Meinheims Frau stattfinden würde und fuhr los nach Brodersby. Sein Weg führte ihn über die Schleidörferstraße in die kleine Gemeinde. Der Friedhof befand sich mitten im Dorf. Ray stoppte seinen Wagen und schaute zu den Grabstellen neben der Kirche, aber es waren weder Autos auf dem Parkplatz, noch Gäste auf dem Gelände. <<Na, dann gibt’s doch bestimmt einen Leichenschmaus im Gasthof.>> Das nächstgelegene Restaurant war das ‚Fährhaus Missunde‘, die erst kürzlich komplett renovierte Traditions-Gaststätte direkt an der Schlei – von dem Friedhof nur einen Katzensprung entfernt.

Ray betrat den Gastraum. Im vorderen Bereich befand sich der große Tresen und einige Tische. Der Weg führte weiter durch den Flur nach hinten in den großen Essbereich mit ganzflächig zu öffnenden Fenstern mit Blick auf die Schlei. Die elegant-moderne Einrichtung war gelungen, eine Loungegruppe mit gemütlichen Sofas und kleinen Tischen, aus Messing-Bullaugen gefertigt, befand sich in der Mitte, das Lokal war gut gefüllt. Emsige Bedienungen schwirrten durch die Räume. Im kleineren Saal des Seitenflügels speiste die Trauergesellschaft, abgetrennt von den anderen

Gästen. Wie üblich im Norden, gab es Kaffee, Kuchen und belegte Brote. Ray stieß einfach zur Gesellschaft dazu und mischte sich unter die Leute. Zwischen vierzig und fünfzig Angehörige und Freunde der Toten standen beieinander und unterhielten sich, in den Händen Kaffeetassen oder Kuchenteller. Cullan suchte den Witwer. Der stand, in einem eleganten schwarzen Anzug gekleidet, in der Mitte des Raumes und unterhielt sich mit ein paar älteren Herrschaften.

<<Hmh, der sieht total fertig aus…>>

Eine Bedienung kam auf Meinheim zu und bat ihn, ihr zu folgen. Beide verließen den kleinen Saal und die Bedienung führte Meinheim zu einem Gespräch mit dem Geschäftsführer. Die beiden diskutierten. Meinheim machte beschwichtigende Handbewegungen, der Geschäftsführer hielt mehrere Zettel in der Hand, tippte immer darauf. Er sah gar nicht glücklich aus. Meinheim nahm die Zettel, sah sie sich nacheinander an, schüttelte beim Lesen ab und zu mit dem Kopf, drückte sie dem Geschäftsführer vor die Brust und stampfte aufgewühlt wieder zurück zu seinen Gästen. Im Saal kippte er ein Glas Sekt auf ex.

<<Gute Idee>> Ray nahm sich auch ein Glas Sekt von dem Tablett einer Bedienung, kippte es ebenfalls auf ex.

Ein Finger bohrte sich in den Rücken des Kommissars.

„Jaja, traurig traurig, das alles."

<<Hubs, was geht hier ab?>>

Ray drehte sich um. Eine ältere Dame fixierte ihn, nahm seine Hand in ihre weichen faltigen Hände.

„So traurig, die arme Beate…"

„Ja, stimmt, die arme Beate… Wer sind denn Sie?"

„Ich bin doch die Tante von dem Wolfi, die Marianne." Die alte Dame war drahtig, trug ein schwarzes Kostüm und für ihr Alter sehr hochhackige Schuhe. Das Kostümjäckchen hatte einen schmalen Pelzkragen, an ihrem Arm baumelte eine zierliche Handtasche aus schwarzem Glattleder mit goldenen Beschlägen. Ihre stahlblauen Augen musterten ihn wach.

„Und wer sind sie?“, fragte sie mit bohrendem Blick.

„Ich bin Ray, wir sind damals zusammen zur Schule gegangen.“

„Ah ja, hatten Sie was mit Ihr?“ <<Uihhhh, jetzt wird’s heiß…>>

„Äh, nein, natürlich nicht… wie kommen Sie denn darauf?“ Seine Hand lag immer noch in den Händen der alten Dame. Das war aber nicht unangenehm, er fühlte sich wohl mit der pfiffigen Dame und hoffte, dass sie noch mehr ausplauderte.

„Na, die Beate hat sich doch jedem an den Hals geschmissen.“

„Neiiiiin, mir nicht…“ Ray grinste. „… aber bei wem hat sie es denn gemacht…?“, flötete der Kommissar.

„Ja, das fing ja schon kurz nach der Hochzeit an. Angeblich hatte sie da schon was mit einem Funktionär von so einem Immobilienverband.“

„Ach, is‘ nich‘ wahr… und dann?“ <<Na, Tantchen, Du bist ja bestens informiert…>>

Die alte Lady kam in Fahrt, sprudelte jetzt richtig los. „Also, das war so: Der Wolfi hat die Beate kennengelernt, die kommt aus gutem Hause, na ja, und der Wolfi, der hatte doch nix außer seinem guten Aussehen. Er angelte sich die Prinzessin und dann haben die beiden das Immobiliengeschäft eröffnet. Ihr gehörten schon ein paar Häuser hier in der Gegend und dann haben sie die Wohnungen vermietet und das ist dann ganz schön gewachsen. Als vor ein paar

Jahren die Börse gecrasht ist, sind sie in Schwierigkeiten geraten. Na, viele der Wohnungen waren nicht im besten Zustand und standen dann leer. Danach wurde es schwer für die beiden, die haben sogar bei mir um Geld gebettelt." Die alte Dame lachte. „Aber ich konnte denen nichts geben."
„Um wie viel hat Wolfi Sie denn gebeten?"
„200.000 Euro."
„Uiihh."
„Das konnte ich nicht, nein nein."
„Warum haben die nicht Beates Eltern gefragt?"
„Doch, haben sie ja, aber die hatten schon alles ihrer Tochter überschrieben. Die haben dann nur von der Substanz gelebt."
„Ach, is' ja nich' wahr…"
„Ja, aber nach außen immer so fein tun…" Tante Marianne schüttelte oberlehrerhaft ihr weißgelocktes Köpfchen. „Und die Beate war eine ganz Wilde, aber der Wolfi konnte nichts machen, war ja ihr Geld, der konnte sie doch nicht einfach vor die Tür setzen…"
Ray hatte genug erfahren. „So, ich muss dann mal weiter." Die gesprächige Dame suchte sich ihr nächstes Opfer. Ray verließ den kleinen Saal und ging zu dem großen Tresen im vorderen Gastraum.
„Hi, ich würde gerne den Geschäftsführer sprechen."
„Oh ja, gerne, einen Moment, ich hole ihn." Die Bedienung verschwand nach hinten, der Geschäftsführer kam nach vorne.
„Hi, bitte behandeln Sie das diskret, ich bin ein Freund der Familie. Ich spring' hier mal ein. Was steht denn auf dem Deckel?" Die Augen des Geschäftsführers glänzten und er fischte die Blätter unter dem Tresen hervor.

„Was soll's denn sein? Nur heute oder auch die Rechnungen aus dem letzten halben Jahr?“ Der Ton klang lakonisch.
„Ich regel ALLES…“ Ray griff sich die Blätter, steckte sie ein. „Kontonummer steht ja drauf, ne?“
„Oh, gerne, ja, unten – Vielen Dank“, freute sich der Geschäftsführer zum Abschied. Cullan verschwand und fuhr schnell los.

Ein paar Kilometer außerhalb der Ortschaft hielt er an, holte die Papiere hervor und staunte nicht schlecht. <<Himmelhalleluja,…>> Ray blätterte die Seiten durch. <<… mal eben 15.000 Euro Schulden bei dem Restaurant – Meinheim, Du alter Schlingel, Dir muss es ja richtig dreckig gehen…>>

„Ping“ – Rays iPhone meldete sich.

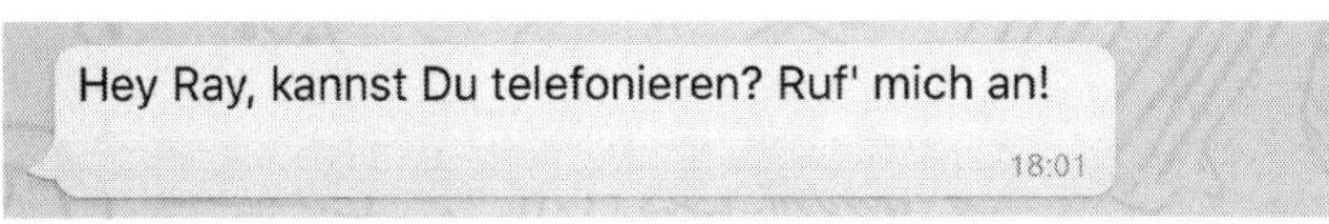

„Blinky, was‘ los?“
„Oh menno Ray, wir haben einen Fehler gemacht, komm‘ am besten sofort nach Hause.“
„Ok, bin eh‘ grad‘ auf dem Weg. Bis gleich.“

Der Kommissar gab Stoff, fuhr zur Villa in die Schubystraße und parkte den Monza vorwärts in die Garage. Oben im Haus klingelte er an Blinkys Tür, der machte in Nullkommanix auf.
„Hier, das musst Du sehen.“
„Na dann schieß‘ mal los.“

Blinky schmiss sich auf seinen Computerstuhl und öffnete auf allen Bildschirmen Listen mit Zahlen ohne Ende.
„Hier, in den Logfiles kann man es genau sehen."
„Häh, ich seh' da gar nix, ich seh' nur Zahlen."
„Ja genau, schau' mal: Das sind die Handy-Verbindungsdaten von der Albaner-Truppe. Da, die Gespräche der Berlin-Gruppe, hier die Gespräche der Düsseldorf-Gruppe und hier – …"
„Da seh' ich gar nichts."
„Richtig, gar nichts. Aber warum? Alle haben Handy-Verträge, die Gruppen telefonieren untereinander, aber hier, die Bremen-Gruppe – NICHTS. Keine Verbindungen."
„Häh?"
„Ja, da stimmt was nicht. Wieso beteiligen die sich nicht an den Unterhaltungen? Und jetzt der Knaller: seit Freitagnacht keine Bewegungen mehr. Alle Handys befinden sich an einer Stelle. Den ganzen Tag lang? Wohl kaum, nachdem eine Zelle von ihnen sich nicht mehr meldet."
„Scheiße,…", sagte Ray gespenstisch ruhig in das verschreckt ahnende Gesicht seines jungen Kumpels,
„… DIE SIND HIER."
...
KRACKKKKKKKKKK – mit einem lauten Krachen splitterte die Wohnungstür, Holzteile flogen durch den Flur, einer, zwei, drei, vier Männer stürmten in die Wohnung, angezogen in Tarnkleidung, die Gesichter unter Sturmmasken verborgen. Ray zog noch seine P99, da richteten sich schon vier Pistolen auf ihn. Er ließ die Waffe fallen und hob die Hände. Der kräftigste von ihnen machte einen Schritt nach vorne, holte mit seiner Waffe aus und schlug Ray bewusstlos.

Eine bunte Eisenbahn fuhr durch eine pittoreske Märchenlandschaft. Die gelb-grüne Lok zog fünf quietschbunte Waggons hinter sich her. An den Gleisen standen lieb ausschauende Rehe und freundliche Vögelchen zwitscherten von den Zweigen der süßen Bäumchen. In den Waggons sangen glückliche Bärchen, Häschen und Äffchen fröhliche Lieder. Hei, durch die Kurven und rauf auf den Berg, die Lok schnaufte und die dicke runde Nase der Lok bewegte sich im Takt der Dampfräder. Hinten aus dem letzten Waggon reckte sich ein Häschen und schmiss Bündel voller Geld in die Luft. Die Scheine flogen und wirbelten wild im Sog der Bahn. Dann trat das Bärchen nach draußen zu dem Häschen, zückte einen mächtigen Colt und ballerte alle Tiere ab. Peng – Häschen tot, Peng – Reh tot, Peng – Äffchen tot. Das Blut spritzte aus den kleinen Fellköpfchen, die Vögel sangen dazu Heavy-Metal-Gekreische von ACDC… <<Oh Scheiße, was schmerzt denn hier so?>> Die Vögelchen flogen weg, die letzten überlebenden Rehe flüchteten zurück in den zuckersüßen Wald, der sich auf einmal schwarz färbte und dann ganz undurchsichtig wurde. Licht aus. Schmerz an. Die Arme zogen sich wie Gummi. Ray kam zu sich.
„Ahhhhhhhhhh“ <<Ok, Bestandsaufnahme.>> Ray war wieder bei sich. Er hing, aufgehängt an seinen Armen, von der Decke herunter – nackt. Er schaute sich um: Kellerraum, ca. 20 m² groß, hohe Decke, Kellerschacht, aus dem noch dämmriges Tageslicht einfiel, Müll lag herum. Er schaute hoch zu seinen Händen: mit Kabelbindern zusammengezwungen und daran mit einem weiteren Kabelbinder an einem Wasserrohr aufgehängt, neben sich eine klapprige Leiter. In einer Ecke entdeckte er seine Stiefel und seine Klamotten. <<Irgendwie mussten die mich ja hier hochkrie-

gen…>> Er spürte Schmerzen am ganzen Körper, vermutlich nette Tritte von seinen neuen Freunden.
<<Oh Scheiße, Blinky und Carola – oh nein, die sollten da nicht mit reingezogen werden… Verdammt, verdammt, verdammt…>> Er versuchte vergeblich, sich hochzuziehen – keine Chance. 90 Kilo Lebendgewicht und ungesunder Lebensstil ließen eine vielleicht befreiende Art von Gymnastik nicht zu. Ray schaute hoch zu dem Rohr, als die Tür aufsprang. Drei seiner Entführer betraten den Raum. Die Tarnfleck-Jungs. Dieses Mal ohne Sturmhauben <<Ah ja, da seid Ihr ja, meine albanischen Bremen-Burschen…>> Der Verzicht auf das Tragen der Masken ließ nichts Gutes verheißen…
„Wo ist der Geld?“ Ray musste innerlich schmunzeln. WHOCKKK – ein Faustschlag in die Magengrube beendete jäh seinen Spaß.
„Wo ist der Geld? Arschelöcher!“ Ray verkniff sich, abermals zu feixen <<Haha, Ar-sche-löcher, ich lach‘ mich schlapp…>>
„Los, sag schon, wo hast Du? Ich töte Disch!“
„Ich weiß nicht, wovon Du sprichst.“ WHOCKKK – ein kurz ausgeführter Faustschlag traf abermals seine Magengrube. Ray zuckte vor Schmerz und baumelte an seinen Armen. Die Kabelbinder schnitten sich in die Handgelenke.
„Holt ihn runte.“ Einer zog die Leiter zu Ray, stieg auf, zückte ein Messer und schnitt Ray an dem oberen Kabelbinder von dem Rohr ab. Der 90-Kilo-Mann klatschte zu Boden und krümmte sich vor Schmerz. Ein Tritt traf ihn am Kopf. Ray stöhnte. Der offensichtliche Anführer ließ sich ein Messer geben, kniete sich runter zu Ray und hielt ihm das Messer an die Wange. Die Klinge ritzte leicht seine

Haut, Blutstropfen drangen nach außen.

„Wo ist Geeee-heeeeld? Los sag, sons stesch ich Disch ab.“

„Ja ok, warte, ich muss erst mal zu mir kommen…“

Zwei der Entführer packten Ray unter die Arme und zogen ihn über den schmutzigen Boden an eine Wand. Ray erholte sich langsam und entschied sich für ein Ablenkungsmanöver.

„Habt Ihr mal was zu Trinken für mich?“

„Los, hol was.“ Ein barscher Befehl des Anführers schickte Nummer drei raus. Blitzschnell schnappte Ray sich mit seinen immer noch zusammengebundenen Händen einen Blechkanister neben ihm und schleuderte ihn zu Nummer Eins, richtete sich auf und stürzte sich auf Nummer Zwei. Leider vergeblich, Zwei wich aus und zimmerte Ray eine Rechte ins Gesicht. Eins wurde natürlich auch nicht von dem Kanister getroffen, sprang auch rüber zu Ray und trat ihm aus dem Lauf brutal in die Seite.

„Nimm das Du Arschelöcher!“ Ray stürzte abermals zu Boden <<Scheiße, das war ja mal gar nix…>> Ohnmächtig sackte er in sich zusammen.

„Tuut-Tuut“, die kleine Eisenbahn fuhr jetzt durch eine bunte Bonbon-Stadt. Durch lustige Kurven fuhr die Lok schlängelnd vorbei an putzigen Häuschen, aus den Fenstern der Häuschen winkten weiße, graue und rosa Lamas und spuckten blaue Fontänen, dazu sangen kuschelige Küken den Refrain von ‚Biene Maja‘.

SPLASHHHHH – ein gefüllter Wassereimer entleerte sich über Ray und riss ihn aus seinen Träumen.

„Hol‘ Frau!“, befahl Eins. Zwei verschwand und während sich Cullan wieder berappelte, kam Zwei wieder, zog Carola an den Haaren hinter sich her und schleuderte sie vor die Füße von Eins.

Der kräftig gebaute Anführer packte Carola an den Haaren, riss daran ruckartig den Kopf hoch und hielt das Messer an ihre Kehle.

„Du kannse gut einstecke, aber vielleicht du singe, wenn ich schlitze Frau Kehle…“ Das Messer bewegte sich langsam auf der Haut, die bildete eine eingedrückte Furche unter dem Stahl. Carola sagte keinen Mucks, aber ihre Augen zeigten größte Panik. Sie versuchte, sich ein wenig aufzurichten, um einen stabilen Sitz zu bekommen. Eins drückte das Messer fester an Ihre Kehle.

„Ok ok, ich bringe Euch zu dem Geld. Aber lass‘ die Frau und den Jungen gehen.“

Ray stand gequält auf. Von der Rangelei auf dem Boden war sein Körper mit Dreckflecken übersät, dazu gesellten sich die blauen Flecken von den Misshandlungen.

In seiner Wut und unter dem Druck, dass seine Freunde sich auch in der Gewalt der Entführer befanden, entwickelte der Kommissar einen Rettungsplan.

„Lasst sie frei, dann führe ich Euch hin.“

„Bring sssurück sssu Junge!“ Eins ließ mit dem Messer von Carola ab und schleuderte sie an den Haaren zu Füßen von Drei. Der griff sie sich an ihrem Arm, verließ mit ihr den Raum. Anhand der Schritte mit den schweren Kampfstiefeln konnte Ray abschätzen, dass der dritte Entführer Carola ungefähr zwei oder drei Räume weiter brachte.

<<Ok, Zwei steht hier mit Eins, Drei bringt Carola weg, dann wird Nummer Vier bei Blinky sein. Im besten Fall sind Blinky und Carola jetzt zusammen in einem Raum.>>

Ray hob seine Handgelenke und zeigte fragend rüber zu

seinen Klamotten, Eins nickte, schnitt den Kabelbinder von seinen Händen los. Ray zog sich an, streifte seine Stiefel über seine Füße und legte sich seinen Mantel über die Schultern.

„Was wollt Ihr überhaupt von uns? Wieso habt Ihr uns entführt?“

Eins machte einen Schritt auf Ray zu, blieb stehen, stierte mit seinen schwarzen Augen in die Augen von Ray und griff sich, ohne den Blick von ihm zu lassen, in die Seitentasche seiner Tarnfleck-Hose und holte DIE Schachtel Zigaretten heraus.

<<Oh oupsi, die Kippen aus der Tasche…>> Ray realisierte, dass die Schachtel mit einem Sender präpariert wurde.

„Hier, Du Wichser, Funksender! Bist Du Idiot, Du.“

Während sich Ray noch über sich selbst ärgerte, stülpte ihm Zwei von hinten einen Sack über den Kopf, riss seine beiden Handgelenke aneinander, fesselte sie wieder mit einem Kabelbinder und stieß ihn vor sich her aus dem Raum. Eins und Zwei führten Ray durch einen Kellergang. Im Gehen, geschätzt bei der dritten Tür, öffnete Eins diese Tür und brüllte auf Albanisch ein paar kurze Wortfetzen zu seinen Kollegen.

Nach dem Beerdigungs-Kaffee fuhr der engste Kreis noch mit zu dem Haus der Fellbachs. In gedrückter Stimmung hatten Freunde, Geschwister und nahe Verwandte von Valerie und Kurt Fellbach noch ein wenig Zeit mit der Witwe verbracht. Alle saßen im großzügigen Wohnzimmer, die beiden Schwestern von Valerie kümmerten sich um Getränke, so dass sich die Trauernde ausruhen und mit den anderen Gespräche führen konnte. In ruhiger Stimmung ließ man Erinnerungen mit dem verschiedenen Ehemann aufleben. Ein Fotoalbum der beiden machte die Runde, die Verlobungsfeier, die Hochzeit, ein paar Urlaube und Gartenfeste im Sommer. Es war mittlerweile nach Acht, die Gäste verabschiedeten sich nach und nach. Als Valerie als letzte eine ihrer Schwester an der Tür verabschiedete, schloss sie diese und drehte sich um. Jean de la Granfour blieb als der letzte Gast über. Aber der Klinik-Geschäftsführer machte keine Anstalten, auch zu gehen. Sie sah ihn an. Er ging ein paar Schritte auf sie zu, stand jetzt direkt vor ihr.
„Oahh, endlich sind die alle weg. Ich hab's kaum noch ausgehalten…", seufzte Valerie. Er nahm sie in seine Arme und küsste sie zärtlich auf die Stirn. Sie erwiderte seine Umarmung, schmiegte sich an seine Schulter.
„Ich mach' uns jetzt erst mal einen Schampus auf…" Sie drückte sich ein wenig von ihm weg, schaute ihm in die Augen, zog sich hoch zu seinem Kopf und küsste ihn leidenschaftlich.
„Au ja Baby, los, ich geh' schon mal ins Schlafzimmer."
Granfour verschwand in der Küche und Valerie entledigte sich im Gehen Stück für Stück ihrer Kleidung. Nacheinander fielen die Pumps, der Rock, die Bluse auf den Teppich. Nur noch die schwarze Spitzenunterwäsche und die hal-

terlosen Strümpfe am Körper, betrat sie ihr Schlafzimmer, schaltete die gedämpfte Nachttisch-Beleuchtung an und ließ sich auf das große Kingsize-Bett fallen. Granfour kam hinterher, eine geöffnete Flasche Dom-Perignon-Champagner und zwei langstielige Champagner-Gläser in den Händen.

„Hmh, Du siehst gut aus…“, flüsterte er, während er sich auch entkleidete. In Boxershorts goss er die Gläser voll bis an den Rand und reichte Valerie ein Glas. Er legte sich zu ihr ins Bett und stieß mit ihr an.

„Prost mein Schatz.“ Die Gläser plingten zusammen.

„Sag‘ mal, was war das denn bitte?“ Valerie lachte laut und trank einen Schluck.

„Ich kann’s auch noch nicht fassen.“ Jean nahm auch einen kräftigen Schluck.

„Ich würde mal sagen: Wir haben es geschafft.“

„Ja Schatz. Enorm. Wer hätte das gedacht.“ Die beiden lehnten sich entspannt zurück an die große gepolsterte Rücklehne des Bettes und lachten sich an. Jean drehte sich zu Valerie, zog sanft ihren BH von den Brüsten, goss ein wenig Champagner aus dem Glas auf ihre Brüste, beugte sich hinunter und leckte genüsslich das Edelgetränk von der Haut.

„Hmh, mach‘ weiter…“ Valerie stellte ihr Glas ab und ließ sich hinuntergleiten. Granfour küsste ihre Brüste und biss zart in die linke Brustwarze.

„Aber klar doch…“

…

Los, weitergehe!“, zischte Albaner Eins und schubste Ray vor sich her. Es ging die Kellertreppe hoch an die frische Luft. Es war schon dunkel, aber Ray versuchte trotzdem krampfhaft, sich zu orientieren.
<<Verdammt, ich muss hierher zurück und die beiden befreien. Wo zum Teufel sind wir hier?>> Mit dem Sack über dem Kopf hatte er den perfekten Grund, schön langsam zu gehen, um möglichst viele Details aus der Umgebung wahrzunehmen. Er machte vorsichtig einen Schritt hinter dem anderen. „Langsam, ich seh‘ nix.“ Kein Problem für Albaner Nummer Zwei. Der packte sich Ray unter den Arm und führte ihn zügig über eine Straße. Eins folgte.
Ratsch – Eins zog den Sack von Rays Kopf herunter. Der konnte jetzt sehen, wo sie sich befanden.
<<What the fuck… Wir sind bei mir? Vor meiner Villa????>> Ray war fassungslos. <<Verdammte Scheiße, Ihr Arschgeigen, Ihr habt uns gekidnappt und dann in ein verficktes Haus GEGENÜBER verschleppt? Wie abgewichst seid Ihr denn???>>
Eins schubste Ray vor die Eingangstür seines Hauses. „Los, Geld hole.“
„Nee, das Geld ist in der Garage, in der Grube unter dem Auto. Im Hinterhof.“ Die drei Männer bewegten sich am Haus vorbei, zum Hinterhof mit den Garagen. Eins zückte Rays Schlüsselbund und ließ sich den Garagenschlüssel zeigen. Ray nickte kurz, als Eins ihm den ältesten Schlüssel im Bund hochhielt. Eins schloss auf und öffnete das wackelige Tor. Ray streckte seine gefesselten Hände zu Eins aus. „Ich muss unter das Auto klettern, die Grube ist da hinten und abgedeckt. Der Anführer zog sein Messer aus der Jacke und trennte den Kabelbinder durch. Ray betrat die Gara-

ge, ging nach hinten zur Fahrzeugfront seines Monza und kroch unter das Auto. Bei seiner Körperfülle kein leichtes Unterfangen. Ray ruckelte sich unter das Auto, bis er mit seinem Oberkörper verschwunden war. Es klapperte unter dem Auto, Ray entnahm eine Bohle nach der anderen von der Grubenabdeckung.

Rays Gehirn lief auf Hochtouren. Er musste sich schnellstens etwas einfallen lassen, um sich zu befreien. Seine Gedanken kreisten nur um Carola und Blinky, seine Nachbarn. Er hatte Angst, dass den beiden in der Gewalt der Entführer etwas zustoßen könnte. Das Risiko durfte – und wollte – er nicht eingehen. Der Kommissar ging volles Risiko und startete sein Manöver.

„Scheiße, zieht mich mal raus, ich steck‘ hier fest.“ Die beiden Albaner wunderten sich, traten an das Fahrzeug heran, knieten sich runter, nahmen je ein Bein von Ray und zogen ihn unter dem Fahrzeug hervor.

WHOCKKK – eine schwere Bohle landete im Gesicht von Eins, WHOCKKK – die gleiche Bohle landete schnurstracks im Gesicht des perplexen Albaner Zwei. Ray rappelte sich auf, nahm die Bohle und schlug sie voll ins Gesicht von Eins. Der jaulte auf, der Schmerz war heftig, Ray drehte sich zu dem am Boden liegenden Zwei und rammte ihm die Bohle dreimal blitzschnell ebenfalls in das Gesicht, Zwei stürzte bewusstlos mit dem Hinterkopf auf den Beton. Ray wendete sich wieder Eins zu. Der war noch nicht ko. Das sollte jetzt folgen. Cullan zimmerte ihm die Bohle auf den Kopf – WHOCKKK! Noch mal, WHOCKKK – das Fleisch zerbarst unter dem harten Holz, albanisches Blut spritzte unter den heftigen Schlägen. Der Mann zuckte noch, Ray setzte nach, holte weit aus schlug mit aller Wucht die Bohle auf den Schädel des Entführers, Knochen knackten. In seiner Wut startete Cullan einen Schlaghagel auf sein Opfer: „Nimm das Du Sau! Du…“ Schlag! „… entführst…“ Schlag! „… hier…“ Schlag! „… niemand…“ Schlag! „… mehr!“ Seine gesamte Aggression entlud sich in dieser emotionalen Tat. Aufgewühlt, weil diese Männer seine Freunde bedroht hatten, kochten alle Sinne in ihm hoch und ließen ihn diese kompromisslose Tat begehen.

Ray ließ ab, beugte sich runter, fühlte an der Halsschlagader – tot. Er fingerte das Messer aus der rechten Jackentasche von Eins, beugte sich rüber zu Zwei und rammte ihm die kalte Klinge ins Herz. „Das sollte reichen... Ihr Wichser!“

Ray musste tief durchatmen. Sein Herz schlug rasend, die Anspannung löste sich nur sehr langsam. Der erste Schritt war getan.

<<Oh Leute. Zu was zwingt Ihr mich hier? Wer mich und meine Freunde bedroht, der kann hier nicht mit Gnade rechnen. Das hier ist eindeutig Euer Verursacher-Risiko. Wenn Ihr nicht hierhergekommen wäret, würdet Ihr noch leben. Jetzt hole ich mir die anderen beiden.>>

Ray durchsuchte Eins und Zwei. Neben seiner P99, seinem Portemonnaie, dem Garagensender für die Feldstraße und seinem Handy nahm er noch die Pistolen, die Handys und die Schlüssel, die die beiden bei sich trugen. Zur Sicherheit legte er noch die Zigarettenschachtel mit dem Funksender auf den Boden und trat so oft darauf, bis er sich sicher sein konnte, dass das Gerät kein Signal mehr sendete. Er checkte die Magazine der Schusswaffen, verließ die Garage, schloss das Tor und ging nach vorne zur Straße.

<<So, in welches verdammte Haus habt Ihr uns verschleppt? In die 36? Oder in die 38?>>

Ray wechselte die Straßenseite und sah sich um. Er schlich sich zwischen die beiden Häuser und suchte einen Kellereingang.<<Ah, hier! Die Tür könnte passen.>> Leise öffnete er die Außentür und ging vorsichtig die Treppenstufen hinunter. <<Ja, das hier ist es!>> Da waren die drei Türen. Ray nahm in jede Hand eine Schusswaffe, stellte sich vor die erste Tür. Stimmengemurmel drang nach außen. Zwei Stimmen, Albanisch, nicht weit weg von der Tür.

KRACKKKK – ein starker Tritt an die Klinke ließ die Tür nach innen aufbrechen. BÄHMMM, BÄHMMM, BÄHMMM, BÄHMMM – vier Schüsse aus zwei Waffen streckten die beiden Albaner nieder, die Wucht der Kugeln in den Köpfen ließ die Körper nach hinten fliegen. Beide Albaner waren sofort tot und lagen auf dem Beton. Carola schrie wie am Spieß. Die Mutter und ihr Sohn lagen in einer Raumecke gefesselt am Boden. Carola drückte sich an ihren Sohn, beide hatten ihre Augen weit aufgerissen und waren erschrocken von dem Lärm der Schüsse.

„Los, raus hier!“ Ray half Carola und Blinky hoch, Carolas Blick heftete sich auf die beiden Leichen mit den Löchern in den Köpfen. „Nicht hinschauen. Los, kommt!“ Ray nahm einen Beutel vom Tisch und packte die Handys, Portemonnaies und Waffen von Drei und Vier hinein. Mit dem Beutel in der Hand begleitete er seine Nachbarn aus dem Kellerraum, zur Treppe und nach oben ins Freie...

„Was ist hier los? Wer sind Sie???“

Von den Schüssen aufgeschreckte Bewohner des Hauses standen vor der Kellertür.

„Leute, hier ist alles unter Kontrolle. Ich bin von der Polizei. Gehen Sie in Ihre Wohnungen. NIEMAND betritt den Keller. Meine Kollegen sind unterwegs.“

Blinky und Carola traten ins Freie.

„Häh? Ray, was ist das denn? Wir sind ja zuhause.“ Blinky war verwirrt, aber glücklich, in seiner vertrauten Umgebung zu sein. Unversehrt. Die drei gingen auf die andere Straßenseite, die Treppe hoch in Rays Wohnung.

„Ihr schlaft heute Nacht hier bei mir. Setzt Euch. Nehmt Euch was zu Trinken“, beruhigte Ray die beiden und öffnete die Kabelbinder mit seiner Küchenschere. Mutter und Sohn schüttelten ihre geschundenen Handgelenke aus und setzten sich auf das Sofa im Wohnzimmer. Ray nahm zwei Bier, öffnete sie und reichte jedem der beiden eine Flasche.

„Hier, das tut gut jetzt. Trinkt. Ich schaue oben in Eurer Wohnung nach dem Rechten.“

Ray nahm die Treppenstufen zu der Wohnung von Carola und Blinky. Die zerborstene Tür stand noch ein Stück auf, er betrat die Wohnung. Auf dem Boden lagen zwei nasse Lappen. Ray hob einen der Lappen hoch und roch vorsichtig daran. <<Chloroform... puh... schnell weg mit dem Ding. Sonst noch was kaputt? Nein. Die Tür muss ich erst mal notdürftig flicken.>> Der Kommissar holte einen Akkuschrauber aus der Abstellkammer und reparierte die Tür behelfsmäßig. Dann schloss er ab und ging zurück in seine Wohnung.

Carola und Blinky hatten sich beruhigt, die Biere waren schon alle.

„Hier, noch ‘ne Runde.“ Ray öffnete drei Flaschen und stieß mit beiden an.

„Ray, Julius, bitte erklärt mir, was hier heute passiert ist.“ Carolas Stimme zitterte.

„Ja verdammt, sowas sollte natürlich nicht passieren. Carola, Dein Junge und ich sind an einer richtig heißen Sa-

che dran. Ich ermittle in einem Fall mit Kindesentführung und Erpressung. Blinky hat mir eigentlich nur bisschen am Computer Recherchieren geholfen…“
„Aber Ihr habt mir gesagt, dass das nicht gefährlich ist…“
„Ja, was heute passiert ist, das war wirklich nicht abzusehen. Ich hatte einen Gegenstand von den Entführern, eine Zigarettenschachtel mit einem Sender, den konnten die orten und so haben sie mich gefunden. Der Sender ist aber jetzt zerstört. Wir sind außer Gefahr.“
„Julius, ich verbiete Dir, dass Du mit dem Mist weitermachst.“ Carola schaute ihren Jungen streng an.
„Och Mama…“
„Nix ‚och Mama‘. Überleg‘ mal, was hätte passieren können…“
Ray war sich bewusst, welchen Schrecken er in der Mutter seines Schützlings hervorgerufen hatte. Aber er musste Carola davon überzeugen, dass sie akzeptiert, dass ihr Sohn ihm weiterhelfen musste und dass beide ihren Segen dafür bräuchten.
„Carola, ich verstehe Deine Angst, aber ich brauche Deinen Jungen. Er ist eine unschätzbare Hilfe. Wir müssen das Ding durchziehen. Ich verspreche Dir, dass ich auf Julius aufpasse. Wir können jetzt noch nicht Schluss machen. Mit unseren Ermittlungen haben wir die Chance, Menschenleben zu retten.“
„Ray…“ Carola sah Ray strafend an. Er legte seine Hand auf ihre Schulter.
„Vertrau‘ mir.“ Ray nickte Carola zu.
„Ok, aber Ihr müsst mir versprechen, dass Ihr auf Euch aufpasst.“
„Klar, Ehrenwort.“ Blinky nickte parallel dazu. „Und jetzt

Feierabend. Ich beziehe Euch mein Bett, ich schlaf‘ auf dem Sofa.“

Tag 5 – Sonntag

Ray wachte mittelschwer gerädert auf. Sein Sofa eignete sich nicht gerade am besten für eine ruhige Nacht eines 90-Kilo-Brocken. Mit dicken Augen schlurfte er zum Badezimmer und nahm erst mal eine heiße Dusche. Das tat gut. Die Lebensgeister kehrten zögerlich in den kräftigen Körper des Kommissars zurück. Mit dem Handtuch um die Lenden schlurfte Ray in die Küche, setzte Kaffee auf und fischte das letzte Essbare aus seinem Kühlschrank. Ein paar trockene Brotscheiben und die kläglichen Reste von Marmelade, Wurst und Käse deprimierten ihn. <<Das wird hier leider nur spärlich.>>
„Mädels, aufstehen…“ Ray klopfte an seine Schlafzimmertür „… macht Euch bitte fertig... Frühstück…“
Blinky und seine Mutter traten aus dem Zimmer.
„Oh super, jetzt hab‘ ich auch richtig Kohldampf…“ Blinky rieb sich seinen Bauch.
„Ich glaub‘, wir gehen lieber hoch zu mir“, sagte Carola mit einem Blick auf den Küchentisch. „… Ich habe bisschen mehr zu bieten…“ Carola lächelte Ray gütig an.
„Ok, aber ich nehm‘ den Kaffee mit hoch…“ Ray schnappte sich die Kanne mit dem frisch gebrühten Kaffee und die drei gingen ein Stockwerk höher.
„Oje, die Tür…“
„Kein Problem, ich kümmere mich heute noch darum.“ Ray schloss auf und Blinky verschwand im Bad. Carola begann, das Frühstück aufzudecken, Ray half ihr dabei.
„Sag‘ mal, musst Du nicht irgendwie Deine Kollegen über die Vorfälle von gestern informieren?“
„Klar, das mach‘ ich nachher. Da gibt es Einiges aufzuräu-

men."
„Ja, die beiden Leichen im Keller gegenüber…"
„… und die beiden Toten bei mir in der Garage."
„Waaaaas? Noch zwei Tote?"
„Äh ja, die anderen beiden, die uns entführt haben. Der Anführer und einer seiner Schergen. Musste ich plattmachen…" Ray lächelte verlegen.
„Ray, Du bist Polizist, aber Julius ist noch ein Junge."
„Dein Kleiner macht einen echt wichtigen Job. Mit seinem Computer hat er mir äußerst wertvolle Informationen besorgt. Ohne die wäre ich lange nicht so weit wie jetzt und es hätte wesentlich schlimmer werden können."
In dem Moment kam Blinky in die Küche. Aus seinen Wuschelhaaren lachte er die beiden an und schlagartig wechselte die Stimmung von bedrückt auf befreit. Die drei widmeten sich dem gemeinsamen – und üppigeren – Frühstück.

In dem Kofferraum ging es eng zu. An den Händen gefesselt, mit einem Stoffbeutel über dem Kopf wurde Victoria in der Lagerhalle in den Kofferraum verfrachtet. Die vier Entführer packten ihre Sachen, Tüten, Taschen, kleine Koffer, pressten das Zeug zu ihr und verließen mit ihr Düsseldorf. Sie hatte keine Ahnung, wohin die Reise gehen sollte, also versuchte sie, sich über die Reisedauer oder die Reisegeschwindigkeit einen Eindruck zu verschaffen. Die Fahrt war geprägt von hohem Tempo, also viel Autobahn. Von der Fahrtzeit schätzte sie ungefähr fünf bis sechs Stunden. Eine verdammt lange Zeit, zusammengekauert im dunklen Gepäckabteil. Hektische Lenkbewegungen ließen sie gegen die Bordwand rumpeln, ihre Knochen waren verspannt durch die nicht vorhandene Möglichkeit, ihre Position zu verändern. Ihre Arme waren eingeschlafen, Victoria versuchte, durch Heben und Drehen der Arme das Einschlafen zu mindern. Ihr tat eigentlich alles weh. Erst das Ende der Fahrt bestand aus normalen Straßen. Bremsen, Anhalten, Beschleunigen. Enge Kurven, geringes Tempo. Während der gesamten Fahrt wurde kaum gesprochen. Und wenn, dann konnte Victoria den osteuropäischen Gesprächsfetzen nichts entnehmen. Der Ton war normal, ruhig. Kein lautes Wort oder gar Streit.
Das Fahrzeug hielt an. Victoria hörte sowas wie ein Quietschen eines großen schweren Tores. Über eine kleine Kante legte das Fahrzeug eine kurze Distanz zurück. Andere Geräuschkulisse. Der Fahrer schaltete die Zündung aus. Die Heckklappe öffnete sich, einer packte das Mädchen am Arm und zog sie aus dem Kofferraum. Bewegungsunfähig von der langen Fahrt in der zusammengekauerten Stellung versagten ihre Muskeln und sie fiel zu Boden.

„Come on, të merrni up!“ herrschte Soldat sie an. Mit Hilfe des Entführers konnte Victoria sich aufrichten. Immer noch mit dem Stoffbeutel über dem Kopf wurde sie abgeführt. Es ging einige Schritte, sie versuchte, sich die Anzahl der Schritte zu merken <<25>>, über einen harten Boden, eine Treppe hinunter, weitere Schritte <<zehn>>, eine Tür wurde geöffnet. Soldat stieß sie vor sich her, bis sie mit ihren Unterschenkeln gegen einen harten Gegenstand stieß und das Gleichgewicht verlor. Sie fiel – auf ein Bett. Soldat lachte schäbig. Er trat zu ihr heran, löste ihre Handfesseln und kettete ihre rechte Hand am Bett fest. Die Kette rasselte metallisch. Er zog ihr den Beutel vom Kopf, aber Victoria war nicht geblendet, denn in dem dunklen Raum leuchtete nur eine spärliche Glühlampe, die an einem blanken Kabel von der Decke herunterhing. Soldat verließ den Raum und schloss die Tür von außen ab. Victoria hatte jetzt Gelegenheit, ihr neues Gefängnis zu inspizieren.
Der Raum war dunkel, kein Fenster, es roch muffig nach abgestandenem Wasser oder Wäsche, die nicht zum Trocknen aufgehängt wurde. Das Bett, mit einer Matratze und einer Wolldecke, stand an der Wand. Ein Metallbett, wie sie es schon mal in einer Dokumentation über ein Bundeswehr-Zimmer gesehen hatte. Weiß, mit stabilen Beinen, kein Lattenrost sondern ein nach unten ausgewölbtes Drahtgitter. An dem Rahmen war die Kette mit einem Vorhängeschloss befestigt. Ebenso wie an ihrem Handgelenk. Die Kette roch nach blankem Metall. Aber den Gestank der Kette empfand sie fast schon als angenehm im Vergleich zu ihrem eigenen Geruch. Sie roch sich selbst unter den Achselhöhlen. <<Uhhh!>> Die Tage ohne Dusche, ohne Kleidungs- oder Unterwäsche-Wechsel ließen die Körpergerüche sich frei

entfalten, ihre schönen langen Haare waren total verfettet und bedurften dringend einer Wäsche. Ihr Blick schweifte in dem ansonsten leeren Raum in die letzte Ecke. <<Oh neeee…> Ein Eimer mit einem Deckel darauf. Sie realisierte, dass der Eimer nun ihr Klo sein würde. Keine zwei täglichen ‚Ausflüge' zur Toilette, anscheinend keine Chance mehr, sich wenigstens an einem Waschbecken das Gesicht notdürftig zu waschen. Resigniert legte sie sich hin und zog die Wolldecke über ihren Körper.

Blinky, komm‘, wir müssen noch arbeiten.“ Ray beendete das gemütliche Frühstück. Carola signalisierte beiden, dass sie sich um das Aufräumen kümmern würde. Die Jungs verschwanden in Blinkys Zimmer.

„Kumpel, ich habe einen wichtigen Gedanken. Warum zäumen wir das Pferd nicht von hinten auf? Wir haben die Standorte der verschiedenen Albaner-Gruppen. Bremen und Hamburg sind erledigt, wir sind in einer Sackgasse. Die haben hier Mädchen entführt. Lass‘ uns mal in die anderen Zellen schauen – Düsseldorf und Berlin. Was passiert da? Was können wir über die Gruppen herausfinden, das uns den Schlüssel zu weiteren Aktionen liefert?“

Das war das Zeichen für Blinky. Er schmiss sein Cockpit an, die Festplatten surrten, die Monitore erhellten den Raum. Blinky verschränkte wieder seine zehn Finger, bog sie durch und ließ die Gelenke knacken.

„Wir haben die Kennungen der Mobiltelefone, darüber kann ich was machen. Dazu haben wir die Kreditkarten, da fange ich an. Mal sehen, was die Jungs so einkaufen.“ Die Finger flogen über die Tastatur, eine Vielzahl von Fenstern öffnete sich auf den drei Monitoren, Blinky switchte von einem zum nächsten, Zahlen rauschten in langen Listen über alle Flächen.

„Hier, das ist Berlin. Seit dem 10. April sind sie da. Alkohol in einem der Flughafen-Läden, Mietwagen, abends paar Mal Essen gehen, Bargeldabhebungen, 400,- €, dann noch mal 300,- €, ansonsten nichts. Schau‘ auf die Handy-Verbindungsdaten: Die beginnen circa zwei Stunden nach der Ankunft am Flughafen, vier Verträge für die vier Typen. Sie konzentrieren sich in einem Hinterhof im Stadtteil Prenzlauer Berg, sie bleiben zusammen. Die Bewegungen sind ab

dann immer einzeln, als ob jeder mal raus darf. Spazieren gehen, Einkaufen oder so. Das geht eine Woche. Dann, am Samstag, verlassen alle ihr Quartier, Aufenthalt in der Lehderstraße. Gegen 18:00 Uhr Rückkehr zum Quartier in der Schieritzstraße. Dann wieder das alte Spiel, alle auf einem Fleck, zwischendurch jeder paar Mal raus."
„Boah, verdammt. Berlin, was für 'ne verdammte Riesen-Stadt. Wie sollen wir da was lokalisieren? Zehnstöckige Häuser, in jedem Haus fünf Läden und acht Döner-Buden, dazu eine Million hippe Berliner in Schmuddel-Klamotten und mit langen Bärten..."
„Hmh, mit den Ungenauigkeiten der Triangulation der Handy-Ortung haben wir eine Streuung von ungefähr 50 Metern, dass heißt ungefähr drei bis fünf Blocks in diesem Bereich. Macht 50 Wohnungen, multipliziert mit acht bis zehn Stockwerken, also haben wir nur circa 400 bis 500 Wohnungen, in denen die Truppe stecken könnte."
„Ja, und was machen die da? Wieso halten die die Füße still und sind nur ein Mal zu viert raus? Kommen wir zu Düsseldorf. Was geht da ab?"
Blinky ließ die Finger wieder über seine Tastatur fliegen. ‚Enter'. Die Bildschirme füllten sich wieder mit Tabellen und Listen.
„Okeeeeh, Düsseldorf. Auch 10. April Ankunft. Fast das gleiche Spiel. Mietwagen, Innenstadt, vier Handys. Sammelaufenthalt an einem Fleck. Ui, gleich in der Nähe des Flughafens. Mal checken auf Google-Maps. Ok, in dem Gebiet sind fast nur Industriegebäude, das ist kein Wohngebiet. Arrrr, keine weiteren Hinweise. Verdammt, das ist ja krass. Das gleiche Bewegungsprofil wie in Berlin. Wenig bis gar keine Ausflüge, immer nur an dem einen Ort, maximal ei-

ner, der den Ort verlässt. Außer wieder an unserem Samstag. Die ganze Truppe unterwegs."

„Also, wenn die anderen Zellen auch Mädchen entführt haben, dann können wir davon ausgehen, dass der Samstag der Entführungstag war, an dem sie in gesamter Stärke ausgerückt sind, um sich ihre Opfer zu holen. Extrem gute Planung. Alle zum ähnlichen Zeitpunkt."

„Äh Ray, fällt Dir nix auf?"

„Was meinst Du?"

„Naja, seit gestern ist hier Funkstille. Keine Bewegungen, keine Transaktionen mit den Karten."

„Scheiße, die haben Ihre Handys und Karten weggeschmissen."

„Vielleicht wurden sie gewarnt durch die anderen Zellen."

„Fuck, jetzt haben wir keine aktuellen Anhaltspunkte mehr. Das macht die Sache nicht leichter."

Ray und Blinky schauten sich an. Betreten mussten sie einsehen, dass ihr Vorteil geschwunden war.

„Heute läuft hier sowieso nix mehr. Ich knall' nach Düsseldorf. Ich muss da runter und versuchen, die Geisel zu finden. Denn davon können wir ausgehen. Hundert pro."

„Prima, wann fahren wir?"

„Nicht wir. Ich. Du hältst hier Stellung und lotst mich. Lass Dein iPhone an, ich melde mich."

Ray verabschiedete sich von Carola und Blinky. Er ging runter in seine Wohnung und checkte seine Ausrüstung. <<Garagenschlüssel, P99, Handy, Kohle – läuft>> Er schmiss sich seinen Mantel über, verließ das Haus und schritt schnurstracks zu seiner zweiten Garage in der Feldstraße. Handsender – „piep" – das Tor öffnete sich – ohne Quietschen. Er zog das Ladekabel aus dem Tesla, stieg ein, fuhr geräuschlos vom Hof und rief Berger an.

„Bert, Ray hier. Es gibt Neues."

„Oje, Ray, wir haben Sonntag. Was kann denn so Wichtiges sein?"

„Ach nichts Schlimmes. Schick' mal ein paar Leute zu meiner Garage und in den Keller der Schubystraße, zwischen der 36 und der 38. Da liegen ein paar Überraschungen."

„Ray verd…, was ist passiert?"

„Kurz gesagt, ich hab' aufgeräumt. Und zwar richtig."

„Aufgeräumt? Was heißt das…?"

„Naja, die Albaner-Truppe hatte noch Freunde aus Bremen. Die waren hier."

„Die waren…"

„Ja, beruhig' Dich. Hab' ich geregelt. Die musste ich leider erledigen. Haben mich angegriffen."

„Ray, schon wieder Tote? Ich hab' Dir doch schon mal gesagt, Du sollst nicht immer alle einfach abknallen."

„Also einfach war das nicht…"

„Ray ehrlich, Du weißt genau, was ich meine und Du…"

„Und abgeknallt habe ich auch nicht alle…"

Berger flippte aus. „Ray verdammt noch mal, halt' den Rand, Du kranker Psychopath. Und wenn da tausend Typen durchdrehen: Du knallst hier keinen mehr ab. Ich glaub' hier fährt der Bär Karussell, Du bist eine wandelnde Zeitbombe. Was ist mit Zeugenaussagen, Beweisen und der ganze Kram? Das ist keine Polizeiarbeit, das ist Lynchjustiz…" Ray musste das Handy einen halben Meter vom Ohr weghalten „… Ich dreh' hier durch. Wie soll ich das nach oben erklären? Ich hab' hier einen Verrückten, der alles niedermäht. Halleluja, verrückt noch mal, hier steppt der Priester…" So hatte Ray seinen Boss noch nie erlebt. <<Na, der regt sich

ja gerade richtig auf – is‘ doch nix los>> „… noch Mal: Was werde ich finden?“ Berger fuhr sich langsam wieder runter.
„Vier Tote, nicht alle abgeknallt, einer mit einem Messer erledigt. Zwei bei mir in der Garage, zwei im Keller und irgendwie wird die Verbindung gerade schlecht…“
„Ray, Du legst jetzt nicht auf, Du…“
„Piep piep piep“.
Ray drückte aufs Pedal, er war jetzt auf der A7. Sonntag. Freie Bahn. Der Tesla beschleunigte den Kommissar aberwitzig, er flog schon auf der linken Spur an allen Autos vorbei. Das Navi zeigte 500 km Fahrstrecke an. <<Ok, wenn ich das Tempo halten kann, bin ich in zweieinhalb Stunden da.>> Ray grinste bei 250 km/h.
Ray wählte die Nummer des Schleswiger Baumarkts.
„Heiko. Ray hier. Nett von Dir, dass Du drangehst.“
„Oh ja, bin zufällig noch im Laden. Was kann ich für Dich tun?“
„Carola aus der Wohnung über mir hatte ein Missgeschick mit ihrer Wohnungstür. Könntest Du jemanden hinschicken, der sich das mal anschaut und repariert? Ich denke mal, da wird eine neue Tür fällig. Wenn es sowas gibt, nehmt am besten einen Katalog mit, Türen, die in eine alte Villa passen. Geld spielt keine Rolle, muss nur schnell gehen. Ich zahl‘ das.“
„Klar, bekommen wir hin. Ich selbst fahre nachher raus zu ihr und ja, wir haben solche Türen im Programm. Ich nehme einen Katalog mit und kümmere mich darum.“
„Das wollte ich hören. Super Heiko, ich danke Dir schon mal. Ciaoi.“
„Ciao Ray.“

„Carola, Ray hier. Nachher wird Heiko Ebsen vom Baumarkt bei Dir vorbeischauen. Er checkt mal Deine Tür. Such‘ Dir was Schönes aus, ich regel‘ das dann. Die Rechnung geht an mich, keine Widerrede.“

„Hi Ray, okay, alles klar. Wir sind zuhause.“

Ray flog mit seiner 700 PS starken Elektro-Limousine über die Autobahn. Die hohe Geschwindigkeit fraß die Kilometer. Hamburg durch – Bremen vorbei. <<Tut mir leid Tempolimits aber ich hab’s eilig.>>

„Pieeeep-pieeep.“

„Eh, verdammt, was ist hier los?“ Ray sah sich hektisch im Cockpit um.

„Ah, Batterien leer – so’n Mist.“ Ray tippte wild auf dem riesigen 17-Zoll-Display rum – bis eine Landkarte die Ladestationen anzeigte.

„Ah, das passt, ‚Lohne-Dinklage‘ runter.“ Mit dem verbliebenen Strom schaffte er es bis auf den Autohof. Er fuhr sein Geschoss an eine der hyper-modernen Ladestationen. Selbsterklärend. Stecker rein. Laden. Ray sah sich um. <<Ui, Burger-King – passt.>> Ray genoss es, sich einmal zu strecken und schlenderte zu dem Fast-Food-Restaurant. Vier Burger und eine schöne Cola stärkten den Mann, während sein Fahrzeug wieder auflud. Nach ungefähr 30 Minuten kehrte er zurück. <<80 Prozent geladen. Reicht.>>

Es ging weiter. Mit Highspeed schoss er über die A1, an Osnabrück vorbei, an Duisburg vorbei – Düsseldorf.

„Blinky, Ray hier. Ich bin jetzt gleich in Düsseldorf. Lots‘ mich.“

„What???? Du bist schon da??? Bist Du geflogen?“

„Ja, so ungefähr, mein neues Auto ist echt der Hammer. Erzähl‘ ich Dir später. Ich hatte Glück, die Straßen waren frei. Pass‘ auf, ich bin jetzt auf der 59, Düsseldorf-Nord, der Flughafen ist schon ausgeschildert.“

„Ok, das ist gut. Du musst auf die 44 Richtung Westen. Ich setze eine Geoposition und schicke sie Dir auf Dein iPhone.“

„Eine was???“

„Eine Geoposition, das ist eine verwechslungsfreie Markierung. Die kann ich online von hier aus setzen. Da klickst Du dann drauf und lässt Dich lotsen. Es ist ein Industriegebiet in der Theodorstraße.“

„Dingding.“ Rays Handy zeigte die Nachricht von Blinky an. Er klickte auf die Meldung und aktivierte sein Handy-Navi. <<Geile Funktion.>> Das führte ihn durch das schlänglige Autobahn-Gewirr der Stadt am Rhein. Runter auf die 52, rechts ab, dann links auf die Theodorstraße. Ray fuhr mit wachen Augen an den zahlreichen Industriebauten vorbei. Am ‚ISS DOME‘ ging es links rein. In der Linkskurve zeigte das Handy das Ziel an. <<So, hier muss es sein…>>

„Blinky, ich bin jetzt da. Wo muss ich hin?“

„Anhand der Daten müsstest Du da fünf bis sechs große Gebäude sehen. Eins davon ist unser Ziel. Sei vorsichtig.“

„Ok danke. Ruf‘ mich die nächste Zeit jetzt nicht an. Ich melde mich, wenn ich was gefunden habe.“ Ray beendete das Telefonat, stoppte den Wagen und checkte seine Ausrüstung. Er zog seine P99, ließ das Magazin rausschnappen. <<Voll.>> Dann holte er den Revolver raus und checkte die Trommel. <<Fünf mal voll – passt.>>

Ray stieg aus. Er sah sich um. Die Industriegebäude hätten überall stehen können. Netter 80-er-Jahre-Beton-Charme. Autos davor, Schilder. Keine Menschen – Sonntag eben.

<<So, Ihr Arschgeigen, wo könntet Ihr stecken? Hmh, vorne

an der Ecke ist das HILTI-Center, da dürfte zu viel los sein. Autohändler – auch unwahrscheinlich. Was ist das denn da hinten? Riesen-Spedition... das sehe ich mir mal an.>> Vorsichtig und unauffällig ging Ray zu dem hinteren Gebäude in der Kurve. Auf dem Gelände vor dem Hauptgebäude parkten an die 20 LKW, die Rolltore waren geschlossen, alles bereit, dass es am nächsten Morgen in der Frühe wieder losgehen konnte. Das Areal bestand aus drei Hallen. Die vordere gehörte eindeutig zu der Spedition, an der rechten hinteren Seite sah es dagegen schon ein bisschen mülliger aus. Die hintere Halle schien ungenutzt. Unordentlich dahingekippte Palettenstapel und zwei Autowracks erweckten den Eindruck, dass dieser Bereich längere Zeit nicht betrieblich genutzt wurde. Ray schlich sich zu einem der Rolltore. Geschlossen. Weiter zum nächsten Tor. Auch geschlossen. Nächstes Tor. Ebenfall geschlossen. <<Verdammte Scheiße, alles dicht hier.>> Weiter zu einer in einem Rolltor eingelassenen Tür. Ray versuchte auch hier, vorsichtig mit der Klinke die Tür zu öffnen. Auch geschlossen. <<Oha, könnte sich hier die Düsseldorfer Albaner-Zelle versteckt haben?>> Ray inspizierte den Bereich. Durch die Positionierung hinter der großen Spedition war diese Halle nicht von der Straße einsehbar. <<Schon mal praktisch.>> Von der Autobahn bis hierher brauchte man gerade mal drei bis vier Minuten. <<Sehr verkehrsgünstig. Schnell hin – schnell weg. Auch gut.>> Das Gebäude selber hatte nur die Rolltore als Zugänge, keine Fenster oder Scheiben. <<Das ist kuschelig, niemand kann reinsehen.>> Ray ging zum letzten Rolltor. Auch hier war in dem Rolltor eine Eingangstür eingebaut. <<Oh, was haben wir denn hier?>> Das Schloss in dieser Tür war eindeutig neu eingebaut. <<Bingo.>> Ray zückte

sein Lock-Picking-Besteck, öffnete leise das Schloss, nahm seine P99 in den Anschlag, drückte sanft die Klinke, die Tür öffnete einen Spalt...
„Tiedeliedelingelingelinggggggg“

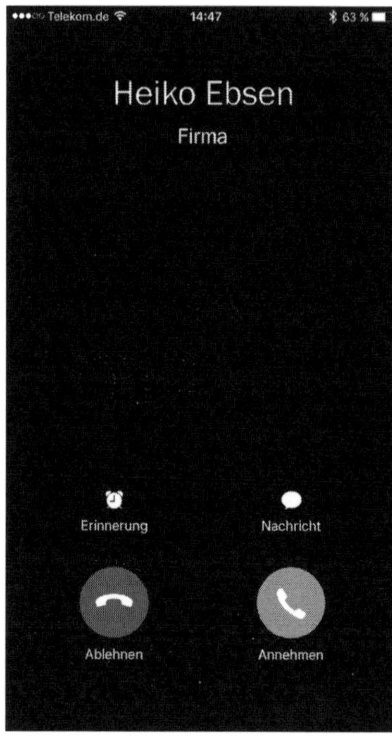

<<Arhhhhhhhhhh, das Handy, verdammtes Ding...>>
Das extrem laute Klingeln seines Handy zerriss die Stille in dieser angespannten Situation, Ray zückte sein Handy – ‚Heiko Ebsen‘. <<Doch nicht jeeeeetzttttt...>> Ray tippte wie wild auf dem Display rum. <<Verdammt, verdammt, verdammt...>> Das Klingeln verstummte. Ray war auf Hochalarm-Modus. Er schmiss sich in die Tür und drang in die Halle ein. Dunkel – nur das Licht, das durch die Tür

einfiel. Hallenvorraum, leer, kein Auto, nichts. Ray sprang nach rechts in den dunklen Schatten, ging in Deckung. Hektisch sah er sich um. Die Augen mussten sich an die Dunkelheit gewöhnen. Links, rechts – nichts Verdächtiges. Niemand hatte das Handy gehört. <<Puhh, Glück gehabt.>> Ray drückte die Tür leise zurück in die Zarge. Dunkelheit. Nur funzelige Lichtstrahlen drangen durch die Ritzen der Rolltore in die Halle. Langsam gewöhnten sich seine Augen an die Dunkelheit.

<<Okay, orientieren.>> Der Kommissar nahm seine Waffe in beide Hände, begann, das Gebäude zu inspizieren. In der großen Halle standen nur ein paar Kartons an den Wänden, aus denen Verpackungsreste herausschauten. Am Ende des Hallen-Vorraumes vier Türen. Ray lauschte an der ersten Tür rechts: keine Geräusche. Er öffnete vorsichtig die Tür und schob sie langsam auf. Mit seinem Handy leuchtete er in den Raum. Mittelgroßer Raum, Büromöbel für drei Arbeitsplätze. Nichts Verdächtiges. Nächste Tür. Lauschen: keine Geräusche. Öffnen, Reinschauen – mittelgroßer Raum, Büromöbel für ebenfalls drei Arbeitsplätze. <<Oh, was haben wir hier?>> Ray sah einen Fernseher und eine portable Satelliten-Empfangsanlage. Hinter den Schreibtischen eine Matratze auf dem Fußboden. <<Jetzt wird's interessant…>> Weiter zur nächsten Tür. Aufschrift ‚WC'. <<Kann ich auslassen.>> Die letzte der vier Türen. Lauschen: keine Geräusche. Ray öffnete auch diese Tür. Ein Flur, kein Licht. Drei Türen, dahinter eine Abbiegung nach rechts. Ray schlich durch den Flur, schwach beleuchtet durch das Licht seines Handys. Er konzentrierte sich darauf, aus einer der insgesamt sechs Türen irgendwelche Geräusche wahrzunehmen. Aber nichts. Totenstille.

<<Verdammt, hier ist keine Sau. Na, da kann ich ja auch das Licht anmachen.>> Grelle Neonleuchten sprangen eine nach der anderen an und erhellten den langen Flur. Ray öffnete jetzt eine Tür nach der anderen: Lagerraum, Elektroraum, Heizungsanlage, dann um die Ecke weitere drei Türen: Putzausrüstung mit Bodenreinigungsgerät, Lagerraum – zwei Matratzen auf dem Boden, letzte Tür. <<VOLLTREFFER!!!>> Ray betrat den kleinen Raum und wusste sofort, woran er war. Die Matratze in der Zimmerecke, die Kette an der Wand – hier hatte er den eindeutigen Beweis für eine weitere Entführung.
Der Kommissar skizzierte den Grundriss in seinem Notizblock und kontaktierte seinen Sidekick.

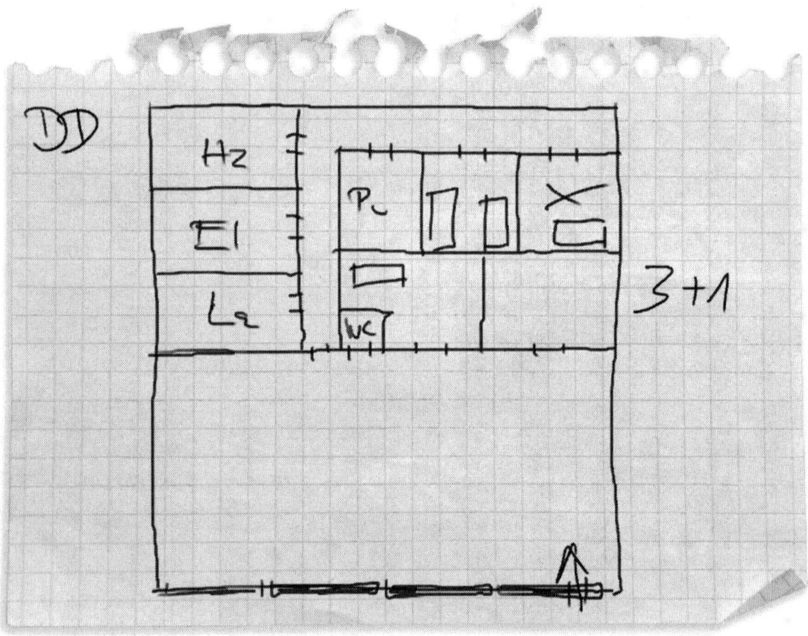

„Blinky. Eine gute und eine schlechte Nachricht.“

„Häh???"
„Ja, die gute: Ich habe hier in einer der Lagerhallen das Versteck der Düsseldorf-Gruppe entdeckt. Mit allem Zipp und Zapp. Die haben hier gehaust und in einem der Räume ihre Geisel an die Wand gekettet. Dem Geruch nach eine Frau, den Haaren nach, die ich auf der Matratze gefunden habe, eine eher junge Frau, keine grauen Haare. Da wir in den anderen beiden Fällen junge Mädels hatten, können wir davon ausgehen, dass hier auch eine junge Frau festgehalten wurde.
Die schlechte: Die sind alle weg. Keine Sau hier. Verdammt noch mal…" Ray ärgerte sich.
„Was machst Du denn jetzt?"
„Fuck, hier läuft nix mehr. Ich mache ein paar Fotos und schick' die Düsseldorfer Kollegen hierher zur Spurenaufnahme. Such' mal bitte die Nummer für mich raus und sende sie mir per Dingsbums."
„Geht los, hast Du gleich."
Ray verließ die Halle, schloss wieder ab und kehrte zu seinem Wagen zurück. Im Tesla ertönte sein Handy, er brauchte nur auf die von Blinky gesendete Nummer drücken, der Wählvorgang startete.
„Polizei Düsseldorf, Treckmann."
„Hi Kollege, Hauptkommissar Cullan hier, Kripo Schleswig. Im Rahmen einer Ermittlung sind wir auf einen Unterschlupf von Verdächtigen gestoßen. Ich musste schnell handeln, Gefahr im Verzug, deswegen war ich gerade eben schon da und…"
„Was, häh, Moment mal, Du kommst einfach hierher, ohne uns zu benachrichtigen und führst eine Durchsuchung durch? Du konntest doch gar keinen Durchsuchungsbe-

schluss haben. Hast Du einen Antrag auf Amtshilfe gestellt? Ich sehe hier überhaupt keine Gefahr im Verzug. Das geht so nicht. Gib mir mal Deinen Einsatzleiter."

„Pass' mal auf Du Micky Maus. Theodorstraße, gegenüber vom ‚ISS-Dome' rein und dann die Halle hinter der Spedition. Ich hab' die Tür wieder abgeschlossen. Da drinnen wurde eine Geisel festgehalten, auf jeden Fall eine Frau unter vierzig, wahrscheinlich eine junge Frau um die siebzehn. Ihr schickt da morgen die Spusi hin und untersucht alles nach Hinweisen auf die Entführer und den ganzen Scheiß."

„Äh, nee, also erstens musst Du einen Durchsuchungsbeschluss bei unserer Staatsanwaltschaft beantragen. Wenn unser Richter den unterschreibt, müssen wir ein Team zusammenstellen und dann…"

„Ey sach' mal geht's noch? Ihr geht da morgen rein und regelt alles. Sonst vergammeln die Beweise. Wir brauchen alle Erkenntnisse, um die Ermittlungen hier zu beschleunigen. Die Halle ist verlassen, die sind schon weg. Wir brauchen jetzt Hinweise auf den aktuellen Aufenthaltsort der Truppe, vier Albaner."

„Woher kannst Du wissen, dass das Albaner sind?"

„Fick' Dich Kollege. Mach's einfach. Gib' das weiter an Deinen Vorgesetzten. Ich schicke Euch nachher eine E-Mail mit meinen Kontaktdaten. So, Cullan Ende." Wütend drückte der Schleswiger das Gespräch weg. Genervt gab er Vollgas und schoss schon wieder mit 250 über die Autobahn Richtung Norden.

Auf der Fahrt ließ er die neuen Erkenntnisse durch seinen Schädel rattern. <<Verflucht, wo sind die Wichser hin? Freitag, oder vielleicht auch noch gestern, waren die noch hier. Warum hauen die ab? Haben die Muffe bekommen, weil

Hamburg und Bremen sich nicht mehr melden? Damned‘, ich dachte, ich könnte die hier aufmischen…>>
„Diedeliedeliedeling“
„Blinky…“ Ray drosselte das Tempo auf 200 km/h, damit die Windgeräusche leiser wurden und er seinen jungen Freund besser verstehen konnte.
„Ray, wo bist Du gerade?“
„Kurz hinter Münster.“
„Ok, vor Osnabrück biegst Du ab Richtung Hannover.“
„Wieso, ist Stau auf der ‚1‘?“
„Nee, Du fährst weiter nach Berlin.“
„Berlin? What? Was wollen wir da?“
„Ich dachte, ich konnte die Aktivitäten nicht enger eingrenzen, aber durch eine Massen-Triangulation der Handydaten in Verbindung mit den Abrufen von Datenkontingenten konnte ich den Aufenthaltsort doch noch super eng bestimmen. Ich habe die Datenströme der Handys mit den Datenströmen im Festnetz-IP-Traffic verglichen und damit das Haus, in dem die Berlin-Zelle steckt, eindeutig lokalisieren können.“
„Blinky, Du bist genial. Ok, sende mir die Adresse aufs Handy, ich mach‘ den Schlenker da rüber und schaue nach.“
„Ok, unterwegs.“
Rays Handy pingte, er drückte auf die Ortsmarke und seine Handy-Navigation übernahm das neue Ziel. <<Läuft.>>
Sonntags auf deutschen Autobahnen, keine LKW, relativ wenig Verkehr, Ray konnte seiner Elektro-Limousine die Sporen geben. Vollgas, oder besser: Vollstrom. Die schwarze Rakete zog auf der Überholspur an den Schleichern vorbei. 200, 230, 250, hier gab es kaum Gegner in der Längsdynamik.

„Ping.“ Die Akkuanzeige signalisierte wieder drohenden Leerstand.
„Was? Schon wieder Akku leer. Ok, wo ist hier die nächste Ladestation?“ Ray tippte auf dem Monitor und ließ sich die nächste Strom-Tankstelle für den Tesla anzeigen. Das Display zeigte ‚Maxi-Autohof Lauenau‘. <<Super, hier auf der Strecke, kurz vor Hannover. Bin gleich da.>>
Direkt an der Autobahn-Ausfahrt am Autohof Lauenau lud Ray sein Elektrogefährt auf und nutze die Pause für einen Snack mit Kaffee in dem Restaurant.
„80 Prozent geladen“ – weiter.
Nach knapp 20 Kilometern erreichte der Kommissar Hannover. Mehr Verkehr, weniger Tempo. An Hannover vorbei – Bleifuß. Nach 20 Minuten hatte er Magdeburg erreicht. Weiter auf der A2. Berlin war nicht mehr weit. Ray überlegte nicht lange, ob er seine Berliner Kollegen vorher informieren sollte.
<<Äh, lass‘ mich kurz nachdenken: Nö.>>
Er genoss auf den letzten Kilometern die spielerische Art, mit einem Zwei-Tonnen-Auto aberwitzige Beschleunigungsorgien abzufackeln. Er machte sich einen Spaß daraus, sich einen großen BMW oder Mercedes zurechtzulegen, wenn er in Kolonne auf einen langsamen Schnarch-Überholer auflief. Wenn der Schnarcher wieder auf die rechte Spur zurückkehrte, hängte er sich hinter eine der deutschen Oberklasse-Limos, zeigte seine Frontscheinwerfer und klemmte sich an das Heck des Vordermanns. Mühelos beschleunigte er mit, um dann, wenn der Vordermann rechts rüberzog, mit abartig krawalliger Kraft das andere Fahrzeug geradezu stehen zu lassen.
<<Pauuuuuu, weg bin ich. Und Tschüss>

Berlin. Jetzt wurde es noch voller auf den Straßen. Über die A10 ging es auf die B5 Richtung Stadtmitte. Durch Spandau und Charlottenburg führte ihn sein Weg durch den Tiergarten, an der Siegessäule vorbei, auf das Brandenburger Tor zu. Jetzt an den Botschaften vorbei wieder auf die Prachtstraße ‚Unter den Linden'. Am Berliner Dom vorbei, geradewegs in den In-Stadtteil Prenzlauer Berg. Dort fiel ihm als erstes eine Besonderheit auf:
<<Häh, wie geil ist das denn? Die parken hier ja alle rückwärts ihre Kisten ein. Na, das habe ich so auch noch nirgendwo gesehen.>>
„Blinky, bin da. Wo muss ich hin?"
„Schieritzstraße 33. Von der Hauptstraße links ab und dann gleich rechts."
„Thanks. Ich melde mich, wenn ich da bin."
Ray bog von der vierspurigen Hauptstraße, die hübsch durch eine üppige Vegetation getrennt war, in die Schieritzstraße ein. Große fünf- bis siebenstöckige Wohnhäuser säumten die Straße, Ray parkte den Tesla auf dem Bürgersteig direkt vor einem Kiosk an einem der vorderen Wohnhäuser. Er holte sein Ladekabel raus, steckte es in die Ladebuchse seines Fahrzeugs und klopfte an die Hintertür des Kiosks.
„Hi Kumpel. Ich bitte um Amtshilfe…" Er hielt das Kabel vor sein Gesicht und ließ den Stecker baumeln.
„Ja klar, gib her." Der freundliche Kiosk-Besitzer ließ sich nicht aus der Ruhe bringen und stöpselte, als wäre es das Normalste auf der Welt, den Stecker in eine seiner Steckdosen.
„Hmh, Tesla. Cooles Gerät. Da geben wir dem Baby mal bisschen Saft."

„Danke Meister, bis nachher.“
Ray drehte sich um, ging zur Hausnummer 33 und rief seinen Freund an.
„Blinky, ich bin jetzt da. Lots‘ mich jetzt weiter.“
Sein Sidekick hatte schon eine Google-Map geöffnet. Über eine Tracking-App konnte er Ray auf seinem Handy sehen.
„Also, Du musst durch das Haus in den Hinterhof.“
Ray schaute kurz und sah gleich vorne nach der sechsten Parkbucht die für Berlin typische Durchfahrt in den Bereich hinter dem Haus.
„Such‘ auf der Rückseite den Hauseingang.“
Cullan marschierte los.
„Gefunden. Bin drin.“
„Ok, super. Du bist jetzt in dem richtigen Haus. Schau‘ bitte jetzt die einzelnen Stockwerke durch. Du hast fünf Stockwerke zur Auswahl. Es ist eine der Wohnungen, die nach hinten zeigen. Viel Glück.“
„Ok, ich leg‘ jetzt auf. Ich melde mich wieder.“
Ray nahm seine P99 in Anschlag und betrat den Flur. Großstadttypisch war der Eingangsflur extrem eng, an beiden Seiten der Wände hingen insgesamt 20 kleine Briefkästen aus Blech. Es waren alle Farben einer Palette vertreten, teilweise steckten Briefe, Kataloge und Werbeblätter in den Schlitzen. Ray checkte die Namen. <<Okay, zehn links, zehn rechts, insgesamt vier pro Stockwerk. Wie heißt denn der erste Vertreter hier?>> Von der linken Reihe, von vorne gezählt, lautete der erste Name ‚Stockmann‘. Ray ging zu der ersten Tür auf der linken Seite und verglich den Namen am Klingelschild: ‚Stockmann‘. <<Ok, linke Reihe von vorne ist unten, also sind die letzten beiden Namen für die Wohnungen oben.>> Ray las sich die Namen durch.

<<Stockmann, Pfeffer, Keilmann, Ülügü-Irgendwas, Bleich, Wonski-Donski-Trallala, Delahaye, Biggi und Toto, LEER, Beser>> Rechte Seite. <<Noch mal Ülülülü, Meigert, Penske, Lüttich, Kannichnichtlesen, Hase, LEER, Schmadtke, Koslowski, Droganowitsch. Ok, im vierten und fünften haben wir zwei Wohnungen ohne Namen. Da fange ich mal an.>>
Ray ging die Treppe hoch in den vierten Stock. <<Leute, wie nervig. Warum stellt Ihr Eure Schuhe immer in den Flur? Das sieht so ätzend aus…>> Ray ging weiter, lauschte jeweils an den Türen. Neben Fernseh- oder Musik-Gedudel hörte er durch die dünnen Wände auch Stimmengemurmel. Im vierten Stock angekommen, nahm er sich die beiden Türen vor, deren Wohnungen Richtung Hinterhof lagen. <<So, die erste Wohnung ohne Namenschild hätten wir hier.>> Ray lauschte an der Tür. Keine Geräusche. Er nahm seine Waffe, drückte auf den Klingelknopf. Ein schriller Ton drang aus der Wohnung hervor. Keine Reaktion. Er klingelte ein zweites Mal.
„Schrill"
Warten. Nichts. Er bückte sich und wollte gerade sein Lock-Picking-Besteck zücken, als sich die Tür ruckartig öffnete. Ray riss seine Pistole hoch, hielt sie mit beiden Händen vor seinem Gesicht. Die Frau, die die Tür öffnete, erschrak furchtbar, ihre Augen waren groß wie Tennisbälle und sie wich fluchtartig zurück. Ray erkannte, dass dies eine ganz normale Bewohnerin war. Er nahm die Waffe runter und legte seinen Zeigefinger auf die Lippen. Er signalisierte der Frau, dass sie keinen Laut von sich geben sollte und folgte ihr in die Wohnung. Ray drückte hinter sich die Tür sanft ins Schloss.

„Keine Angst, ich bin von der Polizei. Wir ermitteln in einem Entführungsfall." Die Miene der überraschten Frau beruhigte sich langsam wieder. Ray kam gleich zur Sache und befragte die Frau nach wichtigen Informationen.
„Wie lange wohnen Sie schon hier?"
„Ungefähr vier Jahre."
„Kennen Sie die anderen Mieter aus diesem Haus?"
„Eigentlich nur die Lüttichs unter uns und die Pfeffers aus dem Erdgeschoss."
„Warum steht von Ihnen kein Name an Briefkasten oder Tür?"
„Die Wohnung läuft auf meinen Namen, aber ich habe letzte Woche geheiratet…" „Oh, Glückwunsch…" „… danke, und wir wollten die neuen Schilder schon anbringen, aber die sind noch nicht fertig, deswegen hängt da noch nichts."
„Was ist mit den anderen hier im Haus?"
„Viel Kontakt haben wir nicht zu den anderen. Die arbeiten auch alle. Dazu haben wir hier im Haus eine ziemlich starke Fluktuation. Die Wohnungen sind nicht sehr groß und wenn hier Paare gelebt haben, die Nachwuchs erwarteten, sind die immer weggezogen."
„Oben ist noch eine Wohnung ohne Namensschild. Wissen Sie, wer da wohnt?"
„Ich glaub', eine ältere Dame. Die wohnt noch nicht so lange hier, aber die habe ich erst ein oder zwei Mal gesehen, aber genau weiß ich das nicht."
„Ok, danke. Bleiben Sie jetzt bitte in Ihrer Wohnung."
Ray verließ die Wohnung im vierten Stock, nahm seine Waffe wieder in den Anschlag und nahm leise die Treppenstufen in den fünften Stock. Oben angekommen, sah er die vier Türen. Zwei davon zum Garten raus, rechts die ohne

Namensschild.
<<So, was erwartet mich hinter dieser Tür? Entweder vier Schwarzaugen und eine Geisel oder eine leere Bude. Mal horchen…>>
Ray hatte sich bis vor die Tür geschlichen und lauschte am Holz. Leise Geräusche drangen nach außen. Gesprächsfetzen, ein Streit, deutsche Sprache <<??? DimmiDammi, das passt doch gar nicht…>> Ray strengte sich an, mehr zu verstehen. <<Also Deutsch ist schon mal klar. Zwei oder drei Personen, oh menno… Ach, ich versuch's mal auf die plumpe Tour…>> Ray versteckte seine rechte Hand mit der Watte hinter dem Rücken und betätigte die Türklingel.
„Schrillllllll"
Nichts.
Noch mal. „Schrillllllll". Ray lauschte gebannt. Das Gespräch in der Wohnung verstummte. Ray hörte Schritte auf die Tür zukommen.
„Wer ist da?", fragte eine männliche Stimme.
<<Eindeutig osteuropäischer Akzent.>>
„Pizza-Service", flötete Ray, seiner Stimme einen melodiös leckeren Ton zu verleihen versuchend.
„Ich nix Pizza."
„Doo-hoooch, zweimal Salami, eine Vier-Käse und einmal Hawaii."
Die Tür öffnete sich einen Spalt. Zwei schwarze Augen musterten Ray.
„Du nix Pizza."
Dann überschlugen sich die Ereignisse. Der Bewohner drückte die Tür fast wieder zu, doch Ray trat mit voller Wucht gegen die Tür. Die schlug mit einem dumpfen Klatschen gegen den Mann, der strauchelte zurück. Ray drang

in die Wohnung ein, schubste den Mann weiter vor sich her. Der stürzte rücklings auf den Boden. Er hatte noch die Fernbedienung in seiner rechten Hand, versuchte, sich aufzurappeln, aber da war Ray schon über ihm. Mit seinen 90 Kilo schmiss er sich auf den Mann und schlug ihm mit der Waffe in seiner Hand direkt voll ins Gesicht. Der Kopf wurde nach hinten geschleudert und krachte auf den harten Boden. Ray rutschte weiter nach oben und drückte sein Knie auf die Brust des Mannes. Der stöhnte einmal kurz und blieb regungslos liegen. Der Kommissar richtete sich auf und erwartete die anderen drei...

Aber nichts passierte. <<Häh??? Wo sind die anderen???>>

„Hey, wo sind die anderen?“ Ray nahm sein Knie von der Brust und schüttelte den Typen.

„Wo sind Deine Kumpels? Los, sag‘ schon.“ Aber unter ihm regte sich nichts. Der Mann lag bewusstlos da, fixiert von dem Gewicht des Kommissars.

„Hey Kumpel... na ja, dann bleib‘ erst mal liegen…“ Ray stand auf, schnappte sich das Stromkabel von einem Deckenfluter und fesselte damit dem Albaner die Hände auf dem Rücken. Jetzt konnte er sich in Ruhe in der Wohnung umsehen und skizzierte mit.

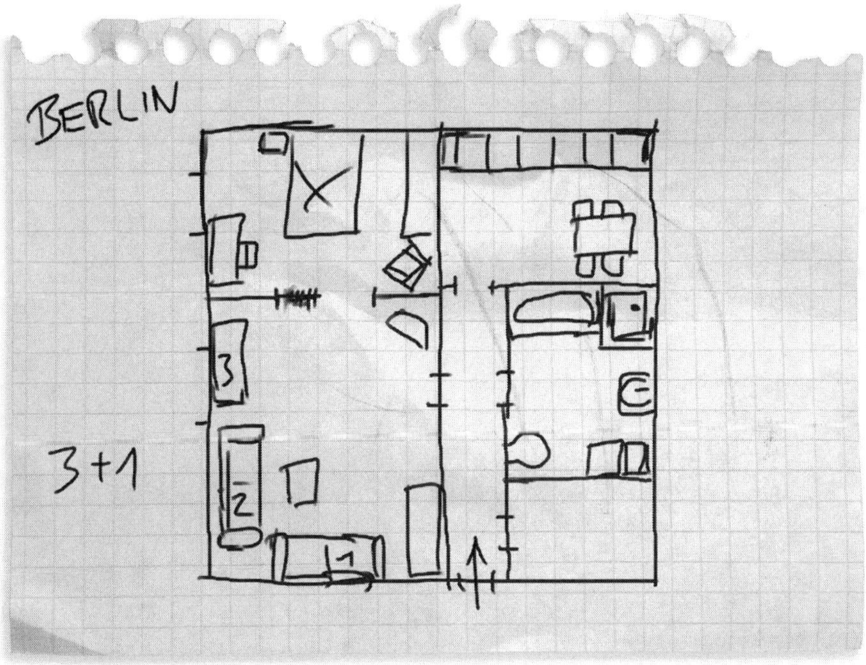

Vom Flur links lag das Wohnzimmer, dahinter ein Schlafzimmer, beide Richtung Garten. Die Küche befand sich am Ende des Flures. Gleich hinter der Eingangstür rechts befand sich eine Abstellkammer, dazwischen lag das Badezimmer, ohne Fenster. Im Wohnzimmer sah es aus wie in einer Jungs-WG. Zwei zusammengeknautschte Schlafsäcke bedeckten je ein Sofa, auf dem Boden unter dem Fenster lag eine rote Isomatte, ebenfalls mit einem Schlafsack. In der Zimmerecke stand ein Fernseher, daran angestöpselt eine Spielekonsole, die Verbindungskabel vetüdelt mit den Controllern davor. <<Der Arschi hat sich hier eine Telenovela reingezogen – daher die deutschen Gesprächsfetzen…>> Der Tisch war vollgestellt mit Colaflaschen,

Kekstüten, leeren Aluminium-Fertiggericht-Packungen und Zigarettenschachteln. „Oh nett, erst mal eine anstecken…“ Ray zog sich eine Fluppe aus einer der Packungen und zündete sie sich an. Er nahm einen genüsslichen Zug… „Boah, ähhh, was ist das denn für ein Mist‘, bähh, Mist-Ekel-Fake-nachgemachter Dreck…“ Ray stopfte den Glimmstängel zu den anderen Kippen in dem überquellenden Aschenbecher. „Erst mal ‘ne echte…“ Er zog seine Packung Marlboros aus seiner Manteltasche und zündete sich davon eine an. „Ahhh, geht doch… lecker…“. Ray ging qualmenderweise rüber zum Schlafzimmer. <<Himmelhalleluja, wie bei den anderen…>> Das Zimmer war spärlich möbliert. Wichtig für Ray war nur das Bett. Ein Metallbett, 140 Zentimeter breit, an den Metallstreben am Kopfende Abschürfungen <<Handschellen>>. Im Bett und unter der Decke sammelte Ray etliche blonde lange Haare auf. Er zückte abermals seine Zigarettenschachtel, knibbelte das Silberpapier ab, wickelte die Haare darin ein und sicherte die Beweismittel in seinem Portemonnaie. Das restliche Mobiliar des Raumes bestand aus einem Kleiderschrank <<leer>>, einem Cocktailsessel an einem Computertisch <<ohne Computer>>, dazu ein Nachttischchen am Kopfende des Bettes. Die ganze Wohnung machte den Eindruck einer möbliert vermieteten Wohnung. Der übertriebene Standard-Look der Einrichtung, mit simpler Dekoration in Form von eingerahmten Postern an der Wand, unauffälligen Vorhängen an den Fenstern, gepaart mit einer zweckmäßig spartanischen Ausstattung von Küche und Bad, ließen den Schluss zu, dass die Truppe mit drei bis vier Männern sich hier eingenistet hatte. <<Drei Schlafplätze, dazu einer auf dem Sessel bei dem Mädchen als Wache – passt.>> Die Vermutung

wurde durch die weiteren Indizien bestätigt. In der Küche stapelten sich weitere leere Fertiggericht-Packungen, auf dem Boden standen Plastiktüten mit ungeöffneten Lebensmitteln, im Kühlschrank lagerten Getränke, Cola und Mineralwasser. Auf dem Tisch und in der Spüle zeugten dreckiges Geschirr und Besteck von diversen Mahlzeiten ohne abschließendes Abspülen. Ray inspizierte das Badezimmer. <<Oh nee, Ihr Dreckschweine…>> Deckel und Brille von der Toilette waren hochgeklappt, beide vollgepisst, das Porzellan innen mit Fäkalienspuren, alles stank bestialisch. Ray schloss zügig die Tür. In der Abstellkammer häuften sich blaue Müllsäcke. Ray fühlte und drückte an den Säcken. <<Ok, Leergut, Packungen und uärrrh, Essensreste…>>
Ray schnappte sich den am Boden liegenden Albaner und zog ihn ins Wohnzimmer. Er prüfte, dass alle Fenster verschlossen waren und zog die Vorhänge zu. Er löste das Kabel an den gefesselten Händen, nahm das rechte Handgelenk und knotete es mit dem Kabel an den linken Heizkörper. Mit seinen Handschellen schloss er das linke Handgelenk an den rechten Heizkörper. Der Entführer hing wie Jesus am Kreuz, nur bisschen tiefer am Boden. Ray klatschte dem Mann mit den Handflächen ins Gesicht.
„Hallоооо, aufwachen Kumpel…“
Klatsch klatsch.
„Hallööööchen.“
KLATSCH – diesmal bisschen heftiger. Der Kopf hob sich, der Mann wachte auf. Die Augen öffneten sich. In diesem Moment riss der Albaner an seinen Handgelenken und zappelte mit den Beinen. Aber schnell realisierte er, dass er sich nicht befreien konnte und blieb zunächst ruhig sitzen, seinen Blick fest auf Ray gerichtet.

„Weeeer biiiiiiist Duuuuuu?“, grummelte er aggressiv.
„Der Weihnachtsmann, Arschloch.“
„Waaas wiiiist Duuuuu von mich?“
„Halt‘ mal den Rand Kumpel, ich muss telefonieren.“ Ray zückte sein iPhone.
„Hmh, Polizei Berlin… Ich kann doch mit diesem Ding die Nummer rausfinden… Ey Kumpel, wie geht das hier noch mal mit Nummern rausfinden?“
„Häh? Muss auf Google eingebe, dann anklicke.“
„Ach das geht hier auch? Wo ist denn hier das Internet?“
„Klickssu unten de Kompass-Icon.“
„Ah ja, hier. Ich vergaß. Danke Kumpel.“ Ray startete die App und gab oben ins Suchfeld ‚Polizei Berlin‘ ein. In den Ergebnissen stand die Polizeizentrale Berlin gleich oben. Er wollte gerade die Nummer anklicken als…
„Ey nee,...“ Ray brach ab. „,... wenn ich die Jungs jetzt rufe, heißt es gleich Staatsanwalt und so’n Mist, dann bist Du in einer Stunde wieder frei. Ich glaub‘ ich hab‘ eine bessere Idee…“ Der Albaner schaute ihn perplex an. Ray fixierte den Mann und grinste.
„Eh, rufe Polizei...“
„Nee Kumpel. Später.“ Ray steckte sein Handy ein und hockte sich vor seinen Gefangenen.
„Erst mal will ich ein paar Infos von Dir. Wo sind Deine Kumpels und wen hattet Ihr hier gefangen?“
„Was, welche Kumpel? Wir hatten hier nix Gefangene.“
„Ah, danke. ‚Gefangene‘, also ein Mädel. Wie alt war sie?“ Dem Albaner krochen Schweißperlen auf die Stirn. Er hatte sich verraten.
„Komm‘ schon Kumpel, ich kriege das sowieso raus. Fragt sich nur, mit wie viel Schmerzen für Dich.“

„Schmerze??? Was für Schmerze? Ich weiß nix."
„Okeeh...", flötete Ray und ging in die Küche. Hier sah er sich um und griff ein paar Teile. Er kehrte zurück in das Wohnzimmer, in einer Hand einen Kochtopf, in der anderen Hand das größte Küchenmesser, das er finden konnte.
„Schau' mal Schätzchen, wie hart ist wohl so ein Kochtopf?"
Ray holte mit dem Topf aus und zimmerte dem Albaner den Edelstahl an den Kopf. WHOCKKKKK. Der Kopf schleuderte zur Seite und der Entführer jaulte vor Schmerz. Mit verzerrtem Gesicht richtete sich der Getroffene wieder auf bis... WHOCKKKKK – eine erneute Breitseite mit dem Topf den Schädel wieder zur Seite schleuderte.
„Ahhhhhhhhh!"
„Jahhh, das tut gut... Wo waren wir? Ach ja, wo sind Deine Kumpels und wen hattet Ihr hier?" Ray zwinkerte freundlich.
Etwas benommen richtete sich der Mann auf. „Ich weisse nix, bitteeee..."
„Ey Arschloch..." Rays Ton wurde ernst. „Ihr habt drei Mädels entführt, zwei habe ich befreit, Deine Kumpels aus Hamburg und Bremen sind tot. Die habe ich alle erleeeeedigt." Ray klappte die Fingerspitzen seiner linken Hand ab und machte eine ‚Kehle-durch'-Bewegung an seinem Hals. Die Augen des Albaners weiteten sich.
„Naa, neugierig geworden? Du hast nichts mehr gehört von denen, stimmt's?"
Albanos Augen zuckten hektisch von links nach rechts und zurück.
„Die anderen kriege ich auch. Also los, wo sind sie?" Ray schrie den Typen an. „Spucks aus, verdammt!!!"
Der Albaner schaute verängstigt zu Boden, ein Schweiß-

rinnsal rann aus allen Poren seiner Kopfhaut.
„Ne, ich… kann… nix…“ Ray griff das Messer und rammte es dem Albaner in den Oberschenkel. Tief bohrte sich die Klinge in das Fleisch. Der Mann schrie auf.
„Arrrrhhhhhhhhh!“ Die Klinge steckte bestimmt zehn Zentimeter im Bein, der Stoff der Jeanshose färbte sich an den Rändern dunkelrot. Der Albaner zappelte und riss mit seinen Händen an den Fesseln, die sich in die Haut schnitten.
„Ey Arschloch,…“ Ray beugte sich vor, so dass sich sein Gesicht direkt vor dem anderen Gesicht befand und sich die Nasenspitzen fast berührten. „… ich warte…“ Den Griff noch immer in der Hand haltend, drehte Ray diesen langsam im Uhrzeigersinn. Die Muskelfasern spalteten sich auf, mehr Blut trat aus der Wunde heraus, das Leiden steigerte sich ins Unaushaltbare.
„Ok ok, wate wate...“
„Ah, geht doch. Ich höre.“ Er ließ den Griff des Messers los, die Fleischfasern richteten sich wieder zurück.
„Wir hatte ein Mädche. Junge Blonde. Von de Arbeitstelle geschnappt.“
„Welche Arbeitsstelle?“
„So Werbeagentur, Lehderstraße.“
„Wer gab Euch die Anweisungen?“
„Weisse nix…“
Ray umfasste wieder den Messergriff.
„Nein nein nein, nix drehe, aufhöre… Weisse nix, wirklich…“
Der Albaner flehte Ray an, doch der drehte den Griff langsam in die andere Richtung. Der Mann schrie wieder vor Schmerzen.
„Wate wate…“ Er atmete tief durch. Ray ließ den Griff lo-

ckerer, der Schmerz ging zurück, reichte aus, um dem Mann den Atem zu gönnen, weiterzureden.
„Die bringe mich um… bitte…“
„Scheiß drauf, ich mach‘ Dich fertig. Los, rede! Oder ICH töte Dich!“, rief Ray eiskalt. Beim Aussprechen seiner Drohung flogen Speichelfetzen in das Gesicht seines Gegenüber.
„Isse Boss, große Boss. Krige viel Geld für Mädche.“
„Von wem habt Ihr den Auftrag?“
„Ich weisse nix, wirklich nikt, kenne nicht. Boss sage, entführe Mädche, halte fest hier in Wohnung. Solle warte. Kumpel und ich bewache Mädche, gebe Esse. Warte. Auf Befehl.“
„Was für ein Befehl?“
„Kriege Lösegelde, lasse Mädche frei. Aber kein Geld.“
„Wieso kein Geld?“
„Klappte nichte Geldübergabe. Keine Geld.“
„Wo sind Deine Kumpels jetzt? Wo ist das Mädchen?“
„Sinte losgefahre mit Mädche.“
„Wohin?“
Der Albaner heulte mittlerweile. Er schwankte zwischen Pest und Cholera. Wusste, dass wenn er seine Kollegen verraten würde, er dieses mit seinem Tod bezahlen müsste, realisierte aber auch, dass Ray es ernst meinte und er durch seine Folter sterben würde.
Er entschied sich für das kalkulierbarere Risiko. Und sang.
„Sinte gefahre nach Norddeutschelande. Ich solle Stellung halte in Berlin. Stadt heiße Schlesewig. Stadt von Boss.“
Ray horchte auf. <<Was??? Der Boss in Schleswig???>>
„Ist das Mädchen bei ihnen?“
„Ja, Mädche dabei.“ Die Kräfte schwanden, das Hosen-

bein des linken Beins war mittlerweile blutdurchtränkt. Der Mann hatte mindestens einen halben Liter Blut verloren.
„Wohin in Schleswig?"
„Weisse nur Boss. Nur…" Der Albaner verlor das Bewusstsein, sein Kopf klappte nach vorne.
„Verdammt, verdammt, verdammt!!!" Ray schlug dem Mann mit der flachen Hand ein paar Mal an die Wange.
„Los, wach' auf, wohin in Schleswig?"
Keine Reaktion mehr. Hier war nichts mehr zu holen.
Ray zückte sein Handy, die Website der Berliner Polizei war noch geöffnet.

Er drückte auf die Nummer zur Direktwahl. <<Oh, das geht ja einfach. Schon cool so ein Smartphone.>>
„Polizei Berlin, Keppke. Was kann ich für Sie tun?"
„Moin Kollege, Hauptkommissar Ray Cullan hier. Kripo Schleswig. Ich ermittle in einem Entführungsfall. Ich befinde mich in der Schieritzstraße 39. Fünfter Stock, Wohnung oben rechts, zum Garten raus. Hier liegt ein gefesselter Mann mit einem Messer im Oberschenkel. Die Wunde blutet. Schickt einen Krankenwagen und eine Streife hierher. Dazu die Spurensicherung. Die Ergebnisse brauchen wir in Schleswig. Meine Dienststelle schickt Euch eine Mail."
„Äh Moment. Du bist aus Schleswig und hast hier ermittelt? So geht das aber nicht, Du musst…"
„Jaja, Laber-Rhabarber. Tut mir leid Kumpel. Erklärung folgt später. Ray Cullan Ende." Ray drückte den roten Hörer. <<Mal überlegen: Was passiert, wenn die Kollegen den Mann hier finden? Die Typen entführen Mädchen und sind mit schwerem Geschütz unterwegs. Wenn ich die nicht stoppe, geht das immer so weiter.> >
„Ok Kumpel,…" Ray beugte sich runter zu dem Albaner. „… tut mir ja echt leid für Dich, aber das hier muss jetzt sein." Ray zog ein Taschentuch aus der Hosentasche, presste es gegen die Halsschlagader des Mannes und drückte sanft zu. „Schlaf gut Kumpel." Nach fünf Minuten ließ er ab und steckte das Taschentuch ein. Der Albaner war tot. Das Taschentuch hinterließ keine Spuren, das Abdrücken der Halsschlagader verhinderte die Blutzufuhr zum Gehirn. Ein stiller Tod. „Glaub' mir Kumpel, damit habe ich Dir und uns einen großen Gefallen getan. Einer weniger. Und Krankenhauskosten gespart."
Ray wischte seine Spuren von Topf und Messer, schloss sei-

ne Handschellen vom Handgelenk ab, verließ die Wohnung – und lief direkt in die Arme von zehn Nachbarn. Die starrten ihn mit großen Augen an.
„Wir haben Schreie gehört. Was war denn hier los?"
„Ach gar nichts…", erwiderte der Kommissar, zog die Tür so gut es ging ins zerborstene Schloss und drängelte sich durch die Menschen. „… wir hatten den Fernseher bisschen zu laut. Da lief so ein Action-Kracher."
„Aäh und die Tür?"
„War ein Missgeschick. Da geht mir jetzt keiner rein. Die Polizei ist unterwegs. Tschüssi."
Ray verließ das Haus, suchte seinen Wagen auf und zog den Stromstecker ab.
„Hey Kumpel, vielen Dank fürs Laden. Hast Du noch die roten Marlboros für mich?"
„Gern geschehen, eine?"
„Gib' mal drei bitte." Ray reichte einen Hunderter rüber. „Stimmt so."
Der Kioskbesitzer traute seinen Augen nicht. „Ey danke. Moment, das ist doch keine Blüte oder?"
„Ne, keine Angst. Der ist echt. Schönen Feierabend, Tschüssges."
Ray stieg in den Tesla und brauste los Richtung Heimat. Die Straßen waren jetzt, am Sonntagabend, voller als tagsüber, daher ging es nicht ganz so schnell vorwärts. Er nutzte die Zeit, um Blinky zu informieren.
„Hey Kumpel, alles klar bei Dir?"
„Ja, erzähl', wie ist es gelaufen?"
„Neuigkeiten Junge. Von den Vieren hier habe ich nur einen aufgefunden. Er hat gesungen. Sie hatten ein Mädchen in ihrer Gewalt und sind schon oder sind noch auf dem Weg

nach Schleswig."
„Oh hauerha. Irgendwelche Hinweise, wohin in Schleswig?"
„Nee, da tappen wir vollkommen im Dunklen. Keine Ahnung, wie wir die finden sollen. Ich ruf' mal Berger an. Ciao Kleiner. Mach' Feierabend, wir schnacken morgen."
„Ok, ciao Ray."
Ray wählte die Nummer von Berger.
„The person you have called is temporarily not availlable…"
Klick weg.
<<Winterhall>> Ray tippte die Nummer seines Kollegen ein.
„The person you have…" Ray legte auf.
<<Mistdreck, alle im Wochenende. Naja, das gibt dann morgen früh mal eine kleine Überraschung, denn die Berliner werden sich tausendprozentig in Schleswig melden…>> Ray zündete sich eine Zigarette an und suchte den Aschenbecher in seinem Fahrzeug. <<Verdammt noch mal, wo ist denn hier der… raucherunfreundliche Karre…>> Ray aschte in den Fußraum und zog genüsslich an seiner Feierabend-Zigarette. Sein Elektro-Gefährt beförderte ihn mit geräuschloser Kraft gen Heimat. So gut es ging, machte er Speed, erst auf der 404 konnte er die Elektro-Power ausreizen. Nach dem tristen Teilstück zwischen Bad Segeberg und Neumünster-Süd <<Wann wird endlich die A20 zur A7 fertig? Polit-Schnarchnasen und Umwelt-Heinis! Ihr mit Euren Fledermäusen und Mist-Feldhamstern... haltet den ganzen Betrieb auf.>>, konnte er auf der A7 wieder Stoff geben. Es war schon dunkel, als Ray den Tesla in der Garage abstellte. Feierabend.

Tag 6 – Montag

Montagmorgen. Der Wecker klingelte unbarmherzig. „Schrilllllllll“ Ray drückte seinen Wecker aus.
„Schrilllllllll“ Ray schmiss seinen Wecker gegen die Wand, der Kunststoff splitterte.
„Schrilllllllll“ <<Verflucht, was...>>
Das Handy-Display leuchtete. „Schrilllllllll“
„Oh, Telefon.“ Mit verschlafenen Augen lunzte Ray auf sein Handy.
<<Oh verdammt, Berger. Die Berliner Bombe ist geplatzt.>>
Ray hatte Recht. Sein Chef explodierte.
„Cullan, verflucht. Was ist da passiert? Was zum Teufel machst Du in BERLIN??? Ohne Dich mit mir abzusprechen??? Sofort zu mir – Avanti, Presto, Andiamo!!!“
<<Ui, nu‘ beruhig‘ Dich mal wieder…>> Ray zog sich in Ruhe an und steckte sich zum Frühstück eine Zigarette in den Mundwinkel. Er konnte sich lebhaft vorstellen, was Berger abziehen wollte: <<Die Berliner haben den Tatort aufgesucht und den toten Albaner gefunden. Blabla, Dienstvergehen, Amtshilfe, Blubber-Blubb, Beweismittel, Durchsuchungsbeschluss, Laber-Laber…>> Ray entschied sich erst mal für sein ‚Bier-Frühstück‘ im ‚Marvil‘.

Angezogen und einigermaßen wach stieg Ray in seinen Monza und fuhr in die Innenstadt. Weil die Parkplatzsituation bisschen schwierig auf der Ecke war, fuhr Ray mit Schrittgeschwindigkeit in die rot gepflasterte Fußgängerzone und hielt direkt vor dem Bistro. Besitzer Karen und Jan schlossen gerade erst auf und begrüßten den Polizisten.
„Moin Ray, alles klar bei Dir?“

„Na logen. Hast Du schon ein Frühstück für mich?“
„Klar Kommissar, mach‘ ich Dir. Komm‘ erst mal rein.“
„Guten Morgen Karen.“
„Guten Morgen mein Lieber.“ Die quirlige Wirtin verschwand hinter dem Tresen und zapfte schon mal den flüssigen Teil von Rays Frühstück.
Ray setzte sich an seinen Platz an der Bar und Jan verschwand in der Küche. Die ersten Gäste bevölkerten die Innenstadt. Der Kornmarkt, ein kleiner pittoresker Teil von Schleswigs Innenstadt, entwickelte sich in den vergangenen Jahren vorbildhaft. Kleine ausgefallene Einzelhandels-Geschäfte hatten den einst von starkem Leerstand gezeichneten Bereich erfolgreich gefüllt. In den charmanten Häusern des Altstadt-Teils lockten nun abwechslungsreiche Einkaufsmöglichkeiten die Bewohner und die Urlaubsgäste. Und mittendrin, schon seit über 30 Jahren, Karen und Jan Bremer mit ihrem Bistro ‚Marvil‘, aus dessen Küche der Geruch von frisch gebratenen Spiegeleiern in den Gastraum zu dem hungrigen Kommissar kroch. Jan kam aus der Küche, in seiner Hand den Teller mit Teil zwei des von Cullan erfundenen legendären ‚Bier-Frühstück‘. Auf dem großen weißen Teller lagen vier Toastscheiben, darüber drei große, dicke Scheiben Kochschinken, darüber zwei große, eckige Scheiben Maasdamer Käse, dezent verborgen unter einem Mantel von drei Spiegeleiern, das Ganze garniert mit einem Gitter aus Ketchupstreifen. Und ein bisschen Petersilie. Aber die nur zur Deko.
„Hmh, kann losgehen.“ Ray ließ sich sein Frühstück schmecken und spülte es mit seinem Bier runter.
„Sach‘ mal…“, wendete er sich an Karen, „… ich hatte Jan letzte Woche mal nach der jungen Geliebten von dem toten

Schönheits-Doc gefragt. Kennst Du die auch?“
„Ja, davon hat Jan mir erzählt, und ja, ich habe sie schon öfter hier in der Stadt gesehen, aber nicht mit dem Doc, sondern mit so einem anderen schicken Mann.“
Ray horchte auf. „Kannst Du den beschreiben?“
„Boah, so Mitte/Ende 50, sehr groß und massige Erscheinung, elegant angezogen, die beiden passten gut zusammen, ich dachte, die sind ein Paar. Aber an den Händen haben sie sich nicht gehalten.“
„Hmh...“
„Ach ja... und er trug so eine... Goldrandbrille.“
Ray durchfuhr es heiß und ein Gedanke schoss in seinen Kopf: <<MEINHEIM!?!?!>>
„Danke, Du hast mir echt geholfen.“ <<Schließt sich jetzt der Kreis? Die Russin ist eine Verbindung zwischen Meinheim und Fellbach.>>
Ray legte einen Hunderter unter den Teller und verabschiedete sich: „Tschüss Ihr Zwei, vielen Dank.“
„Tschüss Ray“, flötete es im Duett hinter dem Tresen.

Ray stieg in seinen Monza und zündete sich eine Zigarette an. Im Schritttempo verließ er die Fußgängerzone durch die Michaelisstraße, am kultigen ‚WOLL-Sievers‘ vorbei, durch die Schuby-, in die Friedrich-Ebert- zur Dienststelle.

<<Angriff ist die beste Verteidigung.>> Ray betrat das Gebäude und ging schnurstracks in Bergers Büro. Er schloss die Tür hinter sich und setzte sich gegenüber von Bert auf den harten Gästestuhl. Büßermäßig war er bereit, einen Chef-Shitstorm über sich ergehen zu lassen, aber – das Gegenteil trat ein.

„Ok, Du verrückter Kerl, ich geb's auf. Ich kann mich nicht mehr über Dich aufregen, das macht mein Herz nicht mehr mit, also – ommmmmmmm…", begann Berger seelenruhig. „Wie Du sicherlich schon geahnt hast: Berlin hat sich gemeldet. Bei der Spurenanalyse wurden Deine Vermutungen bestätigt. DNA von vier Männern und einem jungen Mädchen." Berger atmete tief durch „Ich will's gar nicht wissen… – ach komm', ich will's doch wissen. Woher wusstest Du, dass in Berlin auch welche von den Entführern steckten? Und zum Teufel: Was ist da passiert??? Die Kollegen haben einen Typen gefunden, dem steckte ein Küchenmesser einen Kilometer im Bein, der war tot. Die Nachbarn haben nichts gesehen und gehört. Von den anderen Typen keine Spur, auch nicht von dem Mädchen. Wir haben die Vermisstenanzeigen gecheckt, aber nichts Passendes gefunden. Komm' Junge, klär' mich auf…"

Gerade in dem Moment, als Cullan antworten wollte, öffnete sich die Tür. Winterhall steckte seine Nase ins Büro.

„Moohooooin. Alles klar bei Euch?"

„Winterhall, reinkommen", raunzte Berger gereizt.

Winterhall trat ein und setzte sich neben Ray. Er reichte ihm die Hand zur Begrüßung, aber Ray blieb seelenruhig mit verschränkten Armen sitzen. Er übersah seinen Kollegen mit süffisanter Miene.

„Hier, hör' zu, Ray erzählt gerade von Berlin."

„Berlin, wieso Berlin?" Winterhall glotzte schafsdumm aus der Wäsche.

„Ich kann noch nicht viel sagen, aber ich vermute, dass die drei anderen schon in Schleswig sind oder auf dem Weg hierher. Die haben die Geisel dabei."

„Welche Geisel? Was für drei? Drei was?" Winterhall war

vollkommen planlos und nervte die anderen beiden mit seinen zusätzlich saublöden Fragen.
„Du nervst. Sag‘ lieber, was Du über Meinheim und die Frau von Fellbach rausbekommen hast. Du solltest doch nach der Beweisaufnahme im Lollfuß am Freitagmorgen rausfahren und nachfragen. Also?“
„Wie? Ach so ja. Also…“ Winterhall setzte sein Denker-Face auf. Beide Augenbrauen tief runtergedrückt und bei jedem zweiten Wort die linke Augenbraue ruckartig hochgezogen.
„… das ist so. Also der Fellbach…“
„Fellbach ist tot, Du meinst DIE Fellbach.“
„Äh ja, klar. Also die ist ja noch zuhause… uuuuund…“ Er gestikulierte dabei mit beiden Händen wie ein türkischer Eis-Clown. „… naja, der Meinheim iiiiiist…“
Ray wurde es zu blöd. „Ich muss los Jungs. Bert, alles steht in meinem Bericht. Kommt bald.“ Ray zog die Tür hinter sich zu. „Raaaaaaay, waaaaaaaann?“ rief ihm Berger noch hinterher, aber der Kommissar war schon außer Hörweite. Ray war extrem genervt. Winterhall hatte gar nichts in Erfahrung gebracht. Wie denn auch? Er ist nach der Untersuchung am Freitag ja direkt ins Wochenende gefahren. <<Ich kann mich auf Dich nicht verlassen, Du Lecknase.>> Ray schmiss sich in seinen Monza und steckte sich eine Zigarette an. <<Ich muss erst mal nachdenken.>> Ray fuhr runter an den Stadthafen.
An dem Schleswiger Stadthafen, mit dem markanten Speichergebäude und dem Schiffshebekran, tummelten sich schon viele Besucher, die die Sonnenstrahlen dieses schönen Montagmorgens genossen. Mit Blick auf die Segelschiffe ließen sie sich ein Eis oder eine kleine Leckerei

schmecken.
Ray holte sich ein Bier bei ‚Zander's Nordlicht', dem Fischbistro direkt an der Mole, bestellte noch eine Currywurst und setzte sich in einen der Strandkörbe. Die Sonne schien direkt in das norddeutsche Outdoor-Möbel und wärmte seinen Körper. Er zündete sich noch einen Glimmstängel an und begann, seine Gedanken zu sortieren:
<<

- Zwei Tote im Dom.
- Albaner-Typen aus Hamburg halten ein entführtes Mädchen aus Rendsburg in Schleswig gefangen.
- Ein zweites Mädchen aus Kiel befindet sich auch in deren Gewalt in Schleswig.
- Albaner-Typen aus Bremen kommen den Schleswigern zur Hilfe.
- In Düsseldorf wird ein drittes Mädchen entführt, die Täter haben den ersten Aufenthaltsort verlassen.
- In Berlin wird ein viertes Mädchen gefangen gehalten, die Täter ebenfalls ausgeflogen.
- Zumindest die Berliner sollen auf dem Weg nach Schleswig sein.
- Wo sind die Düsseldorfer?>>

„Bssssss Bssssss Bssssss" <<Häh, wat vibriert hier?>> „Bssssss Bssssss Bssssss" <<Handy, Blinky?>> Ray fummelte sein iPhone aus dem Mantel – nichts. „Bssssss Bssssss Bssssss" <<Oh ja>> Ray zog den Essen-Funk-Sender unter seinem Hintern hervor. Das kleine Gerät wurde von der Küche im Bistro aktiviert und signalisierte dem Gast, dass er sich sein Essen abholen kann. <<Na dann mal los…>> Ray stiefelte in das Bistro und holte sich bei dem sympathischen

Stephan Zander seine Currywurst ab.
„Mit extra Pommes für Dich, guten Appetit Ray.“
Glücklich über sein Essen kehrte der Kommissar zurück in seinen Strandkorb und ließ sich sein Mittag schmecken. <<Puh, mit dem Bier-Frühstück zusammen macht das hier ja eine gute Grundlage für ein zweites schönes Mittags-Bierchen.>> Ray brachte den Teller zurück und nahm sich noch ein weiteres Bier mit raus. <<Hoppla, jetzt bin ich auf einmal saumüde...>> Er streckte sich im Strandkorb und versuchte, wieder konstruktive Gedanken aufzubauen:
<<Also weiter:

- Wo sind die Düsseldorfer?
- Was machen die mit den Entführungsopfern?
- Warum sagte Albano in Berlin, dass hier in Schleswig ‚große Boss‘ ist?
- Wer ist der Boss?
- Wer zieht hier die Fäden?>>

„Tingelingeling – tingelingeling“ Das war aber jetzt wirklich das Handy.
„Cullan hier.“
„Hauptkommissar Cullan von der Kripo Schleswig?“
„Ja, korrekto, was gibt's?“
„Marianne und Friedrich Drescher aus Eckernförde hier...“, klang es schmerzverzerrt aus dem Gerät. „… Herr Cullan, können Sie ganz schnell kommen bitte?“
„He Moment, ja klar, aber um was geht es?“
„Wir haben Ihre Nummer von Johannes Weißgerber…“ <<Der Reeder aus Kiel>> „… und wir haben leider schreckliche Neuigkeiten. Sie müssen uns helfen. Bitte.“
„Bin unterwegs.“

Ray Cullan steuerte seinen Monza auf die Auffahrt des feudalen Anwesens der Dreschers in Eckernförde. Die prachtvolle Villa lag an einem der höchsten Punkte von Eckernförde. Ruhig, aber trotzdem mit einem beeindruckenden Panorama auf die Ostsee. Die weiße Villa aus dem 19. Jahrhundert hatte bestimmt an die 400 Quadratmeter Wohnfläche, die Sonne glänzte in dem schwarzen Pfannendach. In einem Nebengebäude war eine Doppelgarage untergebracht. Durch eines der geöffneten Tore entdeckte der Kommissar die Front eines schwarzen Jaguar XJ, neues Modell. In der anderen Garage schlummerte ein schneeweißes Porsche 911 Cabrio. <<Netter Fuhrpark.>>

Ray klingelte. Die Tür öffnete sich. Eine elegante Frau, blond, schlank, Mitte 50, streckte ihm ihre zierliche Hand mit grazilen Fingern entgegen.

„Guten Tag Herr Kommissar, ich bin Marianne Drescher."

Ein Mann kam aus der Diele an die Tür. Ebenfalls sehr elegante Erscheinung, schlank, etwa so groß wie Cullan, auch Mitte 50.

„Friedrich Drescher. Schön, dass Sie es sofort einrichten konnten, uns zu besuchen."

Die drei traten ein, Drescher wies den Weg in einen schön eingerichteten Salon mit Ostsee-Blick. Frau Drescher setzte sich auf einen Sessel einer 4er-Sitzgruppe aus modernen Ledersesseln. Die beiden Männer setzten sich ebenfalls. Die Dreschers saßen nebeneinander mit dem Rücken zur Ostsee. Auf dem modernen Glastisch standen eine Karaffe mit Wasser, vier Gläser <<Vier Gläser???>> und ein kleiner Pappkarton, der, ehemals zugeklebt mit Packband, nun mit aufgeschnittenem Klebeband an der Tischkante vor Drescher

stand. Frau Drescher goss mit zittrigen Fingern Wasser in die vier Gläser <<Vier Gläser???>> und nahm direkt einen Schluck aus ihrem Glas. Ihre Augen waren tränenunterlaufen angeschwollen. <<Hier ist was im Busch...>>
„Bitte erzählen Sie“, forderte Ray das Paar auf. „Was ist passiert und was kann ich für Sie tun?“
„Wir suchen den Kontakt zu Ihnen…“, begann Friedrich Drescher. „… weil wir die Empfehlung von Johannes Weißgerber erhalten haben, uns in diesem Fall an Sie zu wenden.“ Er atmete tief durch. „Unsere Tochter Luise, sie ist 17, wurde entführt.“ <<Bingo. Habe ich mir schon gedacht. Ist sie Berlin oder Düsseldorf?>> Ray hörte aufmerksam zu.
„Es passierte letzten Samstag. Unsere Tochter…“ Drescher unterbrach und drehte seinen Kopf nach hinten zum Hof. Draußen hörte man ein Fahrzeug auf den Hof fahren. „Entschuldigen Sie bitte.“ Drescher stand auf und ging zur Tür. Er öffnete und ließ einen Mann hinein. Nach einem kurzen Stimmengemurmel kehrte Drescher mit dem Gast in den Salon zurück.
„Darf ich vorstellen: Herr Dr. Felix Klingschatz, unser Rechtsanwalt. Felix, das ist Hauptkommissar Ray Cullan von der Kripo Schleswig.“ Der kleine dickliche Mann trug einen etwas zu engen Anzug und hatte Schweißperlen auf seiner Stirn. Er streckte Ray seine feiste Hand mit knubbeligen Wurstfingern entgegen. „Guten Tag Herr Kommissar.“ „Moin.“ Klingschatz setzte sich neben Ray. Drescher fuhr fort. „Klingschatz ist informiert. Ich erzähle weiter. Also, unsere Tochter wurde am Samstag entführt. Sie befand sich zu dem Zeitpunkt in einem Schulpraktikum in Berlin. <<Bingo, Berlin haben wir.>> Sie ist sehr selbstständig. Über Freunde haben wir ihr eine möblierte Woh-

nung im Stadtteil Prenzlauer Berg besorgt. Die war relativ in der Nähe ihres Praktikumsplatzes, einer Werbeagentur. Weil sie am Freitag lange arbeiten musste, entschied sie sich, übers Wochenende in Berlin zu bleiben. Sie wollte sich in der Wohnung aufhalten und lernen, hatte nicht vor, auszugehen oder die Wohnung zu verlassen. Wir haben sie da weitgehend in Ruhe gelassen, naja, die jungen Leute wollen nicht, dass Mutti und Papi ihnen ständig hinterhertelefonieren… Auf jeden Fall haben wir ein paar Tage nicht miteinander gesprochen und wir haben uns auch nichts dabei gedacht. Bis Dienstag die Werbeagentur bei uns anrief und fragte, ob Luise gar nicht mehr zur Arbeit kommt. Sie sei Montag auch nicht da gewesen und hat sich nicht krank gemeldet oder Ähnliches.“ Frau Drescher schaute rüber zu ihrem Mann und die Tränen drückten schon wieder. „Wir waren natürlich schockiert und haben gleich versucht, sie auf ihrem Handy zu erreichen, aber da ging nur die Box ran. Wir konnten sie nicht erreichen. Wir haben unsere Freunde angerufen und gebeten, in der Wohnung nachzusehen, aber die Wohnung war leer. Ihr Koffer und ihre Sachen waren alle noch da, also ist sie auch nicht abgereist oder so. Wir waren total fertig, wir wussten nicht mehr weiter, bis…“ Jetzt kullerten erste Tränen bei Frau Drescher. „… am Dienstagmittag mein Handy klingelte.“ Drescher atmete wieder tief durch. Klingschatz nickte ihm zu. „Ich ging ran, ich kannte die Nummer nicht, aber wir hofften natürlich, dass sich unsere Tochter meldet. Aber das waren die Entführer. Sie sagten, dass sie unsere Tochter entführt haben und dass wir Lösegeld zahlen sollen. Eine Million Euro. Und keine Polizei. Sonst töten sie unsere Tochter. Das war’s erst mal. Mehr kam nicht.“ „Noch kein Übergabeort?“ „Nein, nicht in dem

ersten Telefonat. Wir wollten die Anweisung befolgen, die Polizei da rauszuhalten, also riefen wir in unserer Verzweiflung unseren langjährigen Rechtsbeistand Dr. Klingschatz an. Er kam sofort zu uns und wir haben besprochen, wie wir weiter vorgehen."
Ray wendete sich zu Klingschatz. „Haben Sie Erfahrung in Entführungsfällen?"
Der Anwalt wirkte überrumpelt. „Äh, was? Äh nein, aber ich, ähh, bin ja der Anwalt der Dreschers..."
„Ach so. Und Anwälte können sowas?" Ray schüttelte innerlich seinen Kopf.
„Wir brauchten Hilfe...", nahm Drescher den Advokaten in Schutz. „... wir wussten nicht, wen wir sonst anrufen sollten..."
„Schon gut...", beruhigte Ray. „... alles ok. Fahren Sie bitte fort."
„Ok, wir haben mit Klingschatz besprochen, wie wir das Geld zusammenbekommen würden und warteten gemeinsam auf neue Nachrichten."
„Die kamen wie viel später?"
„Das hat nicht lange gedauert. Etwa drei Stunden nach dem ersten Anruf folgte der zweite. Dieselbe Stimme, mit einem osteuropäischem Akzent übrigens, gab den Übergabeort des Geldes durch: in Berlin. Ein Mülleimer auf dem Parkplatz bei einem Einkaufszentrum Greifswalder Straße Ecke Storkower Straße. Mittwoch Abend um 21:00 Uhr."
„Haben Sie das Geld zusammenbekommen?"
„Ja, wir haben etwa 250.000 in bar hier gehabt, dazu noch Gold im Wert von 100.000. Die restlichen 650.000 haben wir mit Hilfe unserer Bank bis Mittwochnachmittag organisiert."

„Und dann sind Sie nach Berlin gefahren?"
„Nein, um Gottes Willen, wir waren so fertig, dazu waren wir nicht in der Lage. Wir haben Herrn Klingschatz gebeten, das Geld für uns zu überbringen und Luise zu holen. Luise kennt Herrn Klingschatz sehr gut, da er uns schon lange betreut." Ray schaute rüber zu dem Anwalt, der nickte ihm zu.
„Ich war bei der Geldabholung in der Bank dabei. Wir sind im Anschluss zurück zum Haus, haben alles in eine Tasche gepackt und dann bin ich los nach Berlin."
„Zu dem Mülleimer."
„Ja, ich habe das Einkaufszentrum aufgesucht. Der Anrufer hatte einen Mülleimer beschrieben, der sich am äußersten Ende des Parkplatzes bei der Einkaufswagen-Rückgabestation befand. Ich habe mit der Tasche am Mülleimer gewartet und sie dann um 21:00 Uhr in den Mülleimer gestopft. Und noch bisschen Papier und so Zeugs darüber verteilt."
„Haben Sie die Abholung beobachtet? Haben Sie sich versteckt und den Täter sehen können?"
„Nein, die Anweisung war, dass ich nach dem Ablegen den Platz verlassen sollte. Ich musste davon ausgehen, dass ich beobachtet werde und habe alles so gemacht wie befohlen."
„Für wann war die Freilassung angekündigt?"
„Die sollte um Mitternacht sein, ebenfalls auf diesem Parkplatz. Ich habe eine Suite im Hotel ‚Holiday Inn', Prenzlauer Allee Ecke Erich-Weinert-Straße, gebucht. Das ist ungefähr einen Kilometer entfernt. Dort habe ich die Suite übernommen und bin kurz vor Mitternacht wieder rübergefahren zu dem Parkplatz. Ich wollte Luise in Empfang nehmen, mit ihr zum Hotel fahren, übernachten und am nächsten Morgen sofort zurück nach Eckernförde fahren."
„Was ist schief gelaufen?"

„Ich weiß es nicht. Gegen Mitternacht, ich stand alleine neben meinem Wagen auf dem Parkplatz bei dem Mülleimer, da rauschte ein schwarzer VW Touran vorbei und jemand schmiss einen kleinen Pappkarton aus dem Fenster, rief „Fuck you“, der Wagen ist dann mit Highspeed abgedüst. Ich hab‘ das Paket genommen, da war ein Zettel drangebunden. Ich hab‘ ihn geöffnet und gelesen. Hier, das ist er.“ Drescher nahm den Zettel unter dem Paket hervor und reichte ihn zu Ray.

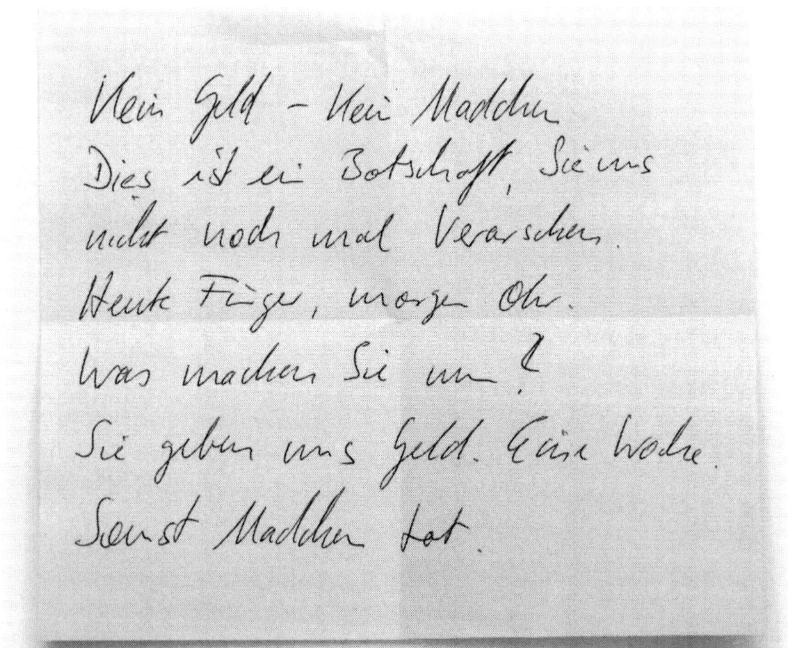
Kein Geld – Kein Madchen
Dies ist ein Botschaft, Sie uns
nicht noch mal Verarschen.
Heute Finger, morgen Ohr.
Was machen Sie nun?
Sie geben uns Geld. Eine Woche.
Sonst Madchen tot.

„Das verstehe ich nicht. Wieso ‚Kein Geld‘? Das Geld wurde doch übergeben.“
„Ich weiß auch nicht. Ich hab‘ die Tasche abgelegt, aber das Mädchen nicht zurückbekommen.“

„Könnte jemand anderer die Tasche aus dem Mülleimer genommen haben?“
„Keine Ahnung. Es gibt ja die armen Menschen, die Pfandflaschen aus den Mülleimern suchen müssen. Vielleicht hat einer von denen die Tasche genommen.“
„Das glaube ich weniger…“, wiegelte Ray ab, „… Sie wurden hundertpro beobachtet, also hätten die eingegriffen, wenn jemand anderer die Tasche genommen hätte. Also schließe ich daraus nur eins: In der Tasche war kein Geld!“
Drescher fiel aus allen Wolken. Seine Frau blickte hilflos zu Ray. Dem Anwalt krochen frische kleine Schweißperlen auf die Stirn.
„Felix,…“, rief Drescher, „… Du hast doch die Tasche da reingesteckt.“
„Ja klar…“, erwiderte der Anwalt, „… in den Mülleimer, wie besprochen.“
„Gab es einen anderen Mülleimer?“, mischte sich Frau Drescher ein.
„Nein, da war nur dieser eine.“
„Ich wiederhole mich:…“, beruhigte Ray die Lage, „… Die haben die Tasche, aber da war alles drin, nur nicht das Geld.“ Er schaute Klingschatz durchdringend an. „Haben Sie den Inhalt noch mal überprüft, bevor Sie die Tasche in dem Mülleimer deponiert haben?“
„Äh nein. Wir haben die Tasche hier gepackt, da war alles drin und dann bin ich ja sofort los.“ Die Panik ergriff ihn.
„Felix, ich hab‘ Dich das schon mal gefragt: Hast Du auf der Fahrt eine Unterbrechung gemacht? Ist Dir jemand gefolgt oder war Dein Wagen unbeaufsichtigt? Warst Du auf Toilette oder so?“
„Nein, nichts von alledem. Ich bin durchgefahren, das ging.

Direkt zum Parkplatz. Da habe ich gewartet, bis neun." Felix wurde sichtlich nervöser in Anwesenheit des Kommissars.
„Das führt hier nicht weiter…", beendete Ray die Hektik. „… Fakt ist: Die sind der Meinung, dass Sie nicht geliefert haben, also haben die auch nicht geliefert."
Erst jetzt schob Drescher den Pappkarton rüber. Cullan konnte sich natürlich denken, was sich in dem Karton befand. Er öffnete die Pappklappen und darin lag...

... ein Finger!!!

Sauber abgetrennt. Vielleicht mit einer Gartenschere oder einer großen Kneifzange. Die Haut war blass-weiß, der Nagellack schimmerte rot und war an den Kanten ein wenig abgeplatzt. Er sah nach dem kleinen Finger der rechten Hand aus. Die Tücher darunter waren blutgetränkt. Gruselig. Frau Drescher heulte jetzt so richtig los.
„Verdammt!"
„Was machen wir jetzt Herr Kommissar?"
„Wir müssen auf die nächste Kontaktaufnahme warten…" Ray sah Drescher an. „… und dann Pokern. Wir haben heute Montag, die werden sich ja wohl in Kürze melden."
Ray erhob sich von seinem Platz. „Klingschatz, kommen Sie mal mit." Er sah rüber zu dem Anwalt und deutete ihm mit einer Kopfbewegung an, ihm zu folgen. Der Anwalt stand auf und folgte dem Kommissar. Die beiden verließen den Raum, Ray sah sich kurz im Foyer um und ging zur nächstliegenden Tür. Küche. Er deutete Klingschatz den Weg rein, schloss die Tür hinter sich. Dann drehte er sich ruckartig zu dem Anwalt, griff ihn mit beiden Händen am Kragen und

presste ihn gegen den mannshohen Kühlschrank.
„Was hast Du mit der Kohle gemacht Du Arsch!"
Klingschatz war total geschockt, riss seine Augen weit auf. Die Stirn war jetzt nass vor Schweiß. „Nichts, ich hab' die Tasche genommen und abgeliefert." Er wimmerte förmlich.
„Das kannst Du mir nicht erzählen. Du hast die Kohle gezockt. Weißt Du eigentlich, dass Du damit das Leben des Mädchens aufs Spiel setzt? Rück' das Geld raus. Nur so können wir die Kleine retten." Ray war mächtig sauer.
„Neieeeen…", heulte der Anwalt, „… ehrlich, ich hab' das Geld nicht. Wenn ich es hätte, würde ich doch alles für das Mädchen machen."
Ray drosch dem dicken Mann eine Faust zentral in den Magen. „Ich glaub' Dir nicht. Du hast die Gelegenheit genutzt und die Mio gezockt. Los, rede."
Klingschatz krümmte sich vor Schmerz und hielt sich beide Arme vor den Bauch. Ray holte aus und wollte ihm noch eine zimmern.
„Nein, ich brauch' die Kohle doch gar nicht. Was soll ich denn mit der einen Million? Ich hab doch selbst genug Geld."
Ray zog die Rechte zurück. „Wieso? Erklär' mir das."
„Hallooo…" Der Anwalt gewann seine Selbstsicherheit zurück. „… ich hab' von meinen Eltern ein Vermögen geerbt, ich hab' eine gutgehende Kanzlei. Ich brauche das Geld nicht. Wenn es Probleme mit der Bank gegeben hätte, wäre ich sogar eingesprungen und hätte Friedrich und Marianne das Geld gegeben. Ich mag die Kleine doch auch, sie ist ja quasi mit mir groß geworden."
Ray ließ von dem Anwalt ab und musste nachdenken. „Okay, dann sag' ich ‚Sorry' für meine Attacke. Mann, so wie Du

schwitzt, das hätte doch mega gepasst, dass Du die Kohle gezockt hättest."
„Nein, nie im Leben. Ich will doch nur helfen."
„Ok Kumpel, entspann' Dich. Dann lass' uns auf den Anruf warten."
Die beiden kehrten zurück zu den Dreschers, ließen sich nichts anmerken, setzten sich wieder.
<<Fuck, wo ist die Kohle?>> Ray konnte sich keinen Reim darauf machen. Frau Drescher kaute sich mittlerweile nervös auf den perfekt lackierten Fingernägeln, Herr Drescher saß stumm da und starrte das Telefon an. Warten. Keiner wagte es, mit einem blöden Witz die Stimmung aufzuhellen. Die Situation war zu ernst.
Warten.

Victoria hockte über dem Plastikeimer. Die Hose und den Slip runtergezogen, verrichtete sie ihr kleines Geschäft. Die Pipi strullerte in den leeren Eimer, sie spürte ein paar Mini-Tropfen an ihren Po zurückprallen. Sie hatte leider versucht, so lange wie möglich anzuhalten, aber die Idee erwies sich als doof. Der Druck auf ihrer Blase war jetzt so groß, dass eine nicht enden wollende Menge Flüssigkeit jetzt ihren Körper mit Höchstgeschwindigkeit verlassen wollte. Dementsprechend spritzte es enorm in den Eimer hinein. <<Keine gute Idee.>> Sie nahm sich vor, jetzt öfter auf den Eimer zu gehen. Wenig Pipi – wenig Druck – wenig Spritzen. Victoria war ein bisschen stolz auf ihre neue Taktik. Sie verschloss den Eimer mit dem Deckel und legte sich wieder auf die Pritsche. Nach der ersten Nacht in dem neuen Gefängnis verbrachte sie den ganzen Tag allein in dem Raum. Zum Glück wurde sie wenigstens heute von den Grabsch-Besuchen verschont. Das Mädchen vertrieb sich die Zeit mit Körperübungen. Die Länge der Kette ließ allerhand zu, so stellte sie sich ein kleines Workout zusammen, bestehend aus Liegestützen, Kniebeugen, Rumpfbeugen und ein bisschen Planking für die Bauchmuskulatur. Sie war gerade bei der zehnten Liegestütze als…

RUMMS!!! – die Tür flog auf und knallte an die Innenwand. Soldat und Stinki betraten den Raum. Aus ihren Augen leuchtete eine fiese Lust. Victoria ahnte nichts Gutes. Sie zog ihre Decke bis unter die Augen.

„Komme, kleine Madchen, wo isse Süße?“, flötete Soldat zu ihr rüber. Stinki drängte sich an seinem Kumpel vorbei und setzte sich auf die Bettkante. Der schwüle Schwitzgeruch des Mannes zog sofort in ihre Nase. Stinki legte seine Hand auf die Decke, auf Höhe ihrer an den Körper gezogenen

Knie.
„Musse lieb sein sssu mir…“, raunzte er. Er fummelte an der Decke herum und versuchte, ihre Knie durch die Decke hindurch auseinanderzudrücken. Victoria bekam jetzt Angst. Anders als die Fummeleien der vergangenen Tage schienen diese neuen Übergriffe nicht nur Busen- oder Po-Tatscher zu werden. Dieses Mal sah sie in den Augen der Männer eine gesteigerte Absicht.
„Lasst mich!!!“, schrie sie Stinki an.
„Weg von mir!!!“ Sie schlug Stinki auf die Hand. Aber der schien davon unbeeindruckt und drehte sich zu seinem Kumpel um.
„Kotele dëshiron të luajë…“, sagte er mit einem langsamen Brummton.
„Na Katzebaby, willsssu spiele mit uns?“, wendete er sich wieder ihr zu.
„Nein, lass‘ das!!!“, wehrte sie sich aggressiv. Stinkis Hand wanderte unter die Decke. Mit fester Hand packte er sie am Schenkel, Soldat grinste bleiern, seine Augen sprangen fast aus seinem Kopf.
„Duke mbajtur vajzën.“ Soldat kam auch zum Bett. Stinki nahm die Kette und zog damit Victorias Arm ruppig von ihrer Schutzhaltung weg. Er riss die Decke von ihr runter. Soldat nahm mit seinen kräftigen Händen jeweils ein Fußgelenk des Mädchens und zog die Beine gerade. Victoria hatte jetzt schreckliche Angst, vergewaltigt zu werden. Sie schrie laut in einem gellenden Ton, Stinki gab ihr eine Ohrfeige.
„Të jetë i qetë.“, fuhr er sie harsch an. „Sollssse still sein Madchen…“ Victoria schrie weiter. Soldat riss ihre beiden Beine auseinander, Stinki hielt mit einer Hand Victorias

linke Hand fest, unter seinem Fuß hatte er die Kette eingeklemmt und hielt damit ihre rechte Hand unter Kontrolle. Mit seiner anderen Hand versuchte er, den Bund ihrer Jeanshose aufzuknöpfen, aber das erwies sich als schwierig. Die enganliegende Hose saß so stramm, dass es nur schwer ging, den Knopf aufzubekommen. Zwischendurch begrabbelte er lüstern ihre zarten Brüste, in seiner Hose wurde sein Schwanz schon zu einer strammen Beule. Soldat versuchte jetzt auch, die Hose runterzuziehen aber das Mädchen wehrte sich tapfer mit Tritten, dazu schrie sie unaufhörlich in den gellendsten Tönen. Die Männer wurden noch rabiater als…

KRACKKKKK – Soldat flog von ihr weg – KRACKKKKK – Stinki sackte in sich zusammen. Victoria riss ihre Augen auf. Im Raum stand Hinkebein. Mit einer Aluminium-Baseballkeule in der Hand. In ruhigem Ton zischte er auf Albanisch ein paar Wortfetzen zu seinen beiden Komplizen. Die trollten sich schmerzverzerrt aus dem Raum, Soldat hielt sich dabei eine Hand an den Kopf.

„Musse mich entschuldige für Kollegas. Sssinde zu notgeil. Ich war kurze weg, das passierte niche noch male. Sollsse es habe gut. Gefange aber gut gehe. Willssu nehme Dusche? Wir habe Dusche hier in Haus."

Victoria war ein wenig perplex. War das jetzt eine Falle? Oder hatte einer der Entführer sie gerade vor zwei anderen Entführern beschützt? Sie entschied sich dazu, das Risiko einzugehen und eine langersehnte Dusche zu nehmen. Sie hielt ihren rechten Arm hoch und klapperte mit der Kette. Hinkebein trat an sie heran und öffnete das Schloss. Die Kette fiel ab, Victoria rieb sich das wunde Handgelenk. Er zeigte zur Tür. Sie ging voran, den langen Flur entlang.

„Treppe hoch.“ Sie schritt die Stufen nach oben. Entführer und Opfer betraten das Erdgeschoss, gingen dann einen langen Flur entlang. Eine Tür neben der anderen. Victoria war unsicher. Ihr steckte noch der Schrecken der sexuellen Belästigung in den Knochen, hatte sich aber beruhigt und besann sich wieder auf ihren Plan, in ihren Gedanken alles zu dokumentieren. Sie prägte sich wieder die Details ein. Dunkelgrüne Türen, schmuckloser Steinfußboden, karge Glühbirnen, die an den blanken Kabeln von den Decken hangen. <<Sieht aus wie eine Kaserne…>>. Der Weg führte die beiden bis fast an das Ende des Flures. Hinkebein stieß die letzte Tür auf. Ein Sammel-Waschraum <<Ok, Kaserne!>>. Zwei Reihen à sieben nackten, weißen Waschbecken, die allesamt eingestaubt, teilweise beschädigt und dreckig nicht gerade zur Körperpflege einluden. Der Albaner schickte sie noch weiter „Da Dusche.“ Er zeigte mit der Hand zu einem Durchgang im nächsten Bereich. Es roch nach stockigem Kellermuff, Fußspuren auf dem staubigen Boden wiesen den Weg zu den Duschen. Acht verrostete Duschköpfe ragten aus den Wänden. Teilweise fehlten die Armaturen. Hinkebein ging der Reihe nach die Duschen ab und drehte die Armaturen auf. Bei eins bis drei passierte gar nichts, bei vier und fünf röchelte es nur erbärmlich aus den Rohren, bei Nummer sechs – Erfolg – röchelte es mit einem kehligen Blubbern – Wasser. Victoria freute sich innerlich, bis… <<Uähhhh>> …rostbraune, dickflüssige Suppe sich aus dem Duschkopf quälte und auf den Boden klatschte. Zu dem Kellermuff-Geruch gesellte sich der Odeur von dünner Kotze, gemischt mit Fischabfällen.
„Oh neeee…“ Victorias Hoffnungen auf Körperpflege wurden durch den Pampe-Anblick jäh zerstört.

„Warte, wirte gleich besser…“ Hinkebein schien sich fast zu entschuldigen. Er griff seitlich unter den Strahl und drehte beide Armaturen voll auf. „… isse nur Restedrecke von alt. Komm. Gut.“

Er hatte recht. Sauberes klares Wasser spülte durch die Leitungen und wusch die braune Kotz-Fisch-Pampe vom Boden Richtung Abfluss. Victoria atmete auf, aber dann musste sie stocken. <<Eh Moment, bleibt der Typ jetzt hier oder was?>> Sie sah rüber zu Hinke. Der wusste gar nicht, was los war.

„Was isse?“

„Na…“ Sie wedelte mit den Händen.

„Ach so, ja klare, warte drausse. Beeile.“ Er schlich sich aus dem Duschbereich. Victoria wollte sich gerade ausziehen als ihr erneut etwas Elementares auffiel. <<Ey, und was ist mit einem Handtuch???>>

„Hey... Handtuch???“

„Oh ja, äh, klare. Moment. Hole“, klang es aus dem Nebenraum. Er hinkte los.

<<Häh? Was für ein Honk. Bringt mich zum Duschen und hat kein Handtuch dabei. He, Moment mal. Der Typ holt mir jetzt ein Handtuch. Woher? Von unten? Oder hat er hier oben was? Wohl kaum, die sind ja bestimmt heimlich hier und lassen garantiert nix rumliegen, was jemand sehen könnte. Das spricht für unten. Aber halt, das sind Männer. Denken die daran, wenn sie ein ‚Ich-geh-jetzt-auf-Entführer-Tour-und-nehme-das-hier-mit‘-Paket packen, dass da HANDTÜCHER dabei sein müssen? Wohl kaum, die werden ja auch wohl never KERZEN einpacken. Oder haben die alles so als Einmal-Set dabei? Also Einweg-Geschirr etc. Nein, die müssen sich ja selbst auch waschen. Oder auch nicht, so,

wie die riechen. Aber eigentlich sind die auch rasiert, also machen sie sowas wie Körperhygiene. Dann müssen die doch auch Handtücher dabei haben. Oder wischen die sich an ihren Klamotten ab? Könnte sein, sauber sind die nicht… Eh, warte mal, ich könnte jetzt ja abhauen, der hat mich hier alleine gelassen. Ich hau ab!!!>> Victoria sah sich hektisch um. Sie ging flink zu der Fensterfront. Blinde Scheiben, keine Griffe. Wieder zurück in den Waschraum. Da, ein Griff. Sie riss daran. Verrostet. <<Geht nicht!!! Menno, soll ich jetzt abhauen? Wenn ich jetzt in den Flur gucke und er grad zurückkommt – dann sieht der mich und denkt, ich will abhauen. Wenn ich jetzt an den Fenstern rumdoktore, mache ich Lärm, den können die vielleicht hören. Wie lange braucht er runter in den Keller, Handtuch suchen, wieder hoch, den ganzen Flur? Minuten. Wenige Minuten. Oder braucht der länger? Sein Bein tut ihm weh, er kann nicht schnell gehen. Dann ist er unten und sucht die Handtücher. Mit mir im Kofferraum waren etliche Taschen. Da kann man schon mal lange suchen nach einem Handtuch. Also ein paar Minuten mehr. Soll ich? Oh, ich glaub‘ nicht. Wo bin ich hier? In der Wüste? Komme ich hier weg – vorausgesetzt, es gelingt mir überhaupt, hier rauszukommen? Was ist, wenn ich abhaue und die kriegen mich wieder? Oh je, dann setzt es richtig was. Dann hauen die mich zusammen oder schneiden mir die Haare ab oder so ein kranker Mist. Nein, nicht gut. Aber wenn ich jetzt artig bin, auf das Handtuch warte, dusche und wieder brav mit runtergehe, dann bin ich doch eine gute Geisel und die tun mir nichts. Ja, das ist ein guter Plan. Hinke beschützt mich vor den anderen Affen. Die haben gut einen abgekriegt gerade. Haha, wie der gejault hat. He, Moment, was ist, wenn Soldat und Stinki

jetzt Hinkebein was tun, ihn sogar töten?>> Ein mulmiges Gefühl kroch in der Schülerin hoch. <<Wo bleibt der überhaupt? So ein Handtuch kann doch nicht so lange dauern... Also noch mal: Wenn Soldat und Stinki ihren Boss killen, damit sie die Kohle alleine kassieren... Ey, die Typen wollen mich vögeln. Oh verdammt... Hinke muss es gut gehen, der beschützt mich. Aber wenn ich jetzt stiften gehe, dann wird der sauer auf mich. Nein, besser, er mag mich. Dann beschützt er mich. Aber wie lange? Oh ätzend. Wie ich es auch drehe: immer Mist. Also Victoria, Fliehen oder Bleiben? Ich komme hier ja doch nicht weg. Wo bin ich überhaupt? Nein, nicht gut. Ich bleibe. Ja. Guter Plan. Brav sein.>>

Hinkebein kam um die Ecke und drückte ihr ein picobello-sauberes Duschhandtuch und sogar eine Flasche Duschbad entgegen.

„Danke“, flüsterte Victoria leise und senkte ihren Blick.

„Gut. Dusche.“

Victoria zog ihre Kleidung aus und duschte sich den Dreck der letzten Tage runter.

Das Telefon schrillte auf eine unerträgliche Weise durchdringend laut. Drescher schreckte auf, sah erst seine Frau, dann Cullan an. Cullan nickte ihm zu.
„Drescher."
„Parkplatz vor Eckerforde. Kenne?"
„Den Parkplatz am Restaurant…?"
„Nix Ristorante, Parkplatz vor Eckerforde, wenn von Kiel komme links."
„Ääh, ah ja. Ja. Kenne ich. Die Parkbucht."
„Einundzwanzig Uhre. Punktlich. Information hinter Mulltonne."
„Hinter den Mülltonnen, ok, wir kommen."
„Nix WIR. Komme alleine."
„Ja klar. Alleine, ich komme alleine."
„Klack" – aufgelegt.
Drescher schaute hektisch auf. „Ich soll alleine kommen. Um 21:00 Uhr. Zum Parkplatz von hier aus kurz hinter Eckernförde."
„Ok, das ist in einer dreiviertel Stunde."
„Da bekommen wir neue Informationen." Drescher sah seine Frau hoffnungsvoll an.
„Die haben das Geld doch noch gefunden…", strahlte Drescher freudig.
Cullan runzelte seine Stirn.
Frau Drescher schaute ihren Mann perplex an.
Klingschatz blickte rüber zu Ray.
„Wir kriegen unsere Tochter wieder." Drescher drehte auf.
Ray sah Klingschatz an, dann redete er beruhigend auf Drescher ein.
„Herr Drescher, langsam, wir wissen noch nichts. ‚Neue Informationen' heißt nicht ‚Ihre Tochter'. Wir müssen uns das

erst ansehen.“

„Doch, die haben das Geld und jetzt bringen sie uns unser Mädchen.“ Ein Funke Hoffnung keimte in Drescher.

Ray wusste nicht, was er sagen sollte. Er war misstrauisch. <<Das Mädchen zurück? Nie im Leben! Wenn die die Kohle hätten, warum hätten die ihr einen Finger abschneiden sollen? Ich erwarte eher das Ohr…>> Aber er behielt seine Gedanken für sich.

„Ich geh‘ mich umziehen…“ Drescher verschwand.

„Frau Drescher, packen Sie ein Paket. Was zu Trinken, eine Decke, vielleicht Wechselwäsche, einen Jogginganzug oder etwas, was Ihre Tochter gegebenenfalls über ihren Sachen tragen kann. Dazu was Schnelles zu Essen, ein paar Bockwürstchen, ein Sandwich, eine Banane oder sowas.“

Frau Drescher zog los.

„Was halten Sie davon?“, wandte sich Cullan an Klingschatz.

„Hmh, ob die das Geld doch noch irgendwie gefunden oder erhalten haben? Das würde mich doch sehr wundern. Ich meine, die Transaktion mit dem Mülleimer war doch sehr präzise beschrieben und wurde eigentlich nach Plan durchgeführt. Dazu passt gar nicht, dass von dem Mädchen ein Finger abgetrennt wurde. Das wäre doch nicht passiert, wenn sie das Geld bekommen hätten.“

<<Eben.>> „Wie schätzen Sie Drescher ein? Packt der das, wenn er da gleich hinfährt?“

„Das kann schwierig werden. Er ist sehr sensibel und jetzt emotional total aufgewühlt. Wenn er gleich zum Treffpunkt fährt und er bekommt seine Tochter NICHT, dann weiß‘ ich echt nicht, ob er das verkraftet...“

„Was könnte passieren?“

„Ja, ich meine, er denkt, er bekommt seine Tochter wieder.

Unter uns: Ich habe da meine Zweifel. Und wenn er sie nicht bekommt, befürchte ich, dass er zusammenbricht. Er ist der Vater. Macht sich sehr große Sorgen, hat Angst. Was würden Sie tun?“

„Hab‘ keine Kinder. Da bin ich der Falsche. Ich seh‘ nur, dass sich mir hier eine Gelegenheit ergibt, die Entführer zu fassen.“

„Aber es wurde ausdrücklich verlangt: Keine Polizei.“

„Ich weiß. Aber ich bin ja alleine hier. Die Kollegen wissen nichts von mir hier.“

Drescher kehrte zurück in den Salon, er trug sportliche Kleidung, hatte ein Leuchten in seinen Augen, war total aufgeregt. Dazu kehrte auch Frau Drescher zurück. Sie hatte einen Korb mit Essen und Getränken vorbereitet, stellte einen Rucksack daneben auf den Boden.

„Ich hab hier ihren Jogginganzug eingepackt, dazu noch eine Packung Feuchttücher, falls sie sich frischmachen will.“

„Danke Engel, ich fahr‘ dann jetzt los.“

Unter den sorgenvollen Blicken seiner Frau verließ Drescher das Haus, stieg in seinen Jaguar XJ und fuhr los.

Ray wartete, bis der Wagen das Grundstück verlassen hatte, folgte ihm, schmiss sich in seinen Monza und fuhr hinterher. <<Oje, der arme Mann denkt, er holt jetzt seine Tochter ab. Der fährt wie der Teufel. Er soll aufpassen – uhhhhhh – das war ‚rechts vor links‘ missachtet. Mensch, der Typ baut noch einen Unfall auf dem Weg dahin.>> Drescher fuhr viel zu schnell, Ray blieb an ihm dran. <<So, raus aus Eckernförde. Nur mal angenommen: Wenn die Entführer wirklich das Mädchen zurückbringen. Warum hier und nicht schon in Berlin? Das Geld. Nee, die haben das Geld nie im Leben erhalten. Wenn die Geldübergabe sauber geklappt

hätte, wäre das Mädel schon frei. In Berlin, übergeben an Klingschatz. Der Finger. Die haben ihr einen Finger abgeschnitten. War das ihr echter Finger? Oder ein Finger von irgendeiner armen Seele. Aber die Eltern haben den Finger wiedererkannt. Das war ihrer. Ein Racheakt. Eine Strafe. Wie ticken die? Was kann jetzt kommen? Da ist der Parkplatz.>> Ray sah Dreschers Jaguar in den Parkplatz auf der rechten Straßenseite einbiegen, hielt sich im sicheren Abstand zurück. Er beobachtete die Straße. <<Nichts. Beobachten die ihn? Sind die schon weg? Wann waren sie hier? Verdammt, auf so einem abgelegenen Parkplatz sieht keine Sau irgendwas. Die könnten da Sonstwas abgeladen haben. Ich muss das sehen.>> Cullan folgte Drescher noch ein kurzes Stück, sah, wie dieser seinen Wagen an den Mülltonnen abstellte und ausstieg. Ray stellte seinen Wagen noch vor der Einfahrt des Parkplatzes ab, beobachtete die Szene aus sicherer Entfernung. Drescher verschwand hinter den Mülltonnen. Dann – ein lauter Schrei:
„Ahhhhhhhhhhhhhhhhhhhhhhrrrrrrrrr!!!Neiiiiiiiin, nein, nein, neiiiiiiiiin!!!“
Ray sprang aus seinem Wagen, rannte zu den Mülltonnen. Die Entfernung zerrte an seiner Kondition. Gehetzt erreichte er Drescher. Der lag über einer Decke.
„Drescher!“
Der Vater drehte sich um. Ray hatte in seinem ganzen Leben noch nie so ein weißes Gesicht gesehen. Dreschers Blick ließ einen Weltuntergang verheißen, sein Mund glich dem eines tollwütigen Tieres, so schrie er den Kommissar an: „Neiiiiiiiiiiiiiiiin, mein Baby…“ Er drehte sich zurück zu der Decke, hob sie an und zeigte: Das Mädchen.
<<Oh Scheiße!>> Ray schritt zu der liegenden jungen Frau,

nahm Drescher beiseite, zog die Decke langsam von dem jungen Körper herunter. Die Sonne war erst gerade untergegangen, aber das dämmerige Licht reichte aus, um alles genau zu sehen: Dreschers Tochter lag auf der linken Seite, war vollständig bekleidet. Die Hände und Füße waren nicht gefesselt, nur an ihren Handgelenken hatte sie kleinere Abschürfungen <<Die Wandkette>>. Die durch vernachlässigte Hygiene verfetteten blonden Haare bedeckten das Gesicht, das mit dem Kopf zur Seite gedreht lag.

„Herr Cullan… sie ist tot. Tooooooooooooooooot!!!“ Dreschers Stimme klang flehentlich.

„Herr Drescher, bitte…“ Ray beugte sich über das Mädchen, strich mit seinen Fingen die Haarsträhnen nach hinten, um an der Halsschlagader fühlen zu können – <<Uhhhhhh, hoh!!!>> Der Kommissar schreckte zurück.

„Was ist? Was ist da? Lebt sie noch?“

Cullan drehte sich zu Drescher, fasste ihn fest an beiden Schultern und schaute ihm in die Augen.

„Herr Drescher. Das sollten Sie sich jetzt nicht anschauen.“

„Aber meine Tochter…“

„Es ist nicht so schön. Bitte.“

„Aber…“

Cullan legte seine Hand auf die Brust von Drescher und wollte ihn davon abhalten, seine Tochter in dem Zustand ansehen zu müssen. Drescher realisierte, dass der Kommissar ihn schützen wollte, hielt sich zurück. Ray strich die letzten Haare von dem Gesicht des Mädchens und ihm zeigte sich jetzt das gesamte Bild des Grauens. Der Mund war weit auf, die Mundwinkel eingerissen und alles war voller Blut. Tiefrot, noch leicht feucht glänzend. An Kinn, Wangen, Nase und Hals. Ray schaute in den Mund:

ALLE ZÄHNE HERAUSGERISSEN!

Das zerfetzte Zahnfleisch offenbarte sich seinem Blick, Hautfetzen hingen bis auf die Lippen. Ein brutales, grobchirurgisches Schlachtfeld. Dazu waren die Augen der jungen Frau fast schwarz unterlaufen, standen aus den Augenhöhlen heraus wie Tischtennisbälle, rot durchädert, entrückt in zwei verschiedene Richtungen schielend. Sie hatte das unmenschliche Martyrium lebend über sich ergehen lassen müssen. Ray schauderte.

<<WIE DIE TOTEN AUS DEM DOM!>>

Pathologe Dr. Jürgen Heldt untersuchte das Mädchen. Sein Assistenzarzt Stechler hielt eine Handlampe und leuchtete seinem Chef in der mittlerweile eingetretenen Dunkelheit.
„Ray, das sieht genauso aus wie bei den beiden Toten aus dem Dom. Ich hätte nicht gedacht, sowas wieder sehen zu müssen. Alle Zähne rausgerissen. Wer übt solche Brutalität aus?“
Polizeichef Bert Berger stand neben Ray.
„Die Sache läuft hier mal so richtig aus dem Ruder. Ray, klär‘ mich auf.“
Nach dem Anruf von Cullan hatte Berger alle Beamte mobilisiert, die verfügbar waren. Seine Leute hatten den Parkplatz großräumig abgesperrt, Mitarbeiter der Spurensuche filzten unter dem Licht von großen Lichtmastwagen des dazu gerufenen THWs das Gelände rund um die Mülltonnen, dem Fundort der Leiche. Auf der Straße wurden Fahr- und Reifenspuren gesichert, in dem Gras hinter den Mülltonnen untersuchten weitere Beamte die Fläche mit dünnen Stäben nach Beweisstücken. Ein Faltpavillon schützte den Fundort der Leiche.
„Das ist das Berliner Mädchen, Luise Drescher, hier aus Eckernförde...“, begann Cullan, „... In Berlin beim Praktikum entführt, nach einer missglückten Lösegeld-Übergabe hierher nach Eckernförde geschafft…“
„… und nur kurz vor dem Auffinden getötet“, ergänzte Heldt.
Berger wendete sich dem Arzt zu.
„Circa um 21:00 Uhr wurde die Leiche entdeckt. Ihr Tod trat 30 bis 60 Minuten vorher ein. So, wie ich das bis jetzt beurteilen kann, Herztod durch die, wie soll ich es nennen?: ‚Operation‘, der Extraktion aller ihrer Zähne. Das aber pas-

sierte nicht hier. Unter dem Kopf und auch nirgendwo hier konnte ich Blutspuren finden. Meine Vermutung: Ihr wurden die Zähne rausgerissen, sie starb, sie wurde hierher gebracht, abgelegt und mit der Decke zugedeckt.“

Die Szenerie im Dunklen, Spotbeleuchtung am Fundort, Männer mit Handlampen, gleißendes Blaulicht von Dienstfahrzeugen an Ein- und Ausfahrt des Parkplatzes, wurde durch das andauernde Blitzen der Kameras der Spurensucher zu einem unwirklichen Lichtspiel, das Konzentration und Aufmerksamkeit der Beteiligten zu einem anstrengendem Prozedere werden ließ. Die Augen schmerzten. Ray hatte genug für heute. Er vertröstete Berger auf den nächsten Tag und ging zu dem Rettungswagen in dessen Innerem Klingschatz sich um die mitgebrachte Frau Drescher und den Vater der Toten kümmerte. Die Eltern saßen nebeneinander auf der Pritsche, hatten Decken um die Schultern und starrten, sich gegenseitig im Arm haltend, ins Leere. Die Augen brachten keine Tränen mehr raus, die Gesichter schienen um Jahre gealtert.

„Klingschatz, bitte bringen Sie die beiden nach Hause. Frau Drescher, Herr Drescher, ich bin morgen wieder bei Ihnen.“

Vier leblose Augen starrten ins Leere. Cullan kehrte zu seinem Auto zurück.

„Ray…“ Berger rief dem Kommissar hinterher. Aber Ray winkte, ohne sich umzudrehen, ab und stieg in seinen Monza. Das Coupé rauschte mit durchdrehenden Rädern in die Dunkelheit.

<<Verfluchter Mist. Schlecht gelaufen heute. Verdammt. Diese Schweine. Das war deutlich. Jetzt wird’s interessant. Die rausgerissenen Zähne – die Verbindung zu den Toten im Dom. Aber wie? Entführte Mädchen, ein toter Klinik-In-

haber, eine Frau aus dem Immobiliengeschäft – ich spann's nicht. Wir haben noch mindestens eine Vermisste. Wer ist sie? Dazu die drei Mörder von Luise Drescher. Die schwirren jetzt hier 'rum. Die haben das Lösegeld nicht bekommen. Was kommt jetzt? Eine Ersatz-Entführung? Ich muss die kriegen. Bevor neuer Scheiß passiert.>>

In Schleswig angekommen, schlurfte Ray deprimiert die Treppe hoch zu seiner Wohnung. Er wollte gerade aufschließen, als eine Hand ihn an der Schulter berührte. Ray schreckte auf, drehte sich um – Carola.

„Na Großer, wie war Dein Tag?"

„Oh Mann, gar nicht gut. Schön, dass Du da bist. Komm' erst mal rein." Ray warf seinen Mantel auf einen Garderobenhaken und streifte sich seine Stiefel ab.

„Bierchen?"

„Warum nicht." Ray holte zwei Biere aus dem Kühlschrank und öffnete sie an der Tischkante. Beide nahmen auf dem Sofa Platz.

„Wir hatten heute leider einen Todesfall…" Carola blickte Ray bestürzt an. „… es ist noch nicht vorbei. Ich befürchte, jetzt wird es richtig schmutzig."

„Wie geht es Dir dabei?"

„Ach ich, ich bin ein harter Hund. Mich macht das alles krank. Junge Mädchen, Männer, Frauen – tot. Wofür? Geld? Scheiß' auf Geld. Können die nicht alle normal sein?"

„So normal wie Du?" Carola lachte. Ray ließ sich von dem Lachen anstecken.

„Ja, genau. Alle so wie ich. Aber das ist auch nix. Dann wär' ich ja arbeitslos… Nee, jetzt mal im Ernst. Wir waren ja schon in einer echt brenzligen Situation – noch mal Sorry, dass ich Euch in diese Lage gebracht habe – …“ Carola winkte ab. „… aber jetzt hat ein Teil der Entführer eine Geisel auf bestialische Art und Weise umgebracht. Ein junges Mädchen von gerade mal siebzehn. Drei der Entführer sind jetzt hier ganz in der Nähe. Und das macht mir echte Sorgen. Ich kann noch nicht sagen, ob die Kommunikation der Gruppen untereinander so gut funktioniert hat, dass die anderen auch von mir und – vor allem – von Euch wissen. Wo wir wohnen und so. Ich überlege, Euch irgendwo in Sicherheit zu bringen. Ich hab‘ da auch schon eine Idee.“

Das Verhältnis von Ray zu Blinky und zu Carola hatte sich seit der Gefangennahme und der Befreiungsaktion grundlegend verändert. Klar, Blinky war sein Schützling, sein kleiner Freund im Haus. Er begleitete Blinky in seinem Heranwachsen und er hatte immer wieder das Eine oder Andere mit ihm unternommen. Durch das Älterwerden des Jungen und mit seinen Fähigkeiten war er nach und nach für Ray zu einem hilfreichen Sidekick geworden. Und Carola, seine Mutter, ja, das war halt seine Mutter, seine Nachbarin, nicht unattraktiv, aber als Frau nicht im Fokus des Kommissars. Sie hatten immer abgesprochen, wenn er Blinky abgeholt hatte, wie man sowas halt macht. Außerdem war Ray der Meinung, dass Carola einen Freund hatte. Ab und zu bekam er mit, dass sie Besuch hatte, oder dass Blinky abends alleine in der Wohnung blieb, wenn sie unterwegs war. Nein, als Frau hatte er sie nie gesehen. Eher als Kumpel, mal zum Quatschen oder auf ein Käffchen. Mehr war da nicht. Aber jetzt, nach der heftigen Aktion mit den Albanern, merkte Ray für sich, dass da doch mehr war. Er hatte tierisch Schiss, dass den beiden was passiert. So in der Art, dass er nicht nur

Verantwortung für die beiden trug, sondern dass da auch noch Gefühle mit im Spiel waren. Mehr als normale Gefühle, die man für seine Nachbarn empfindet.

Die beiden blickten sich in die Augen.

<<Los Du Knochen, küss‘ mich endlich.>> Carola saß nah genug an Ray und öffnete leicht ihre Lippen.

<<Hey, was guckt die mich denn jetzt so an? Soll ich sie küssen?>>

<<Verdammt, was ist los mit dem Kerl? Merkt der gar nichts?>> Carola seufzte zart.

<<Oh, ein Seufzer. Was bedeutet das denn nu‘ wieder?>> Ray strich sich unbeholfen durch sein welliges Haar.

<<Oh menno, dieser Typ. Ich habe nie gemerkt, dass ich ihn eigentlich ganz attraktiv finde. Mit seinen langen Haaren und seinem süßen Schmierbauch. Außerdem ist er ein verdammt cooler Typ. Macht das, was er denkt, zieht seinen Look durch, ist einfach er selbst. Häh, was ist los mit mir? Ray wohnt schon seit Jahren unter mir, aber ich habe ihn immer eher als Kumpel gesehen. Hmh, als ich Reiner als Freund hatte, war ich auf der Suche nach einem neuen Partner, aber der hat’s irgendwie nicht gebracht. Und Hannes: Stellte sich als Blender heraus. Der Ralf, der war gar nicht schlecht – hat mir nur zu spät erzählt, dass er noch verheiratet ist und nicht vorhat, das zu ändern. Aber Ray – an den habe ich nie gedacht…>>

<<Was denkt die denn jetzt die ganze Zeit? Ui, die macht mich ja ganz nervös.>> Ray wechselte aufgeregt seine Sitzposition.

<<Carola, hey, was ist hier los? Will die was von mir?>> Carola fixierte den Kommissar nach wie vor unnachgiebig in einer sanften aber bestimmenden Art.

„Hmh, warm hier bei Dir“, eröffnete sie das Spiel.
„Oh, ‘tschuldigung, soll ich ein Fenster aufmachen?“
<<Blödmann>>
„Nee, lass man…“
„Noch ein Bier?“ Ray zuckte zum Aufstehen…
<<Dummerchen>>
„Nee, ich hab‘ noch…“ Carola hob ihre Flasche an und schüttelte das untere Drittel des Getränks ein wenig.
„Ah, ok.“ Ray sah Carola an. Und lächelte freundlich.
<<Naa, hat er es jetzt gespannt?>> Sie richtete ihren Oberkörper auf. An ihrer Bluse waren die zwei obersten Knöpfe geöffnet und unter dem leicht herunterrutschenden Stoff an ihrem Hals konnte man den dünnen Träger ihres weißen BHs durchblitzen sehen.
<<Mhm, man kann unter dem leicht herunterrutschenden Stoff an ihrem Hals den dünnen Träger ihres weißen BHs durchblitzen sehen.>> Ray fixierte eine Sekunde zu lang den Träger.
„Wo schaust Du da denn die ganze Zeit hin?“ Carola schielte zu ihrem Träger.
„Was? Wie? Äh nix, nur so…“. stammelte Ray verlegen.
„Ach so.“ Carola lächelte Ray an, ließ aber die Bluse so, wie sie war.
<<Herrje, also am liebsten würde ich sie jetzt packen und küssen.>> Ray lächelte wieder zurück.
<<Herrje, also am liebsten wünschte ich mir, dass er mich jetzt packt und mich küsst.>> Carola nippte kurz an ihrem Bier.
<<Bin ich jetzt hier ein Schuljunge oder was? Ray, was ist los mit Dir? Du bist doch sonst nicht so schüchtern. Schnapp‘ Dir die Frau.>>

<<Oh Ray, was ist das denn jetzt für ein Schuljungen-Gehabe. Sei nicht so schüchtern und schnapp‘ Dir mich.>> Carola lehnte sich zurück und legte versonnen ihren linken Zeigefinger an ihre Unterlippe.

<<Uups, was macht die da? Finger an die Unterlippe, das ist doch ein Zeichen.>> Ray war innerlich aufgeregt wie ein junger Hund, sein Herz schlug bis an den Hals.

<<Hey, Kollege, Finger an die Unterlippe – das ist ein ZEICHEN!>>

„Jaah… Mensch… und? Sonst alles klar bei Dir? Soll ja morgen Regen geben.“

- ! -

Wie eine über das Vinyl kratzende Plattennadel und dem dazu gehörenden hochtonigen Quietschen war auf der Stelle die Luft raus. Ray hatte es versaut. Dieser Idiot. Er beging den größten Fehler in einer ‚Hier-ist-Sex-in-der-Luft‘-Situation: Scheiße labern. Wie dämlich. Es wäre so einfach gewesen. Frau schnappen, küssen – ab in die Kiste. Läuft. Die Stimmung sank schlagartig in den Keller. Zumindest die Sex-Stimmung. Carola zog ihre Bluse zurecht und schloss den vorletzten Knopf.

<<Idioooooooooooooot!!!>>

„Ja, nee, alles gut. Und? Bei Dir?“

<<Arrrrghhhhhhh – ich Vollidiot, das wäre sooo cool geworden. Oh nee oh nee oh nee…>>

„Ja, auch so.“ Schweigen. Ray nahm den alten Faden wieder auf.

„Hier, noch mal wegen Euch in Sicherheit bringen und so…“

„Ja?“

„… also, ich kenne da eine patente Frau. Ihr gehören zwei Hausboote im Wikinghafen. Ganz außen an dem Ost-Steg.

Meine Idee ist, dass ich Euch beide da unterbringe. Der Vorteil: Um da hinzukommen, muss man runter ins Hafengelände, Sackgasse, und kann dann nur über den Nordsteg zu dem Platz zu den Booten gelangen. Ich besorge Kameras und Bewegungsmelder und dann baut Blinky Euch daraus eine 1-A-Überwachungsanlage, die sofort registriert, wenn sich da jemand nähert. Was hältst Du davon?"
Das Kribbeln war nun restlos aus Carolas Körper gewichen.
„Hört sich gut an. Wann, meinst Du, sollen wir dahin?"
„Am besten so schnell, wie es geht. Ich telefonier' gleich morgen früh mit der Inhaberin. Und heute Nacht…" <<Oh, geht da doch noch was mit dem Kerl?>> „… baue ich im Treppenhaus eine Infrarot-Falle auf. Dann geht bei mir der Alarm los, wenn sich einer hochschleichen will.
<<Letzte Chance vertan…>> „Ok, machen wir so. Ich wecke Blinky morgen früh, sag' seinem Lehrer, dass er nicht zur Schule kommt und wir packen ein paar Sachen."
„Prima. Stell' Dich bitte so auf 8:00 Uhr ein."
„Ok, dann gehe ich jetzt hoch. Danke für das Bier."
„Ja gerne…" Die beiden standen auf und Ray brachte Carola zur Tür. Dort standen die beiden sich gegenüber, Ray öffnete die Tür.
„Ja dann…"
„Ja, Nacht dann…"
„Ja, schlaf' gut…"
„Du auch…"
Carola nahm Ray in den Arm und küsste ihn auf die Wange.
„Bis morgen…" Ray versuchte noch, Carola auch irgendwie auf die Wange zu küssen, aber sie drehte sich so, dass der unbeholfene Versuch ins Leere lief.
Carola ging die Treppe hoch, Ray kramte seinen Infrarot-

Bewegungsmelder aus dem Flurschrank, schaltete ihn an und versteckte ihn hinter seiner Türschwelle.

Endlich im Bett, musste er noch über die Situation mit Carola nachdenken.

<<Oh nee, wie dämlich war ich denn gerade? Du lässt doch sonst nichts anbrennen… Oder steckt da mehr dahinter? Warum habe ich Carola sonst nie als Frau gesehen? Sie ist eine attraktive Frau, jo, sehr hübsch. Die könnte eigentlich sehr gut zu mir passen. Ah ja, deswegen war ich auch so nervös wie ein Teenager. ICH BIN VERLIEBT!>> Ray freute sich. <<Ich komm‘ mir vor wie fünfzehn, ha ha. Ja genau. Als ich gespannt habe, dass die Albaner Carola und Blinky mit in ihrer Gewalt hatten, hey, da hab‘ ich mir echt mal so richtig Sorgen gemacht. Und wie sie mich gerade angelächelt hat – ich glaub‘ sie mag mich auch.>> Ray grinste.

Tag 7 – Dienstag

Hi guten Morgen, Martina hier."
„Martina, hier ist Ray."
„Ah, hi Ray, was gibt's?"
„Ich hab' ein Problem. Ist eines von Deinen Hausbooten frei?"
„Warte, ich schau' mal eben..." Tastaturgeklapper. „... ja, Du hast Glück, unser Hausboot, wir nennen es ja Wasserloft, ‚SUOMI' ist frei."
„Ok, nehme ich. Wann können wir uns dort treffen?"
„Muss es schnell gehen?"
„Ja, unbedingt. Um 8:30 Uhr?"
„Mensch, Du hast es aber eilig. Aber klar, geht in Ordnung. Wir können uns um halb neun am Boot treffen."
„Super, bis gleich."
Ray stiefelte hoch zu Carolas Wohnung und klopfte an der Tür. Carola öffnete ihm.
„Seid Ihr soweit? Das Boot ist frei, wir können gleich hin."
Blinky kam aus seinem Zimmer, seine Haare standen, wie immer, zu Berge.
„Moin Ray, ich hab' meine Sachen schon gepackt." Carola blickte nach rechts unten zum Türeingang. Zwei Trolleys standen abreisefertig.
„Ok, dann los. Hast Du einen Computer dabei?"
Blinky schaute ihn fragend an. „Äh, wie das denn? Ich wusste auch nicht, dass ich einen..."
„Egal, da finden wir schon was. Lass' uns los." Ray schnappte sich die beiden Trolleys und marschierte los. Carola schloss die Wohnung ab und die beiden folgten ihm. Im Hinterhof angekommen, räumte Ray die Rückbank frei und belud den

Monza. Gemeinsam fuhren sie zum Wikinghafen, über die kleine Seitenstraße auf das Gelände, bis vor den Hebekran. Über die Stege gelangten die drei zur östlichsten Anlegestelle. Dort lagen die beiden Hausboote von Martina, das größere ‚SUOMI‘ vorne, dahinter das kleinere, ‚NORGE‘. Martina stand schon da und wartete.
„Hi, guten Morgen, herzlich willkommen auf unserem Wasserloft ‚SUOMI‘.“ Die Vermieterin begrüßte ihre Gäste mit einem freundlichen Handschlag.
„Danke Dir Martina, dass das so schnell und unkompliziert geklappt hat. Carola, Blinky, ich muss ins Revier. Lasst Euch alles zeigen, bleibt auf Standby, ich rufe Euch nachher an.“
„Alles klar. Bis nachher.“

Ray, na endlich, wo bleibst Du denn? In mein Büro!" Berger schloss die Tür hinter Cullan. Dann flippte er aus. Mal wieder.
„Nach der Nummer gestern muss ich mich jetzt noch ein letztes Mal aufregen: Verflucht, Culllllaaaaaaaaaaan…" Sein Gesicht lief puterrot an. „… Du mit Deinen Alleingängen – ich dreh' durch. Wo Du auch bist – LEICHEN!!! Der Albaner in der Lagerhalle, die Toten im Lollfuß, im Keller in der Schuby, dann der in Berlin und jetzt – die Krönung – eine der Geiseln! Hast Du uns benachrichtigt? NEIIIIIIIN! Ein Anruf von Dir – vielleicht ein bisschen Verstärkung – FEHLANZEIGE! In Berlin e-vennn-tuuuu-ellllll mal die Kollegen anrufen? NADA! Du machst alles alleine. Du bist der Einzelkämpfer. Herr Cullan Supermann haut alles weg – das geht so nicht! Ich muss Dich aus dem Verkehr ziehen." Berger ließ sich in seinen Stuhl fallen. Seine Halbglatze wechselte nur langsam von knallrot zu normal-fleischfarben. Für Ray war diese Situation der Super-GAU. Abgezogen von dem Fall – das ging gar nicht. Wer außer ihm sollte die Ermittlungen fortsetzen? Ray versuchte, seinen Chef davon zu überzeugen, dass er weitermachen musste.
„Bert, das kannst Du nicht machen. Nicht jetzt. Nur ich weiß, wie die ticken. Ich hab' einen Teil von denen plattgemacht…"
„Ja eben!!! Plattgemacht! Nicht verhaftet, nicht festgesetzt... plattgemacht!"
„Aber das ging nicht anders..."
„Doch natürlich geht sowas anders. Uns mal informieren, nur ein wiiiiiiinziges Telefonat... wir kommen mit Verstärkung... und alles wär' doch gut."
„Naja, hast ja Recht, aber ich konnte nicht warten. Die Lage

war immer so dringend, dass ich unverzüglich eingreifen musste."
„Und das tote Mädchen? Du warst bei den Eltern. Den ganzen Tag!!!"
„Keine Polizei. Es konnte sein, dass die Eltern beobachtet wurden. Der Kontakt kam über die Kieler und außerdem war Sonntag."
„Raus hier, eh' ich noch explodiere. Meeting – in fünf Minuten. ALLE!"
Ray holte die diensthabenden Beamten im Besprechungsraum zusammen.
„Wo ist Winterhall?"
„Ach der musste noch mal los."
„Ruft ihn an und pfeift ihn hierher." Bachmann griff zum Telefon.
Ray ging an die große Karte. Mit einem Non-Permanent-Marker malte er schon mal Kreise um die Tatorte St.-Jürgen, Lollfuß, Schubystraße, Eckernförde. Mit einer anderen Farbe malte er dazu Kreise um die Klinik in Stexwig und Meinheims Wohnort in Brodersby.
Langsam füllte sich der Raum, etwa 20 Beamte kamen zusammen. Berger kam dazu, schloss die Tür.
„Moin Mädels und Jungs. Also, der Grund, warum ich Euch hier zusammengeholt habe…"
Die Tür sprang auf. Winterhall.
„Moin Leute…", pfiff der fröhlich, „… alles klärchen bei Euch?" Berger glotzte Winterhall an, als hätte der nur eine Windel an. Einen Moment Totenstille. Winterhall merkte, dass er der Depp war, senkte beschämt den Kopf und ging in die Ecke gegenüber von Cullan.
Berger fuhr fort: „… die Ereignisse der letzten Tage. Ihr habt

ja alles mitbekommen. Wir dachten, wir haben zwei Fälle, aber es gibt eine Verbindung zwischen den Leichen im Dom und den entführten Mädchen. Ray erzählt Euch jetzt, wie es weitergeht."
Innerlich verdutzt, aber erleichtert, zog Cullan seinen Hut vor Berger <<Oh, jetzt doch nicht aus dem Verkehr gezogen?>>, nickte ihm zu und legte los: „Zuerst die Dom-Leichen. Winterhall. Das Neueste von Fellbach und Meinheim. Schieß' los."
„Jaaaaa, also… die beiden… So. Also, Meinheim in Brodersby… Da ist also der… Frau Fellbach… äh, Moment, also, ich warte da noch auf…"
Wortlos ging Ray zu Winterhall, packte ihn am Kragen, „Eh, Ray, was…", zog ihn hinter sich her zur Tür, öffnete die Tür und schubste den Kollegen aus dem Raum. Rumms, Tür zu.
Ray fuhr fort und teilte die Gruppen ein: „Fischer, Du fährst im Anschluss an die Besprechung zu Meinheim nach Brodersby. Du quetscht ihn aus wie eine Zitrone, ich will alles wissen über ihn, seine Frau, seine Finanzen, was er so treibt, wo er auf die Toilette geht, wo er fickt, wen er fickt – einfach alles.
Kröger, Du fährst nach Stexwig und nimmst die Witwe aufs Korn. Genau das Gleiche. Alles. Das tote Mädchen wurde auf dieselbe Art und Weise umgebracht wie unsere beiden Dom-Leichen. Also muss da eine Verbindung sein. Und die müssen wir finden.
Hier, Ihr fünf, Ihr nehmt die Halle in St. Jürgen noch mal unter Eure Lupe. Dazu holt Ihr Euch noch mal die Ergebnisse von der Spusi, meinetwegen nehmt Ihr die Jungs noch mal dahin mit.
Ihr fünf, Ihr fahrt zum Lollfuß. Genau die gleiche Chose.

Alles noch mal umkrempeln, wir brauchen jetzt die Details der Details.
Und Ihr fünf: Schubystraße. Total-Operation. Mikrosuche. Jasmin, Marlies und Gesa, Ihr kommt mit mir. Wir haben hier drei Entführer in der Nähe, die Mörder des Mädchens. Wir müssen die einkreisen. Dazu müssen wir alles noch mal durchgehen. Heute Abend, 17:00 Uhr. Treffen. Wieder hier. Ok. Abflug."
Berger nickte Ray zu, alle Beamten verließen den Raum.
„Mädels, Ihr setzt Euch ans Internet. Geht mal bitte die Klatschpresse der letzten Jahre durch und durchleuchtet die Beziehung zwischen den beiden Toten aus dem Dom. Kannten die sich? Da muss was sein, sonst lägen die nicht zusammen am Altar. Auf geht's. Ich muss noch mal los."
Im Rausgehen zündete sich Ray eine Zigarette an. <<Ab zu Nordland-Computer.>>

Moin Horst, ich brauch' wieder was. Also da wäre zuerst ein Notebook."
„Klar gerne, hier hätten wir ein 15-Zoll-Gerät, günstig und ausreichend für Büro-Anwendungen…"
„Ok, ist ja nett, aber würde sowas meinen Blinky begeistern?"
„Ah, Blinky. Nee…" Horst musste schmunzeln. „… da brauchen wir das hier: Monster-Gamer-Notebook, 17-Zoll-Display mit Extreme-Rate, High-Performance-Grafikkarte, Mega-Prozessor, voll mit Arbeitsspeicher…"
„High Performance hört sich gut an. Nehm' ich. Dazu brauche ich noch so Kameras, wo man das Bild auf dem Computer sehen kann."
„Jep. Hier, die neuesten 360-Grad-IP-Kameras, wetterfest, nachtsichtfähig, mit 4k und WLAN, die kannst Du über einen Browser fernsteuern und zoomen."
„Häh, nee, ich will das Bild am Computer sehen."
Horst musste wieder schmunzeln. „Ja, is' klar. Sorry, so ein Browser ist auf dem Notebook installiert und per App kannst Du sogar alles auf Deinem Handy sehen."
„Denn is' gut. Ich nehme drei Stück. Was haben die für eine Reichweite?"
„Was für eine brauchst Du?"
„So 50 bis 100 Meter."
„Ok, dann packe ich Dir noch pro Kamera einen WLAN-Repeater mit drauf. Alles mit Solar-Stromversorgung. Bestes Zeug."
„Einen was???"
„Egal, Blinky weiß, wofür man den braucht."
„Jut. Pack' drauf. Was bekommst Du?"
Horst tippte alle Artikel in die Kasse.

„2.855 Euro.“
Ray zog eine Rolle Geldscheine aus seiner Hosentasche und flippte die Scheine durch seine Finger.
„Hier, sind 3.000. Passt so.“
„Oh danke. Wenn Du wieder was brauchst – wir sind für Dich da.“
„Ok-dokey. Macht's gut Jungs.“

Am Hafen angekommen, trug der Kommissar den Karton zum Hausboot, Blinky sah ihn schon von weitem und kam ihm entgegen.
„Was hast Du da Schönes?“
„Viele tolle Sachen für Dich.“
Im Hausboot packte Blinky die Teile aus und seine Augen glänzten.
„Hammer, Ray, das ist ja der Wahnsinn. Die Kameras – geil. Und das Notebook – ich werd‘ verrückt.“
Ray drückte dem Jungen sein Handy in die Hand.“
„Horst hat gesagt, die Bilder von den Kameras kann ich auch auf dem Handy sehen. Das musst Du mir mal einstellen.“
Blinky öffnete eine Kamera-Verpackung und scannte mit Rays Handy den QR-Code zum direkten Download der Überwachungs-App.
„Die IP-Adressen kann ich erst später eingeben, wenn alles installiert ist.“
„Ok, Du positionierst die Kameras hier vor dem Boot, vorne am Steg und eine oben an der Ecke von der Ladenzeile. Dann siehst Du, wenn jemand hier die Straße runter zum Hafen fährt oder am China-Restaurant den Fußweg runter nimmt. Die vorne am Steg nimmt alles auf, was hierher will und vor dem Boot, wenn einer sogar bis hierher kommt.

Richte alles ein und schalte es scharf. Das sollte erst mal reichen. Ich muss zurück ins Revier.“

Ray zog wieder ab. Der Junge packte das Notebook aus und startete den Installationsvorgang des Betriebssystems. Während das lief, bereitete er die Kameras und die WLAN-Repeater vor, nahm noch die Werkzeugtasche vom Boot mit und begann, die Kameras zu montieren. Wie Ray vorgegeben hatte, schraubte er die erste Kamera an dem Eisengeländer direkt gegenüber vom Liegeplatz an. Das Solarpanel zur Stromversorgung richtete er gen Süden aus. Funktionscheck – lief.

Die nächste Kamera montierte er an einem Fahnenmast am Beginn des Steges. Mit einer vom Hafenmeister Harald ausgeliehenen Leiter brachte er das Gerät in ungefähr 2,50 Meter Höhe an. <<Super, von hier aus ist die Cam nicht gleich zu sehen und mit dem Rundum-Blick erfasse ich alles hier im Umkreis.>> Blinky machte einen WLAN-Reichweite-Check und brachte den ersten Repeater an der Steg-Ecke an, so dass die Übertragung reibungslos funktionieren konnte.

Mit der dritten Kamera ging Blinky die Treppe hoch zur Straße, an dem China-Restaurant vorbei, zu der Ecke der Ladenzeile, an der die kleine Straße runter zum Hafen führte. Die Straße nutzten alle Segler, um mit ihren Fahrzeugen möglichst nahe zum Hafen zu kommen, zum Be- und Entladen. Die Cam konnte er an der Hausecke anmontieren und mit einem abgezweigten Kabel von der Fassadenbeleuchtung mit Strom versorgen. Den Repeater für diese Kamera brachte er auf seinem Rückweg versteckt hinter der Leuchtreklame des Restaurants an. Dort hatte er Strom und die Reichweitenverlängerung sorgte für ein 1-A-Signal runter zum Boot. Fertig.

Wieder an Bord, war das Notebook mittlerweile vollständig betriebsbereit. Überwachungs-Software installiert, IP-Adressen eingegeben – lief. Blinky hatte drei blitzsaubere Live-Bilder auf dem Monitor – er strahlte glücklich.

Ray schlurfte mit brennender Zigarette ins Revier. Auf dem Weg zu den Büros drückte er die Kippe in dem Blumentopf einer kümmerlichen Yucca-Palme aus. Er ging zu seinen drei Kolleginnen, die immer noch eifrig in die Tasten hauten.
„Hi Mädels, habt Ihr was gefunden?"
„Ja,…", rief Marlies.
Die kräftige Polizei-Hauptmeisterin strahlte Ray stolz an.

Marlies war eine seiner Lieblings-Kolleginnen. Immer gut gelaunt, schaffte es die Frohnatur, schon morgens bei Dienstbeginn den Kollegen ein Lächeln ins Gesicht zu zaubern. Sie war sogar so kontaktfreudig, dass sie bei einem abendlichen Kollegen-Bierchen dem Kommissar gefährlich nahe gekommen war. Ein paar Schnäpse zu viel intus, schnappte sie sich Ray auf dem Weg zur Toilette und hatte den perplexen Kommissar einfach abgeknutscht. Das war ihm gar nicht mal so unangenehm, denn an Marlies war ordentlich was dran. Er machte mit, die beiden hatten sich verzogen und den Rest des Abends ausgiebig miteinander rumgemacht. Zum Sex ist es aber nicht gekommen, das war aber gar nicht schlimm. Beide hatten ihren Spaß, ohne zu weit gegangen zu sein. Am nächsten Tag im Dienst schauten die beiden sich verschämt an, aber dann lachte Marlies wieder und alles war klar.

„… ich hab' hier was. In den ‚Schleswiger Nachrichten' habe ich einen Artikel gefunden. Das war vor einem Jahr. Für eine neue Emil-Nolde-Ausstellung auf Schloss Gottorf wurden Spendengelder eingesammelt. Am Abend der Vernissage sind alle zusammengekommen und haben die

Ausstellung eingeweiht. Und hier, bei der Sponsorenliste: Meinheim und Fellbach.“ Marlies strahlte über das ganze Gesicht.
„Bingo. Super Prinzessin. Das ist was. Gibt es Fotos dazu?“
„Leider nein.“
Jetzt schaltete sich Gesa ein: „Aber hier. In einem unserer Wochenblätter ist doch immer auf der zweiten Seite diese Fotogalerie. Im Anschluss an die Vernissage im Schloss wurden Fotos von diesem Abend gebracht. Die habe ich gefunden, kommt mal her.“ Alle versammelten sich um den Monitor.
„Da. Beide Paare – auf einem Foto. Meinheim und seine Frau, Dr. Fellbach und seine Frau.“
„Die sehen sehr vertraut aus.“
„Und chic.“
„Ich hab‘ auch was gefunden:…“ Jasmin schaltete sich ein.
„… Beim Schützenball der Altstädter St. Knudsgilde: Hier sind auch Fotos auf der Website.“ Die Beamten zogen einen Computer weiter zum Arbeitsplatz von Jasmin.
„Da, Meinheim tanzt mit der Fellbach…“ Sie scrollte die Dia-Show weiter durch. „… und hier tanzt Fellbach mit der Frau von Meinheim.“
„Und da, beide Männer mit einem Schnaps am Tresen.“
„Immer gut gelaunt.“
„Kein Zweifel, beide Paare waren befreundet.“
„Wir wissen, dass Fellbach die Brustvergrößerung bei Frau Meinheim durchgeführt hat. Entweder kannten die sich schon vorher, oder die Operation war der Startschuss für die Freundschaft.“
„Also, wenn man sich auf diese Art und Weise auf Fotos gemeinsam präsentiert, steckt mehr dahinter. Das sind nicht

nur abendliche Zufallstreffen gewesen."
„Prima gemacht Mädels, sucht weiter. Versucht rauszufinden, seit wann die sich kennen."
Cullan zündete sich im Büro eine Zigarette an. „Rayyyyyyyyy…", schoss es aus drei Mündern. Cullan verließ das Revier.
„Pingggggggg"

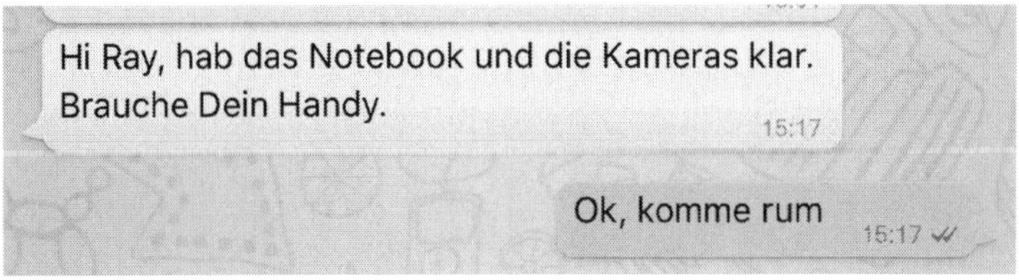

Im Auto griff Ray nach hinten und fingerte aus dem Fußraum einen 6-er-Träger, fummelte eine Dose heraus und zischte das Bierchen. Am Hausboot angekommen, zog Ray sein Handy, gab es Blinky. Der öffnete die Überwachungs-App und trug die IP-Adressen der drei Kameras ein.
„Hier, läuft. Schau' mal, Du öffnest die App, siehst die drei Kamera-Bilder. Dann kannst Du jedes Bild einzeln anklicken, das Bild in groß sehen und so…" Blinky pinchte mit zwei Fingern auf dem Display. „… kannst Du Schwenken und Zoomen."
„Hammer, das ist ja geil."
„Die Sensibilität ist so eingestellt, dass bei einer Bewegung eine Nachricht aufspringt. Die klickst Du an und siehst sofort ein Livebild."
„Na, das ist doch mal sinnvolle Technik. Danke fürs Einrichten. Bist Du schon online? Sorry, doofe Frage. Ja klar bist Du das. Pass' auf, Du musst wieder loslegen. Du weißt

ja: Die vier Albaner und ein Mädchen sind aus Düsseldorf ausgeflogen. Die restlichen drei Albaner, die das Mädchen aus Eckernförde getötet haben, sind wahrscheinlich hier in der Nähe oder vielleicht auch wieder weg. Wir wissen es nicht. Finde die Arschgeigen. Mit Deiner Handy-Ortung oder was auch immer. An die Arbeit. Ruf' mich sofort an, wenn Du was hast, jetzt geht's um jede Minute."
„Tiedeliedelingelingelinggggggg" Eckernförder Nummer. Ray nahm das Gespräch an.
„Herr Cullan, Klingschatz hier. Kommen Sie bitte SOFORT zum Haus der Dreschers. BITTE."
„Bin unterwegs." Ray hob Zeige- und Mittelfinger an die Stirn Richtung Carola und dampfte ab.

Cullan bremste vor Dreschers Haus, der Kies spritzte unter den Reifen. Klingschatz stand schon wartend in der Tür.
„Herr Kommissar, danke, dass Sie so schnell kommen konnten. Bitte folgen Sie mir." Klingschatz verschwand im Haus, Ray hinterher. Sie gingen schnellen Schrittes die Treppe hoch, über einen langen, mit weißem Hochflor-Teppich bedecktem Flur zum letzten Zimmer. Der Anwalt riss die Tür auf, Ray schaute ihm über die Schulter…
„Boh, oh!" Der Kommissar erschauderte.
Auf dem großen edlen Boxspringbett mit champagnerfarbenem Laken lag...

... Marianne Drescher!!!

Sie trug ein weißes Kleid, das bis zum Schritt hochgeschoben war, das Laken rechts und links neben ihren Oberschenkeln und neben ihrem linken Arm blutdurchtränkt, die Augen blassblau, leblos an die Decke starrend. Die Haut blutleer, aschfahl. Der Arm aufgeschlitzt, vom Ellenbogen bis zum Handgelenk. Die Oberschenkel von der Leiste bis zum Knie. Ein zierliches japanisches Küchenmesser lag neben ihrer rechten Hand, die Klinge fast vollständig mit Blut bedeckt.
„Verflucht, was ist hier los…"
Die Frau musste sich, als Rechtshänderin, zuerst die Hauptschlagadern beider Oberschenkel, danach den linken Arm eingeschnitten haben. Alle Schnitte klafften fast einen Zentimeter weit auf, legten den Blick frei auf rohes Fleisch. Sie hatte innerhalb kürzester Zeit so viel Blut verloren, dass sie schnell eingeschlafen war.

„Trägt sie ein... Brautkleid???" Ray schaute fragend rüber zu dem ebenfalls völlig perplexen Klingschatz.
„Ja, das ist ihr Hochzeitskleid…", klang es leise weinerlich von hinten. Herr Drescher war nur noch ein Schatten seiner selbst, total in sich zusammengefallen, seine Gesichtsfarbe fast grün, seine Körperhaltung schlaff, die Augen tränengerötet, das Gesicht um Jahre gealtert.
„Was hat das zu bedeuten?"
„Sie hat einen Abschiedsbrief geschrieben. Der könnte Ihnen Erklärungen liefern", sprang der Anwalt ein. Er reichte Ray einen Zettel. Drescher ließ sich neben dem Bett kraftlos zu Boden fallen und wimmerte dort sitzend, Mitleid erregend.

Mein liebes Mann, geliebter Friedrich,
ich habe Schuld auf mich geladen. Die größte Schuld, die sich ein Mensch nur vorstellen kann.
Bitte verzeihe mir.
Ich habe das Leben unserer geliebten Tochter auf dem Gewissen. Durch meine Schuld ist sie gestorben.
Mit Dir und Luise wurden die Wünsche meines Lebens erfüllt:
Ein toller Mann. Seit ich Dich zum ersten Mal gesehen habe, war ich sofort in Dich verliebt. Du bist der Stern meines Lebens, hast mich glücklich gemacht. Immer wieder. Wir haben unser Leben gemeinsam gestaltet und wir haben gemeinsam unser tolles Geschäft gegründet und aufgebaut.
Mit der Geburt unserer Tochter ist mein zweiter Lebenswunsch in Erfüllung gegangen. Ein Kind. Dieses zauberhafte Wesen hat unser Leben bereichert und wir hatten so viel Freude mit ihr.
Unser wunderbares Kind hat sich toll entwickelt, sie ist ein so liebes Mädchen – eine so liebenswerte junge Frau geworden.
Sie hat uns beide sehr stolz gemacht.
Und diese Familie habe ich zerstört. Ich war töricht und geldgierig. Ein Fehler. Ein schrecklicher Fehler, durch den unsere Tochter den Tod fand. Ich habe den falschen Menschen vertraut und wollte mein eigenes Ding machen. Ich habe das Geld genommen – und mein Kind getötet.
Ich kann mit dieser Schuld nicht mehr leben. Ich habe es nicht verdient, weiter zu leben.
Bitte verzeiht mir.
Marianne
P.S.: Ich liebe Euch.

Ray sah auf. „Boah, das ist hart.“ Er musste einen Moment innehalten, betrachtete noch mal das Blatt, sah wieder auf zu dem Anwalt.
„Halleluja. Sie hatte das Geld. Sie meint damit das Lösegeld. Wieso hat sie es genommen? Wenn die Geldübergabe geklappt hätte, wäre das Mädchen – wahrscheinlich – freigekommen.“
„Ich... hab‘ keine Ahnung. Ich weiß gar nix mehr.“ Klingschatz war sichtlich fertig.
„Kümmern Sie sich am besten um Drescher, der ist ja total fertig. Herr Drescher…“ Ray schob den Anwalt beiseite, wollte zu Drescher als…
„Drescher... !!!“ Ray wollte noch zu dem Mann springen, aber es war zu spät. Dieser saß jetzt neben seiner Frau in dem Blut des Lakens und hielt sich einen Revolver in den Mund.
„NEIIIIIIIIIINNNNN!!!“, schrie Cullan noch, doch…
KAPOWWWWWWWWW – ein Schuss löste sich, Gehirn spritzte an die Tapete, Drescher fiel in Zeitlupe seitlich auf den Körper seiner Frau. Noch mehr Blut pumpte aus seinem Kopf und tränkte das Brautkleid am Oberkörper dunkelrot.
„Oh nein, Scheiße!“
Klingschatz sah die Szene in jedem Detail…
„Friedrich...“ Er machte ein paar Schritte rüber zu seinem Freund, sah in die nach außen schielenden Augen, torkelte – und verlor das Bewusstsein. Ray versuchte noch, den fallenden Mann abzufangen, erfolglos, er griff ins Leere. Aus der Bewegung klatschte der feiste Anwalt mit dem Gesicht voran auf den Boden – ohnmächtig.
„Herrje, was ist hier los…“ Ray musste sich sammeln. Das war heftig.

<<Ok, die einen tot, der andere ohnmächtig – Zeit, dass ich mich hier ein wenig umsehe.>> Ray schaute sich in Ruhe die Lage an. <<Die gute Frau Drescher hat das hier hübsch inszeniert. Der Abschiedsbrief, die hat ihr Brautkleid angezogen, sich aufs Bett drapiert, sich mit dem Messer aufgeschlitzt. Was meinte sie mit ‚den falschen Leuten vertraut' und wieso ‚geldgierig'? Sie hat den Inhalt der Tasche heimlich ausgetauscht und Klingschatz mit einem Stapel Zeitungen nach Berlin geschickt. Sie musste gewusst – oder gehofft – haben, dass, wenn sie das Geld nicht übergibt, dem Mädchen trotzdem nichts passieren würde – verdammt, sie steckte mit den Entführern unter einer Decke.>> Ray war schockiert. <<Die hat ihren Mann seelenruhig die Kohle anschaffen lassen und hat uns hier die leidende Mutter gespielt. Diese alte Hexe. Aber was hätte sie mit der Million gemacht? Das war doch deren eigenes Geld. Sie hat es sozusagen sich selbst entwendet. Heimliche Ausgaben? Ein Lover? Schulden oder so ein Mist? Etwa Spielschulden? Von denen ihr Mann nichts wissen durfte? Oh Hammer, diese Pokerrunde. Schleswig ist ja gleich um die Ecke. Die Frau hat vielleicht gespielt. Ich muss Holgi in die Mangel nehmen.>> Auf der Bettseite, auf der offensichtlich Herr Drescher schlief, stand ein edel eingerahmtes Porträtfoto von ihr auf dem Nachtschrank. Cullan öffnete den Rahmen und steckte das Foto ein.

Danach ging er eine Runde durch alle Zimmer des Hauses und machte sich einen Eindruck von der Lebenssituation des Ehepaares. <<Hmh, alles picobello sauber hier – also mindestens eine Putzfrau. Saubere Fenster, 1-A-Gartenanlage – also Fensterputzfirma und Gärtner. Also immer irgendwie Leute im oder ums Haus. Wo würde sie die Kohle

verstecken? Draußen? Wohl nicht. In das Gerätehäuschen gehen auch die Gärtner. In der Garage? Wohl eher das Revier ihres Mannes. In der Küche? Da werkelt vielleicht auch die Putzfrau oder sogar eine Köchin. Keller?>> Ray hielt die Türklinke der Kellertür in der Hand. <<Wohl kaum, auch eher sein Bereich. Bleibt nur noch das Schlafzimmer oder besser: Das Ankleidezimmer. Zurück zum Blutbad-Raum.>>
Ray stiefelte die Treppe wieder hoch, zum Raum am Ende des Flures. Im Schlafzimmer sah er sich erneut ausgiebig um. <<Unterm Bett – bestimmt nicht, aber hier irgendwo…>> Er ging durch das Schlafzimmer, in dem sich, neben dem Riesen-Bett, den Nachtschränken, einem Lesesessel und einem Herrendiener auf der Männer-Seite, keine weiteren Möbel befanden. Auf ihrer Seite links schloss sich ein großzügiges Ankleidezimmer an. Ray öffnete eine der zahlreichen Schranktüren nach der anderen. <<Pullover, Hosen, Röcke, Mäntel, Schuhe – klar, Gürtel – ein eigener Schrank für Gürtel?…>> Ray schüttelte den Kopf. <<… Socken und Strümpfe, Sportkleidung... ah... da sind wir ja: die Unterwäsche.>> Ray hob vorsichtig die Stapel Höschen, BHs und weitere Dessous in allen erdenklichen Farben hoch und... <<BINGO – da haben wir es ja…>> Ray zog eine weiße Plastiktüte ganz hinten unter einem Stapel weißer Tangaslips hervor. Er spürte mit seinen Fingern schon die Geldbündel unter dem dünnen Polypropylen. Um nicht das Bettlaken mit Spuren zu verunreinigen, schüttete er das Geld auf dem Fußboden aus und zählte grob die Geldbündel, allesamt aus Hundertern bestehend.
<<20, 40, 60, 80, 100…>> Er teilte den Stapel vom Rest ab, formte dazu gleich große Stapel daneben. <<… 200, 400,

600. Sechshunderttausend von einer Million. Du Miststück. Dreihunderttausend und das Gold sind schon weg – wofür?>>
„Buoh, oh, heieiei, was ist mir denn passiert…“ Klingschatz wurde wieder wach.
„Klingschatz, hier…“ Ray drückte ihm die Tüte in die Hand. „… der Rest vom Lösegeld. Sechshunderttausend. Nehmen Sie das Geld treuhänderisch an sich. Das gehört in die Erbmasse. Ich rufe jetzt meine Kollegen. Bitte bleiben Sie hier und machen Sie hier Ihre Zeugenaussage. Danach bitte ich Sie, ein Testament zu suchen…“
„Das habe ich bei mir in der Kanzlei.“
„… umso besser. Bitte begleiten Sie den Abtransport der Dreschers und dann schließen Sie das Haus ab.“
„Das werde ich tun. Das ist das Mindeste, was ich machen kann.“

Auf dem Weg zurück nach Schleswig informierte Cullan Berger und organisierte Arzt und Bestatter. In Schleswig angekommen, fuhr der Kommissar direkt zum Wiking-Yachthafen. Bevor er seine Schützlinge im Hausboot aufsuchte, stattete er Holgis ‚Seepferdchen' einen Besuch ab. Die Tür war offen, der Wirt räumte gerade Gläser in die Regale.

„Wir haben noch geschl… ah, unser neuer Pokerspieler. Sorry, die nächste Runde ist erst wieder Donnerstag."

„Moin, ja, schon klar, aber…" Ray friemelte das Foto von Frau Drescher aus seinem Mantel. „… kennst Du diese Frau?"

Holgis Augen zuckten fast unmerklich einen Augenblick erschreckt, dann zog er eine Augenbraue hoch und sein Gesicht entspannte sich verdächtig. Holgi war sich zunächst ein wenig unsicher, wie er reagieren sollte.

„Nee, noch nie gesehen…"

„Naa, schau' noch mal genau hin. War die wirklich noch nie hier?" Seine Stimme wurde ein wenig fordernder.

„Nee,…" Der Wirt wandte sich wieder seinen Gläsern zu. „… die kenn' ich nicht."

Auf diese Spielchen hatte der Kommissar keine Lust. Um Zeit zu sparen, entschloss er sich, seine Identität als Polizeimitarbeiter aufzudecken. Er zeigte Holgi seine Marke.

„Ok ok, ich hab' die doch schon mal gesehen."

„Na geht doch. Also los, raus mit der Sprache."

„Die war ab und zu beim Pokern mit dabei…" Rays Blick verfinsterte sich. „… ok ok, die war regelmäßig hier. Wieso willst Du das überhaupt wissen?"

„Die Frau ist tot. Was hast Du über sie mitbekommen? Du kennst doch die Truppe."

Der Wirt wurde gesprächiger. Sein Versuch, Diskretion zu bewahren, war der Tatsache geschuldet, dass er den Kommissar als einen neuen Spieler einsortiert hatte, dem er die Identitäten der anderen Mitspieler nicht einfach so preisgeben durfte. Jetzt, in dem Wissen, dass er mit einem Polizeibeamten sprach, lockerte sich seine Zunge und es sprudelte aus ihm heraus.

„Also, Du kennst ja die Pokerrunde. Die gibt es so seit ungefähr vier Jahren. Ein Schwerpunkt ist absolute Diskretion. Es werden keine Namen genannt, es wird nicht gelabert – nur gespielt. Um Geld. Teilweise um richtig viel Geld. Ich mach‘ den Service hinten und das geht manchmal ganz schön lange. Teilweise bis um 4/5 Uhr morgens. Und da liegt dann manchmal heftig viel Kohle auf dem Tisch.“

„Wie schätzt Du die Frau ein? Gewinner oder Verlierer?“

„Sie ist seit ungefähr zwei Jahren dabei. Der Managertyp mit Goldrandbrille hat sie mitgebracht…“ <<Goldrandbrille – Meinheim!>> „… Am Anfang kam sie eher selten und unregelmäßig. Und wie ich das einschätzen kann – sie kam ja eher froh aus der Runde raus – hat sie am Anfang auch gewonnen. In letzter Zeit, bestimmt im gesamten letzten Jahr, kam sie immer öfter zur Runde und anhand ihrer letzten Gesichtsausdrücke hat sie bestimmt krass verloren.“

<<Da ham‘ wir’s – Spielschulden.>>

„Als ich da war, habe ich Goldrandbrille kennengelernt. Wer der Typ ist, weiß ich, da war noch ein Managertyp dabei, so um die 55. Wer ist das?“

„Wie gesagt, Diskretion, den kenn ich nicht.“ Ray hob die Faust. „Nee, ehrlich, ich weiß wirklich nicht, wer das war.“ Holgi hatte Schiss. Ray beschloss, ihm zu glauben.

„Alles klar, vielen Dank für die Info. Ich muss los.“

Der Kommissar ging am China-Restaurant vorbei, den Fußweg runter zu den Bootsstegen. Blinky stand schon draußen am Hausboot und erwartete ihn.
„Hab‘ Dich schon gesehen…“, strahlte der Junge.
„Na, dann scheint die Anlage ja zu funktionieren.“
„Bestens, komm‘ rein.“ Blinky führte Ray in den Salon des Hausbootes. Neben der gemütlichen Sitzecke befand sich ein Stehtisch mit Barhockern, dort stand das Notebook betriebsbereit.
„Es gibt gute und schlechte Nachrichten: Die gute zuerst: Ich habe eine Gruppe lokalisiert.“ Blinky ließ die verschiedenen Programme durchrattern. Neben Luftbild-Karten, Messwertprotokollen und Tabellen öffnete der Junge eine Datei mit kryptischen Symbolen, die wild durcheinander aufblitzten. „Hier, mit den Streaming-Packages von inaktiven SIM-Karten neueren Zulassungsdatums und den Interferenz-Modulationen von lokal-basierten Datenabrufen habe ich einen Treffer: ein Gebäude in dem neuen Schleswiger Stadtteil ‚Auf der Freiheit‘.“ Blinky schaltete von der Datei auf ein Luftbild. „Da!“
„Volltreffer. Das ist eines von den alten Bundeswehr-Liegenschaften. Nördlich der ‚HEIMAT‘, dem Varieté-Veranstaltungszentrum. Verlassen, noch nicht im Renovierungsplan, aber absolut benutzbar. Da würde keine Sau nachschauen. Das muss es sein. Gut gemacht Junge.“ Blinky strahlte. „Und die schlechte Nachricht?“
„Die vier SIM-Karten konnte ich einkreisen, weil Du gesagt hast, dass es in Schleswig sein muss. Die anderen drei habe ich nicht gefunden. Zu großer Einzugskreis.“
„Ok. Aber ein Anfang, um die Arschlöcher zu finden. Mach‘

trotzdem weiter. Bleib‘ im Umkreis von 20 bis 30 Kilometern.“
„Plop“ – über alle Fenster öffnete sich das Fenster mit einem Kamera-Alarm. Dazu pingte auf den beiden Handys die Nachrichtenzentrale. Die Bilder aller drei Kameras wurden in Echtzeit dargestellt. Ray und Blinky steckten die Köpfe über dem Screen zusammen.
„Da, ein Typ auf dem Steg.“
„Ah, nur ein Segler“, beruhigte der Kommissar seinen Schützling.
„Ah ok.“
„Ich muss wieder los. Ich werde das Gebäude ‚Auf der Freiheit‘ inspizieren. Ihr habt hier alles im Griff?“
„Check.“
Ray sah rüber zu Carola. Sie nickte ihm zu. Beim Verlassen des Hausbootes berührte sie kurz seinen Arm und ihre Blicke trafen sich. Wortlos kommunizierten sie, dass sie, wenn Ruhe eingekehrt sein würde, noch mal an den Abend in seiner Wohnung anknüpfen wollten.

In der Garage in der Feldstraße packte Ray eine Tasche mit schlagkräftigen Argumenten: das M-16-Sturmgewehr, die beiden Smith & Wesson-Revolver und die gesamte Munition. Dazu seine P99 in seinem Schulterholster. Er startete lautlos die schwarze Elektro-Limousine und fuhr bei Anbruch der Dunkelheit zum Stadtteil ‚Auf der Freiheit'. Um sich dem ehemaligen Bundeswehrgebäude möglichst unauffällig zu nähern, wählte Cullan den nördlichen Weg über den Stadtteil St. Jürgen und die Pionierstraße. Geschützt von der waldähnlichen Vegetation stellte er den Wagen etwa 100 Meter vor dem Gebäude ab und schlich sich im Schatten der Bäume vorsichtig an.
<<So Kumpels, wo steckt Ihr? Kein Licht in den Fenstern. Die Gebäude haben erfahrungsgemäß eine Voll-Unterkellerung mit ebenso zahlreichen Räumen wie in den überirdischen Geschossen. Das gibt viele Möglichkeiten zum Aufenthalt. Zugänge gibt es durch ein Treppenhaus im Erdgeschoss aber auch auf beiden Seiten mit einem Niedergang. Hmh, die lassen sich bestens sichern. Haben die bestimmt gemacht. Würde Lärm machen, da was zu versuchen. Ich geh' über die Haupttür rein.>> Ray huschte zügig zum Eingangsportal. Mit seinem Lockpicking-Besteck öffnete er die Tür absolut geräuschlos. Seine Augen gewöhnten sich an die Dunkelheit. Direkt gegenüber dem Eingangsbereich befand sich das Treppenhaus. Das Sturmgewehr über der Schulter und beide Revolver in den Händen bewegte er sich sachte die Stufen hinunter. Die Füße zart abrollend, vermied er, mit seinen Stiefeln auch nur die geringsten Auftrittgeräusche zu erzeugen. Kurve. Unten angekommen. Links geschaut. Rechts geschaut. Funzelige Notausgangs-Beschilderung spendete dem Flur minimales Licht. Horchen.

Nichts. Warten. Horchen. Jetzt, da sich auch Rays Ohren an die Stille gewöhnt hatten, begann sein Sinnesorgan, auch leiseste Töne zu vernehmen. Kaum wahrnehmbares Stimmengemurmel von links. Vorsichtige Schritte in die Richtung. Horchen. Das Stimmengemurmel wurde deutlicher. <<Die Scheißkerle sitzen hier in einem fremden Land, halten sich hier tagelang auf, langweilen sich. Einer wird in dem Raum mit der Geisel sitzen, die anderen drei halten sich höchstwahrscheinlich in einem Raum auf, schauen ihr Heimat-Fernsehprogramm, hören Radio oder so ein Mist.>> Ein paar Schritte weiter. Ohr an der Tür. Nichts. Nächste Tür. Ohr an der Tür – Volltreffer. Ray lotete seine Chancen aus. <<So, Ihr Arschlöcher, hier verkriecht Ihr Euch also. Hmh, wenn ich jetzt hier reinplatze, habe ich das Überraschungsmoment, kann aber nicht alle auf einmal wegpusten. Einer kann seine Waffe ziehen und mich weghauen – das ist schlecht. Hey, ich habe eine Idee. Die haben Licht in ihrem Raum an, hier auf dem Flur ist es saudunkel.>> Ray fummelte sein Handy raus.

Cullan stellte die Lautstärke des Klingeltons auf das Maximum und legte sein Handy etwa zehn Meter von der Tür entfernt auf den Boden. Dann ging er auf die andere Seite der Tür, ebenfalls wieder circa zehn Meter entfernt und legte sich flach auf den Boden. Er legte die beiden Revolver rechts und links vor sich und nahm das M-16-Sturmgewehr in Anschlag.
„TINGELINGELINGELING“ – das laute Geräusch zerfetz-

te die Stille in dem dunklen Flur.
„TINGELINGELINGELING“ – Stühle fielen in dem Raum zu Boden. Die Tür knallte nach innen auf, zwei Typen mit Handfeuerwaffen stürmten aus dem Raum – nach rechts – Richtung Handy.
„TINGELINGELINGELING“ – die Männer konnten nichts sehen, nur das Licht des Handys. Sie feuerten in Richtung des Handys – Schüsse gellten durch den Raum. <<Ihr Vollidioten…>> In aller Ruhe zog Ray seinen Finger am Abzug durch: KAPOWWWWWW – Eins erledigt! KAPOWWWWWW – Zwei erledigt! Die Körper flogen, gepeitscht durch die extreme Wucht der Geschosse auf die kurze Entfernung, noch mal zwei Meter weiter nach hinten, die Männer landeten, schon mausetot, mit den Gesichtern auf dem Beton. Klatsch Klatsch, das Aufprallgeräusch der Körper, dazu das metallische Geschepper der heruntergefallenen Handfeuerwaffen beendeten diese Sekunde.
<<Häh??? Wo bleiben die anderen zwei? Hey, wo bleiben die?>> Nichts. Keine weiteren Entführer. <<Da is‘ Geballer, da kommen zwei Kumpels nicht zurück, da schau‘ ich doch wenigstens mal nach. Halloooo, wo bleibt Ihr Arschlöcher?>>
„Hilfeeeeee – holt mich hier raus…“
Der Schrei der jungen Frau schloss sich an den Kugelhagel an.
„Holt mich hier raaaaaaaaaaauuuuus. Hier, hier bin ich…“
<<Ich muss ruhig bleiben. Das Mädel schreit noch. Dann ist niemand bei ihr, der ihr schaden kann. Also wird sie nicht direkt bewacht. Heißt: Da sind noch Drei und Vier, anscheinend nicht im selben Raum. Ich bleib‘ cool. Hier ist ein gutes Plätzchen.>> Keiner der herausgestürmten Entführer

hatte das Licht im Flur angeschaltet. Ray entschied, die Dunkelheit weiter zu seinem Vorteil zu nutzen. Er blieb auf dem Boden liegen, das Gewehr im Anschlag.

„TINGELINGELINGELING“ <<Komm‘ Junge, lass‘ weiter klingeln. Leg‘ nicht auf.>>

„Hey, hier bin ich, hier…“ Das Mädchen rief immer noch.

<<Gut so Mädel, schrei‘ weiter…>>

Ganz hinten, am Ende des Ganges sprang jetzt endlich wieder eine Tür auf. Zwei Männer stürmten heraus, einer schlug im Vorbeilaufen auf den Lichtschalter, eine Neonröhre nach der anderen zündete mit einem dumpfen Brummton <<Uh oh!>> und erhellten den Flur.

KAPOWWWWWW – Drei erledigt!

KAPOWWWWWW – Vier – Der Mann rannte weiter – NICHT ERLEDIGT – und schoss zurück. Der Albaner ortete das Mündungsfeuer und schoss auf den liegenden Kommissar. Ray musste schnell reagieren, stellte auf Dauerfeuer und schoss sein Magazin leer. Eine ohrenbetäubende Salve entlud sich. Im Lauf klatschte der vom Kugelhagel getroffene Entführer durchsiebt auf den Boden. Aus allen Löchern schoss das Blut nur so aus ihm heraus, es bildete sich innerhalb von Augenblicken eine Blutlache unter dem Mann.

Stille. Ray blieb liegen, fummelte Nachschub aus seiner Manteltasche, wechselte das Magazin am Gewehr. Warten.

„Hilfe, ich bin hier, hallooooooo…“ Ein weiterer Hilferuf von dem panisch klingenden Mädchen.

<<Ok, sicher.>> Ray stand auf, steckte sich einen Revolver in den Hosenbund, schulterte das Maschinengewehr und nahm den anderen Revolver in seine rechte Hand. Er ging zu der Tür des Raumes in dem sich das Mädchen befand...

“Hi junge Frau, Ray Cullan von der Polizei hier. Ich öffne

jetzt die Tür.“ … und ließ mit seinem Lock-Picking-Besteck das Schloss aufspringen. Die Tür ging auf. In der Ecke stand die Geisel – Victoria von Litzewitz.

„Oh endlich,…“, wimmerte das ausgehungerte Mädchen. „… haben Sie die Typen erledigt? Das war ja ein schreckliches Geknalle.“

„Ja, alles in Ordnung. Ich bin Ray Cullan. Polizei Schleswig.“

„Ich bin Victoria. Victoria von Litzewitz. Aus Düsseldorf. Wo sind wir hier? In Schleswig? Häh? Das ist ja gleich um die Ecke von…“

Sie fiel dem Kommissar in die Arme.

<<Puhh.>> Das Mädchen roch etwas streng. Klar, nach zehn Tagen ohne Bekleidungswechsel war das zu erwarten. Ray spürte den ausgemergelten Körper in seinen Armen. Sie wollte ihn gar nicht loslassen, drückte ihn immer noch ganz fest.

„Ok Victoria, Du bist in Sicherheit, lass‘ uns hier abhauen. Bleib‘ dicht hinter mir.“

Ray sammelte Handys und Schusswaffen ein, durchsuchte kurz den Aufenthaltsraum: Matratzen, Mülltüten, ein paar Elektrogeräte, Kartons mit Lebensmitteln. Nichts Wichtiges dabei. Genauer würden das die Jungs von der Spusi machen.

Die junge Frau im Schlepptau, einen Revolver im Anschlag verließ Ray das Gebäude wieder durch den Haupteingang schnellen Schrittes zu seinem Wagen.

Im Tesla rief Ray Bert Berger an.

„Hi Bert, bereit für gute News?“

„Hi Ray, was gibt’s? Muss ich mich wieder aufregen?“

„Na ja, teils-teils,…“ Ray musste schmunzeln. „… die gute Nachricht: Ich habe eine weitere Geisel befreit…“

„NOCH eine Geisel???“
„… Ja, aber leider nicht ohne Opfer. Es gab hier eine Schießerei – vier tote Entführer.“
„Ich will mich nicht aufregen. Also hier meine Frage: Ließ sich das irgendwie vermeiden?“
„Äh… nö.“
„Ok,…“ Berger resignierte. „… wo soll ich die Kollegen hinschicken?“
„Auf die Freiheit, das ehemalige Bundeswehr-Gebäude ganz außen, ich sende Dir eine Positionsmarke per E-Mail.“
„Eine was?“
„Eine Geo-Position, da kannst Du punktgenau sehen, wo Du hinmusst. Hat mir mein Nachbar gezeigt.“
„Ok, alles klar, ich fahr‘ gleich ins Revier und trommel‘ die Leute zusammen. Muss ich irgendwas beachten?“
„Ja. Hier, das war die Düsseldorf-Gruppe, bestehend aus vier Männern. Die sind erledigt. Aber da ist immer noch die Berlin-Gruppe, mit den restlichen verbliebenen drei Komplizen. Ich habe keine Ahnung, wo die stecken, die müssen aber hier in der Nähe sein, die haben die Leiche ihrer Geisel in Eckernförde abgelegt. Also nimm‘ zur Sicherheit ein SEK mit, falls die Typen den Ort aufsuchen oder da auftauchen. Ansonsten – vier Blechsärge.“ Ray legte auf seinem Handy eine Ortsmarke präzise auf dem Gelände fest und schickte diese seinem Chef per E-Mail.
„Ok, bring‘ die junge Frau ins Revier. Ich ruf‘ den Wachhabenden an, dass Du kommst und dass ein Betreuer vom Jugendamt rauskommt.“
„Geht klar. Dr. Heldt rufe ich gleich dazu. Ray Ende.“
„Kann ich bitte Ihr Handy haben und meine Eltern anrufen?“, bat das Mädchen.

„Ja selbstverständlich. Hier, es ist entsperrt, kannst direkt wählen."
Während Victoria ihre Eltern anrief, steuerte Ray über die Pionierstraße in Richtung McDonalds und bestellte am Drive-In-Schalter vier Burger und eine Cola. Sie weinte immer wieder während des Telefonats, es sprudelte aus ihr heraus. Freude und Heulen wechselten sich ab. Sie legte auf und schaute Ray dankbar an.
„Meine Eltern fahren sofort los und holen mich ab."
„Prima. Gut so. Hier Kleine, iss erst mal was."
„Hmh, ist zwar nicht meine bevorzugte Nahrung, aber danke, ich habe einen sehr großen Hunger…" Das Mädchen verschlang alle Burger und vertilgte das Getränk in einem Zug. Sie konnte es nicht verhindern, sie musste ungewollt kräftig aufstoßen.
„Entschuldigen Sie bitte, aber das tat gut." Ein erstes zögerliches Lächeln zeichnete sich auf ihrem Gesicht ab.
„Bis Deine Eltern da sind, wird das vier bis fünf Stunden dauern. Ich bringe Dich jetzt ins Polizeirevier, da wird ein Arzt sein, der Dich, wenn Du zustimmst, untersuchen wird. Dazu ein Jugendamtsmitarbeiter, der Dich betreut, bis Deine Eltern da sind. Meine Kollegin Gesa wird Deine Aussage aufnehmen. Erzähl' ihr bitte alles, was Du mitmachen musstest. Jedes Detail ist wichtig. Sie wird eine Tonaufnahme machen, da kannst Du frei reden, das analysieren wir dann hinterher. Hier, ich schreib' Dir noch meine Handynummer auf…" Ray reichte ihr seine Zigarettenschachtel und notierte darauf seine Nummer. „… Du kannst mich jederzeit anrufen. Bitte melde Dich bei mir, wenn Du wieder zuhause bist, dann schnacken wir mal in Ruhe."
„Schnacken?"

„Das ist norddeutsch, sorry,…“ Ray lachte. „… bedeutet ‚Reden‘. Wir reden dann mal in Ruhe.“
Unterwegs, aus dem Auto heraus, rief Ray noch seinen Lieblingsarzt Dr. Heldt an und bat ihn, sich das Mädchen anzusehen.

Im Revier angekommen, übergab er Victoria an seine Kollegin Gesa.
„So Victoria, das hier ist Gesa, die wird jetzt die ganze Zeit an Deiner Seite bleiben. Gleich kommt noch jemand vom Jugendamt und unser Arzt Dr. Heldt wird auch gleich hier sein. Bis Deine Eltern da sind, wirst Du hier bestens umsorgt. Ich muss los. Ich wünsche Dir alles Gute.“
Victoria drückte Ray noch einmal zum Abschied, der Kommissar rauschte ab.

Zuhause angekommen, versteckte Ray den Tesla wieder in der Garage in der Feldstraße, beließ die Waffen im Kofferraum und schlurfte müde zu seiner Wohnung in der Villa. Im ersten Stock bog er im Treppenhaus um die Ecke und – da saß eine Frau auf der Treppe vor seiner Wohnung.
„Marie-Charlotte!“ Ray war positiv überrascht. „Halloooo.“ Die Müdigkeit war wie weggeflogen.
„Hi mein Starker. Mein Mann ist heute arbeiten, hast Du Zeit für mich?“, strahlte die schmucke Blondine ihn an.
„Ja klar, komm‘ rein. Ich hatte heute einen heftigen Tag, aber das ist eine wunderbare Überraschung, ich freue mich riesig. Magst Du was trinken?“
„Gerne, aber mach‘ Dir keinen Stress. Lass‘ uns einfach nur bisschen Kuscheln. Wenn Du willst, kann ich heute Nacht bei Dir bleiben.“ Marie-Charlotte strahlte Ray mit einem

entwaffnenden Lächeln an. Der leistete keine Gegenwehr „Oh ja, das kann ich jetzt richtig gut gebrauchen.“ Ray köpfte zwei Biere und nahm die Frau direkt mit ins Schlafzimmer. „Ja, ich glaub‘ Kuscheln heute ist ok, ich bin total platt.“ Er ließ sich bereitwillig von der Frau sein Hemd ausziehen.
„Oh schau‘ mal, Du hast hier ein Loch in Deinem Hemd Du Schlumi, das musst Du mal… OHHHH HEY, WAS IST DAS DENN???“ Sie hob den Stoff des Hemdes an und erschrak. „Hey Ray, Du… blutest hier am Rücken, Du… oh heftig, das ist ja… Ray… was ist Dir denn hier passiert???“ Ray fasste sich an die Stelle – klitschnass und blutgetränkt. „Oh, gar nicht gemerkt…“ Das weiße T-Shirt unter dem Hemd wies eine kuchentellergroße, ebenfalls blutgetränkte Stelle auf.
„Oh…“ Marie-Charlotte wurde hektisch. „Komm‘, lass‘ mal sehen.“ Sie zog ihm das Hemd aus, hob das T-Shirt hoch und eine blutverklebte Verletzung trat zum Vorschein. Ein Streifschuss am Rücken. Ein Projektil hatte seinen Körper in Höhe der Nieren getroffen, als Ray in dem Keller auf dem Boden lag und der letzte der vier Entführer das Feuer auf ihn eröffnete. Die Kugel war weit genug in das Fleisch eingedrungen, um aus der Wunde Blut austreten zu lassen, aber nicht so tief, dass Ray die Verletzung bemerkt hatte. Bei dem Schusswechsel sorgte der Adrenalinschub zusätzlich dafür, dass der Kommissar nichts gespürt hatte.
„Oh Mist, dann muss ja auch in meinem Mantel ein Loch sein.“
„Wenn das Deine einzige Sorge ist... Leg‘ Dich mal auf die Seite, das muss verarztet werden.“ Sanft drückte sie ihn aufs Bett.

„Schau‘ mal im Bad im Schrank, da muss Verbandszeug liegen.“

Flott holte seine blonde Schönheit Mullbinden und Kompressen, desinfizierte und verband die Wunde. „Ray, woher hast Du das?“, fragte sie besorgt.

<<Oh verdammt, was soll ich denn jetzt sagen? Soll ich ihr erzählen, dass ich bei der Polizei bin? Hmh, nicht so gut, das kommt bei Mädels gar nicht an. Dass ich ein harter Kerl bin, das weiß sie ja, seit damals, der Schlägerei beim Stadtfest. Nee, das sag‘ ich lieber nicht. Und das mit der Schießerei? Uiuiuiui, lieber auch nicht. Wer findet denn sowas gut? Ähm, ich denk‘ mir was aus…>>

„Weißt Du was? Das muss passiert sein, als ich über den Zaun geklettert bin, ich dachte, ich bin nur hängen geblieben, aber da muss ich mir wohl irgendeinen Zinken reingejagt haben. Nich‘ gemerkt. Mir tut das auch nicht weh,…“

Er fasste sich lachend an seine Speckringe um die Hüfte. „… is‘ ja gut gepolstert…“

Sie schien ihm zu glauben, quittierte seine Antwort wieder mit einem umwerfenden Lächeln. „Kannst Du denn jetzt überhaupt…?

„Ja logen, komm‘ her Goldstück.“ Er küsste seine Krankenschwester leidenschaftlich. Die beiden verschlangen sich ineinander, die Nacht war gerettet…

Tag 8 – Mittwoch

Guten Morgen mein Zaunkletterer, lass‘ mal sehen, was Deine Wunde macht…“ Die nackte Marie-Charlotte weckte den ebenfalls nackten, aber mittig einbandagierten Kommissar zärtlich und sah nach der Wunde. „Das werde ich wechseln. Leg‘ Dich mal auf die Seite.“ Der blonde Überraschungsgast verband die Hüfte mit neuen Kompressen an der Streifschuss-Wunde.
„Komm‘, leg‘ Dich wieder zu mir…“
„Musst Du gar nicht zur Arbeit heute?“
„Genauso wenig wie Du…“ Ray zog Marie-Charlotte wieder zu sich ins Bett. „Ich fang‘ heute später an…“

Erst gegen elf Uhr machte sich Cullan auf dem Weg zum Revier. Unterwegs schossen ihm ein paar Gedanken durch den Kopf.
<<Ahhhh, herrlich. So kann ein Tag beginnen. Das ist aber auch eine Süße. Tolle Idee, mich einfach zu besuchen. So eine tolle Frau… He Moment mal, was ist denn mit Carola? Hach herrje, jetzt hatte ich mich doch gerade irgendwie in Carola verliebt. Oh verdammt, und Kirsten kommt mich ja auch noch ab und zu besuchen. Uiuiuiuiui, das ist nicht gut. Marie-Charlotte – Klasse-Frau – aber – verheiratet. Ja genau, Marie-Charlotte ist ja verheiratet. Ich bin ja quasi nur ihr Verhältnis. Ich bin ja frei. Carola – hmh, eigentlich hätte ich Marie-Charlotte nach Hause schicken müssen, aber hey – die ist soooo süß. Also, wenn das mit Carola und mir klappt, darf ich die anderen beiden nicht mehr treffen. Das wär‘ fies.>>

Ray betrat das Revier, Bert Berger kam ihm schon total übermüdet und mit dicken Rändern unter den Augen, entgegen, die schusssichere Weste noch unter seiner Polizeijacke.
„Ray, gut, dass Du endlich da bist. Briefing-Raum, die anderen warten schon.“
Die komplette Mannschaft war zusammengekommen, Berger startete.
„So Leute, nachdem unser guter Ray gestern wieder ein Blutbad veranstaltet hat, haben wir aufgeräumt. Die Bestatter haben die vier Albaner in die Pathologie gebracht, Heldt ist noch dabei, sie zu untersuchen, aber tot bleibt tot, ich erwarte auch sonst nichts Weltbewegendes von dem Ergebnis. Dass das Notwehr war…“ Er schaute rüber zu Ray. „… davon gehe ich einfach mal aus…“ Cullan nickte zustimmend. „Wir haben das Versteck auseinandergenommen – keine Hinweise auf die Gruppe aus Berlin, Drahtzieher oder sonstige Verbindungen. Zwei Mann von uns haben sich dort noch versteckt. Falls da was passiert, bekommen wir das mit. Ansonsten nur die üblichen Hinterlassenschaften eines sorgfältig geplanten Aufenthalts. Die hatten alles dabei. Lebensmittel, Duschzeug, Handtücher, Tüten und so, um den Müll zu entsorgen, Getränke. Volles Programm. Das Besondere: keine Handys…“ Ray schielte verstohlen auf den Boden. „… das heißt, dass die ohne Kommunikation ihren Plan durchgezogen haben.“ Er wendete sich einem seiner Kollegen zu. „Fischer, was haben wir Neues von Meinheim?“
„Also, ich hab den Mann noch mal richtig umgekrempelt. Seine Frau Beate, immerhin elf Jahre jünger als er, hatte die Kohle in der Beziehung. Mit den Immobilien lief es hier wohl nicht soo gut. Ich hab‘ ein paar von seinen Nachbarn

abgeklappert, Ihr glaubt es nicht, einige von denen konnten sich nicht zurückhalten, mir aufzutischen, dass Meinheim sogar Schulden bei ihnen hatte. Bei den Nachbarn – krass."
Ray schaltete sich ein: „Kann ich ergänzen. Bei dem ‚Fährhaus Missunde', wo die Trauerfeier stattfand, hat er 'nen richtig heftigen Deckel."
Fischer fuhr fort. „Er schien nicht besonders beliebt gewesen zu sein. Wo man auch hingehört hat, kaum ein gutes Wort. Aber um die Frau, um die tat es vielen Leid, dass sie ermordet wurde. Sexmäßig konnte ich nichts rausfinden."
„Fischer... das meinte ich doch nicht wörtlich. Seine Frau ist erst ein paar Tage unter der Erde…"
„Kröger. Fellbach."
Kollege Kröger stand auf, zückte seinen Notizblock. „Also ich bin immer noch hin und weg. Wenn man den Leuten glaubt, mit denen ich gesprochen habe, muss der Fellbach sowas wie ein Messias gewesen sein. Nachbarn, Mitarbeiter, Patienten, alle schwärmen von ihm in den höchsten Tönen und sind tieftraurig, dass er tot ist. Seine Klinik läuft super, in der Gemeinde ist er ein geschätztes Mitglied, hat immer viel gespendet und so. Keiner kann sich einen Reim darauf machen, wie das passieren konnte. Fazit: beliebt und ohne Geldsorgen. Seine Frau hat sich total zurückgezogen. Die ist nur noch in ihrer Wohnung und trauert."
„Die Verbindung zwischen den beiden Paaren?" Berger nickte Gesa, Jasmin und Marlies zu.
Marlies übernahm. „Die beiden Paare kennen sich seit ungefähr drei Jahren. Wir haben in der Presse Hinweise darauf gefunden, dass beide Männer in einer Rotte der Altstädter St. Knudsgilde sind… und äh… waren. Diverse Bälle, Schützenfeste, soziales Engagement. Die vier waren ganz

dicke miteinander. Naja, und dann hat ja der Fellbach der Meinheim auch die Brüste gemacht. Sehr gut, nebenbei bemerkt…“ Marlies lachte schelmisch. „… und keine Hinweise auf Zoff zwischen den Vieren. Fazit: peaceful und harmless.“

„Haben die Trupps von den Tatorten was Neues?“

Bachmann stand auf. „Wir haben alles noch mal umgekrempelt. Oben, in der Halle in St. Jürgen, haben wir Reifenspuren von zwei verschiedenen Fahrzeugen gefunden. Neue Fahrzeuge. Passt dazu, dass es Mietwagen waren. Den Touran haben wir im Lollfuß gefunden, aber von dem zweiten Fahrzeug keine Spur…“ Ray schielte wieder verlegen auf den Boden. „… im Lollfuß, in der kleinen Wohnung, die gleichen Spuren wie in der Halle und in dem Haus auf der Freiheit: das generalstabsmäßig organisierte Zeugs für einen längeren autarken Aufenthalt, ohne die Stätten verlassen zu müssen. Oben bei der Halle, klar, da ist sonst niemand und das ist zu weit weg von dem Mc Donalds zum Beispiel. In allen anderen benachbarten Industrieobjekten, wie VW oder BMW, ist um 18:00 Uhr Feierabend. Aber im Lollfuß konnten wir Nachbarn befragen. Und jetzt haltet Euch fest: Keiner hat was bemerkt, die dachten alle, die Bude steht noch leer. Erst nach der Schießerei…“ Bachmann drehte sich zum grinsenden Ray. „… haben die mitgeschnitten, dass sich da Leute aufgehalten haben. In der Schubystraße war das was ganz anderes. Das sah irgendwie spontan aus. Klar, die hatten Zeugs dabei, mit dem sie Ray und die anderen beiden gefesselt hatten, aber keine Hinweise auf einen längeren Aufenthalt mit Handtüchern und so.“

„Das waren die Vier aus Bremen. Die sind zur Unterstützung dazugestoßen“, warf Ray ein.

„Ah ok, das macht dann Sinn. Fazit: zwei bestens organisierte Gruppen, eine Eingreiftruppe."
„Gute Arbeit Leute,…" Berger schaute in die Runde. „… Victoria ist gestern Nacht noch von ihren Eltern abgeholt worden. Die haben sich eine Suite im ‚Waldschlösschen' genommen, wollen heute abreisen. Müssen wir das Mädel noch mal befragen?"
„Nein, nicht nötig,…", antwortete Gesa. „… ich habe ihre Aussage auf Band. Das Mädel war in Anbetracht der Lage verdammt cool. Sie konnte uns gute Informationen geben: ihren Aufenthalt in Düsseldorf, die Fahrt hierher, wie sich die Typen verhalten haben. Der Aufenthalt in Schleswig. Was alle drei Mädels gemeinsam haben: Die Entführer waren zwar brutal, klar, es gab dazu einige sexuelle Übergriffe, aber alles in allem wurden sie irgendwie sorgsam behandelt. Die Miriam Kleber aus Rendsburg hatte ja Angst, dass sie vergewaltigt wurde, aber das hat sich nicht bestätigt. Alle haben Essen und Getränke bekommen. Man kann sagen, dass waren ‚ordentliche' Entführer. Als wenn den Mädchen nichts passieren durfte."
„Aber warum wurde eines der Mädels getötet?"
„Weil die Übergabe des Lösegeldes schiefgelaufen ist."
„Ok,…", beendete Berger das Meeting. „… dann lasst uns jetzt die Identitäten der Albaner klären. Damit wir den Sack zumachen können. An die Arbeit."
Die Polizisten verließen den Raum, jeder in seinen Bereich. Ray saß erst noch auf seinem Stuhl und grübelte. Irgendetwas ließ ihn nicht zur Ruhe kommen.
„Ray…" Berger stand in der Tür.
„Ach nichts, ich muss noch mal los."

Ray hatte einen Geistesblitz. Er wuchtete sich in seinen Monza und fuhr die Flensburger Straße hoch zu ‚Nordland-Computer‘.

„Horst, wenn man so Handydaten auslesen will, da braucht man doch so ein Kartenleser-Dings…“
Horst hielt in Nullkommanix eine Blisterpackung hoch
„Hab‘ ich hier.“
„Nehm‘ ich.“

Ray fuhr in die Feldstraße zum Tesla in seiner zweiten Garage. Aus dem Regal holte er den Beutel mit den Handys aus der Schubystraße, packte die Handys von dem Bundeswehrgebäude dazu und fuhr zum Wiking-Hafen.
Er stieg aus, auf seinem Weg über den Steg blinkte sein Handy zwei Mal auf und zeigte die Kamerabilder von sich selbst, wie er in die Sackgasse zum Hafen einbog und wie er den Steg betrat <<Geile Technik>>.
Blinky erwartete ihn schon wieder am Hausboot.
„Wirf das Notebook an. Es gibt Arbeit.“
Blinkys Augen glänzten erwartungsvoll.
„Hier, pass auf…“ Ray schüttete die Handys auf den Bistrotisch. „… ich hab‘ Dir so ein Kartenleser-Dings mitgebracht. Kannst Du die SIM-Karten auslesen und irgendwie Hinweise auf die Berlin-Jungs finden?“
Blinky machte freudvolle Augen. „Ja klaaaaaar, das ist doch so viel einfacher. Wieso hast Du mir die nicht eher gegeben?“
„Das fiel mir heute Morgen ein. Beim Briefing berichteten meine Kollegen, dass die keine Handys gefunden haben. Wie denn auch?...“ Ray lachte. „… Die hab‘ ich doch alle

eingesackt. Wer weiß, wo die bei uns gelandet wären, mit all‘ dem Bürokratie-Firlefanz: hier Staatsanwalt, dort richterlichen Beschluss für Handy-Überwachung und so ein Mist. Ich dachte mir, mein schlauer Blinky, der kann das doch viel besser.“

„Ja logen,…“ Der Junge friemelte die SIM-Karten aus den Slots, verband den Kartenleser mit seinem Notebook und steckte die erste Karte ein. „… da lass‘ ich eine gecrackte Spy-Software drüberlaufen, analysiere mit meinem Feld-Erkennungsprogramm die ‚Active Areas‘ und die ‚Used Cells‘ und mit einem selbstgeschriebenen Algorithmus, crosse ich die Lines…“ Der Junge war wieder voll in seinem Element.

„Is‘ ja gut Kleiner, ich versteh‘ mal wieder nix, hau‘ einfach rein. Pronto. Schreib‘ mir, wenn Du was hast. Ich muss los.“ Mit einem Blick zu Carola verabschiedete sich der Kommissar. „Ich schau‘ nachher noch mal rein bei Euch.“

Im Auto wurde erst mal eine Marlboro angezündet. Cullan fuhr los. Seine Gedanken formierten sich.

<<Hmh, es stimmt, was Gesa gesagt hatte. Alle entführten Mädchen wurden irgendwie gut behandelt. Sorgsam. Die Mädchen – alle ein Alter. Aber hey, Kiel, Rendsburg, Eckernförde, Düsseldorf. Da hängt doch nichts zusammen. Dazu die Albaner. Warum Albaner? Es gibt hier so viele kranke Typen, die paar Mädels entführen könnten. Ausgerechnet Albaner. Rücksichtslose Typen, zu allem fähig. Die holen sich die Mädels, bleiben aber hier in Deutschland. Sind bestens organisiert. Vorbereitet. Für einen langen Aufenthalt. Halten die Füße still, verkriechen sich, bleiben in der Versenkung. Mega-bewaffnet. Vernetzt. Ich hab‘ die Kohle von denen eingesackt, die müssen doch einen Hals

haben. Ok, die meisten sind ja tot…>> Ray schmunzelte rauchend. <<... Aber der Rest von der Berlin-Gruppe. Die haben ihr Lösegeld für Luise Drescher nicht bekommen. Haben also keinen Grund, das Land zu verlassen. Verflucht, die MÜSSEN hier sein. Und Blinky MUSS was finden, wir brauchen mehr Hinweise…>>

<<!!!!!!!!!!>>

<<DASS ICH DA NOCH NICHT
EHER DRAUF GEKOMMEN BIN!!!>>

Cullan beschleunigte seinen alten Monza und schoss durch die City, an der Tanke unten am Schloss vorbei, die Flensburger Straße weit hoch, in die Gildestraße, durch den Hasenberg in den Igelpfad.
<<Miller, Du bist jetzt fällig.>> Cullan klingelte bei dem Bengel, der mit seinen Buddys Blinky das Handy geklaut hatte. Der Miller-Junge öffnete die Tür und wurde weiß wie ein Joghurt.
„Oh Scheiße, Herr Kommissar, ich hab‘ nichts gemacht – ehrlich.“ Angstschweiß kann sehr schnell durch die Poren dringen.
Ray schubste den Jungen ins Haus. „Ich weiß Kleiner. Das will ich Dir auch geraten haben. Du erinnerst Dich an unsere Abmachung.“
„Ja klar Chef, kein Bad People mehr.“
„Sehr gut…“ Cullan packte den Jungen am Hals. Seine kräftige Hand schraubstockte den Jungen, der jetzt in der Luft hing. „,… Dein Kumpel, Atium Bogdansky... wo wohnt der?“ Total erschrocken, überrollt, aber auch ein bisschen

erleichtert, dass es nicht um ihn ging, rückte Miller mit der Sprache raus.
„Der äh, röchel…“ Ray stellte den Jungen auf den Boden.
„… wohnt in der Erikstraße. Ja, Erikstraße 105, in dem vierten Block, gegenüber vom Holzredder. Erstes Haus, gleich unten rechts.“
„Sauber, geht doch. Vielen Dank…“ Ray tatschte Miller lobend auf den Kopf. „… und immer schön brav bleiben…“
Cullan dampfte wieder ab und ließ einen Joghurt-Jungen zurück, in den nur langsam wieder Farbe ins Gesicht zurückkehren würde.

Einmal von Schleswig-Nord nach Schleswig-Süd, parkte Ray seinen Monza auf einem der Stellplätze entlang der Erikstraße. Hier, im Stadtteil Friedrichsberg, tummelten sich viele Nationalitäten. Darauf setzte der Kommissar seine Hoffnung. Er klingelte bei Bogdansky. Der Ton des elektrischen Öffners ließ die Tür aufspringen. Gleich unten rechts, am Ende des Flures ging eine Tür auf und eine stark geschminkte Frau um die vierzig schielte in den Flur.
„Polizei Schleswig... ich muss zu Ihrem Sohn.“ Ray hielt auf dem Weg zu der Wohnung seinen Dienstausweis hoch.
„Atiuuuuuuuuuuuuuum…“, kreischte die Mutter in die Wohnung. „… was hast Du angestellllllllt????“ Ray betrat die Wohnung. Der dunkle Flur wurde erhellt von dem Licht, das durch die sich öffnende Tür des hinteren Zimmers durchdrang. Ein verschlafener Kopf lugte heraus.
„Oh Scheiße!“ Die Tür knallte wieder zu.
„Entspann‘ Dich Junge, ich will nur mit Euch reden.“
„Kommen Sie bitte herein Herr Kommissar. Darf ich Ihnen was zu Trinken anbieten? Haben Sie schon gegessen? Ich

habe ein schönes russisches Gulasch gekocht. Mit Kartoffeln... und Bohnen.“ Die Frau zeigte ihm mit der Hand den Weg ins Wohnzimmer.
„Na, da sage ich nicht nein. Sehr gerne Frau Bogdansky.“
Im Wohnzimmer saß der Vater auf dem Sofa. Gekleidet in Jogginghose, Unterhemd und barfuß in den Badelatschen, bildete er das optische Gegenstück zu seiner Frau, die, gekleidet im Minirock und halbtransparenter Bluse, in ihren High-Heels in der Küche verschwand. Ein leckerer Duft strömte durch die Wohnung. Es standen schon drei Teller auf dem Wohnzimmertisch – Essenszeit.
„Moin Herr Bogdansky. Ich will nur kurz stören…“
„Hat mein Sohn was ausgefressen?“, war auch seine erste Frage.
„Nein, alles in bester Ordnung. Ich habe nur ein paar Fragen.“
Frau Bogdansky stöckelte gekonnt ins Wohnzimmer, einen Teller und Besteck in den Händen. „Hol‘ Wodka. Sie trinken doch einen mit oder?“
„Klar, gerne.“
Die Frau wirbelte durch die Wohnung, Töpfe und Schüsseln landeten auf dem Tisch und ehe er sich umsah, standen drei Gläser und eine Flasche Wodka auf dem Tisch. Ray konnte kaum seinen Blick von den großen, wippenden Brüsten im Spitzen-BH unter der halbtransparenten Bluse lassen, konzentrierte sich aber zur Sicherheit auf die Wodka-Gläser, die... schon gefüllt waren.
Während Frau Bogdansky die Teller füllte, kam Atium, ebenfalls in Jogginghose, Unterhemd und Badelatschen, in den Raum geschlurft. Etwas ängstlich dreinblickend, wusste der so gar nicht, was ihn hier erwartete.

„Moin Junge, na, alles klar bei Dir?“
„Äh ja, alles klar.“
„Ich muss mal mit Euch schnacken…“
Die Teller füllten sich mit Bergen aus Bohnen, Kartoffeln und Gulasch.
„Guten Appetit Herr Kommissar. Bitte, essen Sie…“
Ray probierte das Gulasch. „Oh, Frau Bogdansky, das schmeckt ja wunderbar, ganz vorzüglich…“
Die Köchin strahlte in die Runde, Herr Bogdansky ließ die Wodka-Gläser klingen „Nasdarowje“ und kippte das halbe Glas.
Die Leute erstaunten Ray immer mehr, aber irgendwie fühlte er sich hier sauwohl. „Ich habe mal eine Frage, vielleicht können Sie mir hier helfen. Also, ich habe einen Fall, bei dem etwas sehr Seltsames passiert ist.“
Ray beschrieb die Todesopfer aus dem Dom und das entscheidende Detail: die jeweils auf brutalste Art und Weise herausgezogenen Zähne. Die, ohne Narkose, mit groben Werkzeugen ausgeführten folterartigen Resektionen, bei denen das Zahnfleisch kaum wiedererkennbar zerstört wurde und bei denen ein Schlachtfeld im Mund hinterlassen wurde. Das Ganze mit massiver körperlicher Gewalt, beendet mit einem Schuss in den Kopf. Frau Bogdansky schauderte – und goss sich darauf auch erst mal einen Wodka ein.
„Das ist ja schrecklich. Wer macht den sowas?“
Ihr Mann hob eine Augenbraue. „Also ich habe ja schon viel gesehen. Auch im Krieg. Oder von den Erzählungen von Kriegsheimkehrern. Aber sowas. Nein.“
„Bei einem der Opfer waren Albaner die Täter…“
„Albaner?“, stutzte Bogdansky, „Herr Kommissar, wir kommen aus Russland. Aus der Nähe von Wolgograd, das ist

über tausend Kilometer von Albanien entfernt und da ist auch noch das Schwarze Meer dazwischen."

Ray war enttäuscht <<Ah, nicht nachgedacht. Leider daneben…>>

„Aber… hier im Haus wohnen Albaner. Vielleicht können die was dazu sagen."

Ray horchte auf. „Können wir da mal hin?" Ray putzte sich satt die Mundwinkel ab.

„Ja, aber erst gibt es Nachtisch." Frau Bogdansky sprang auf und flog auf ihren hohen Absätzen in die Küche.

„Oh ja, Herr Kommissar, den müssen Sie probieren. Eine Karamell-Creme mit gekochten Birnen – ein altes Familienrezept meiner Frau."

„Ja dann…"

Wie durch ein Wunder waren die Teller, Töpfe und Schüsseln verschwunden, auf dem Tisch standen schon die riesige Schüssel mit der Nachspeise sowie kleine Schüsseln für jeden. Frau Bogdansky füllte dem Kommissar gefühlt ein Kilo Creme ein.

Zum Abschied bedankte sich Ray: „Vielen lieben Dank für Ihre Gastfreundschaft und das vorzügliche Essen."

Frau Bogdansky platzte vor Stolz und ihre weißen Zähne blitzen zwischen den üppig mit knallroter Kosmetik bedeckten Lippen. Beim Rausgehen trafen sich die Blicke von Ray und Atium, der Junge nickte respektvoll.

Kugelrund und satt begleitete Atiums Vater den ebenfalls leckerst abgefüllten Cullan zum hintersten Eingang des Wohnblocks. Er klingelte an einem Namensschild mit einem unaussprechlichen Namen. Ein Name, der aus Buch-

staben bestand, die übrig bleiben, wenn man mit ‚Scrabble' fertig ist. Türsummer. „Klack" – Tür auf. Zwei Treppen hoch, das Gulasch legte sich bleiern auf die Knochen. Oben angekommen stand schon eine Tür offen. Ein Ehepaar, beide schon im Rentenalter, erwartete die beiden Männer.
„Moin Boris, wen hasse Du da mitgebrachte?"
„Das hier ist Kommissar Cullan von der Polizei. Vielleicht könnt Ihr ihm helfen."
„Gerne, wolle versuche. Komme Sie hereine."
„Habe Sie schon gegesse?" Die Augen der Frau leuchteten.
„Oh, das ist so nett von Ihnen…" Ray strich sich über den runden Bauch. „… aber ja, gerade bei den Bogdanskys. Es war sehr lecker."
„Dann müsse Sie aber was trinke… Edonjeta, hole Raki."
„Ja Malush, setze schon mal."
Die beiden freuten sich anscheinend über den unerwarteten Besuch. Der Mann strich mit seiner sonnengegerbten Hand Krümel von dem Sofa und bot den beiden Männern die besten Plätze an. Die Frau verschwand in der Küche, ein Auf- und Zumachen eines Kühlschrankes war hörbar, dazu das Klingen von Gläsern. Die Frau stieß zu den Männern ins Wohnzimmer und goss den klaren Schnaps ein. Die Männer kippten den Alkohol, die Gläser wurden wieder gefüllt.
Ray begann, den beiden sein Anliegen vorzutragen. Er erklärte, dass er nach Hintergrundinformation über das qualvolle Ziehen aller Zähne bei den Opfern suchte. Er beschrieb aufs Genaueste die Vorfälle, auch den Fall des jungen Mädchens.
Edonjeta war sichtlich geschockt, bei Malush versteinerten sich die Gesichtszüge. Ray war voller Erwartung, die Reaktion ließ auf Erklärungen hoffen.

Der Mann begann zu erzählen.
„Das, was Sie beschreibe... ich kenne. Leider. Kenne gut. Höre Sie, das, was Sie gesehe habe, heißt in unsere Sprache: ‚Kockave të gjakut për dhëmbët‘... ich kann gar nicht richtig übersetze. Wie heißt, wo Zähne drin?“
„Äh… Mund.“
„Nein, nicht Mund, so der Knoche.“ Er tippte mit dem Finger an sein Kinn. „Hier so.“
„Ah, Kiefer. Ja, Kiefer.“
„Ok, dann heiße ungefähr so:

‚B L U T K I E F E R‘...“

„BLUTKIEFER?“ Ray erstarrte. „Was für ein schreckliches Wort. Was bedeutet das?“
„Wie soll ich erkläre? Ist ganz altes Ritual. Heißt ‚Albanischer Blutkiefer‘. Schlimme Vergangenheit. Hat nicht immer mit Krieg oder so zu tun. Ist Bestrafungsritual. Dir werde alle Zähne gezoge, dann kannsu nich mehr esse und was Du rede klinge wie kranke alte Mann. Du kannse nich mehr esse, hasse Schmerze, kannsse Glück habe, wenn du überlebe. Schuss in Kopf is Finale.“
„Bestrafung? Bestrafung wofür?“
„Ganz schlimme Dinge. Ist Bestrafung, wenn Du hast was gemacht, was ganz schlimm.“
„Wie schlimm? Was muss man gemacht haben, um jemand so zu bestrafen?“
…
„Wenn Du machst schlimme Betrug an deine beste Freund.“

<<!!!!!!!!!>>

Das saß.
Ray musste sich zurücklehnen.
DAS war ein Schlüssel.

Im Auto schossen dem Kommissar die wildesten Gedanken durch den Kopf:
<<So ein ‚Albanischer Blutkiefer‘ ist nicht nur eine Bestrafung. Die Aktion ist auch eine Botschaft. Im Fall der getöteten Luise Drescher natürlich eine Botschaft an die Eltern, die das Lösegeld nicht gezahlt haben. Aber die beiden aus dem Dom? Die kannten sich, haben viel mit ihren Partnern gemeinsam unternommen. Wo soll da die Botschaft sein? Wofür wurden die bestraft? – VON DEN ALBANERN!!! – >>

„Pinggggggg“

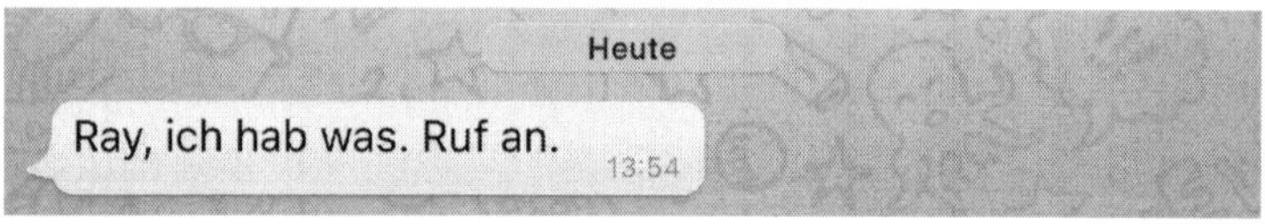

„Hey Blinky, schieß los.“
„Ich hab‘ sie lokalisiert!“
„WO?“
„Stexwig, in der Schönheitsklinik.“
„Ich bin auf dem Weg!“
Ray gab Gas. Durch den Friedrichsberg, an Hyundai vorbei Richtung Eckernförde.
Ray flog über die 76, nach Fahrdorf rein, die Dorfstraße durch, an der Schlei-Küste entlang in das kleine Dorf Stexwig. Vor der Klinik stellte er seinen Monza noch an der

Straße ab, zog seine Waffe und näherte sich vorsichtig dem Gebäude.

<<Kollege, denk‘ nach. Was suchen die Albaner hier? Die wollen sich bestimmt nicht Fett am Arsch absaugen lassen. Klinik? Nein. Die haben den Doktor gekillt, die wollen sich jetzt auch seine Frau holen. Also zum Penthouse.>> Der Kommissar umrundete das Haus. <<Da... der schwarze VW Touran... aber klingeln kann ich da jetzt nicht. Zurück zum Haupteingang.>> Vom Foyer aus ging Ray schnurstracks in das Büro von de la Granfour.

„Moin Doktor…“ Der Arzt sprang erschrocken hinter seinem Schreibtisch hoch. „… es gibt einen Zugang von der Klinik zum Penthouse. Wo?“

„Ne, also das kann ich Ihnen nicht sa…“

WATSCH – eine Ohrfeige traf den Arzt.

„Ich hab‘ jetzt keine Zeit für Späßchen. WO?“

Nase an Nase untermauerte Ray seine Forderung. Der Arzt schien den Ernst der Lage erkannt zu haben, unterstützte jetzt den Polizisten. „Folgen Sie mir.“

Die beiden gingen zügig nur einen Raum weiter. In das Büro des toten Fellbach. Dort befand sich ein Fahrstuhl hinter einer Glastür.

„Hier geht’s hoch.“ De la Granfour zog seinen Schlüsselbund aus der Tasche, steckte einen Schlüssel in den Aktivierungs-Slot und stellte sich mit in den Fahrstuhl.

„…“

Mit hochgezogenen Augenbrauen sah Ray den Arzt an.

„Äh, was?“ fragte der Arzt verwundert.

„Schleich‘ Dich, oder willst Du Dir ‘ne Kugel einfangen?“ Ray winkte mit seiner Waffe auf Augenhöhe hin und her.

„Oh nee…“ Granfour zuckte und hopste aus dem Fahrstuhl.

Der Lift setzte sich in Bewegung…

„1“

<<Wenn die Arschlöcher den Aufzug hören, werden sie ihn stürmen…>> Ray stellte sein Handy auf lautlos.

„2“

<<Wenn sie so stehen, dass sie den Aufzug nicht hören, bin ich im Vorteil.>>

„3“

Ray duckte sich flach auf den Boden und hielt die Waffe im Anschlag vor sich.

„4“ – „Dingggg“

Ray konnte durch die Glasscheibe sehen, dass ein Mann auf den Fahrstuhl zurannte.

BÄHMM BÄHMM BÄHMM – Ray schoss, die Scheiben zerbarsten – aber keiner der drei Schüsse stoppte den Angreifer. Der bremste ab, wich zurück und verschwand hinter einem Wandvorsprung. Ray verließ blitzschnell den Fahrstuhl, bezog Deckung hinter einer Kommode

„Ey Arschloch, ich krieg‘ Dich!“, rief Ray. Der Kommissar legte sich langsam flach auf den Bauch und hielt seine Waffe vor sich. Der Albaner versteckte sich immer noch hinter dem Wandvorsprung, griff noch nicht an. <<Oh, was haben wir denn da?>> Ray sah die Fußspitze eines Kampfstiefels. Er zielte – und schoss. TREFFER. Ein lauter Schrei gellte auf, der Kontrahent beugte sich vor Schmerz nach vorne und sackte runter. BÄHMMM, BÄHMMM – Körpertreffer – tot fiel der Mann zu Boden. <<Numero Uno platt!>> Ray rappelte sich hoch, lauschte: Nichts. <<Häh? Wo bleiben die anderen?>> Vorsichtig näherte er sich dem Wandvorsprung, schaute blitzschnell um die Ecke. Nichts. Cullan trat herum, die Waffe im Anschlag. Nichts. Einen Raum weiter. Nichts.

Vom Wohnzimmer mit dem fabelhaften Schleiblick aus sah er aus dem Fenster.
„Verdammt! Der Touran ist weg." <<Jetzt haben die auch noch die Frau entführt. Jungs, was veranstaltet Ihr hier für ein Theater?>> Ray zog sein Handy.

<<Oh, ich glaub', der wollte was von mir…>> Ray tippte auf einen der Hinweise des verpassten Anrufs.
„Blinky, die waren hier, sind jetzt aber wieder weg. Gib mir neue Infos. Was siehst Du?"
„Oh Mann Ray, ich hab' versucht, Dich anzurufen. Wieso gehst Du nicht ran? <<Uupsi – Handy lautlos.>> Genau das wollte ich Dir sagen. Die sind abgehauen. Richtung Schleswig. Ich hab' sie auf dem Schirm, sie sind jetzt gerade nach

Schleswig rein, Richtung Innenstadt.“
„Bleib‘ am Gerät, ich fahr‘ hinterher, Du musst mich lotsen.“
Ray nahm den Hauptfahrstuhl runter und rannte zurück zur Straße zu seinem Wagen. Vollkommen aus der Puste enterte er seinen Monza und fuhr mit durchdrehenden Rädern los, zurück nach Schleswig.
„Blinky, wo sind die jetzt?“
„Parkhaus, die müssen im Parkhaus sein. Keine weiteren Bewegungen.“
„Häh??? Bist Du sicher? Das macht doch keinen Sinn, im Parkhaus. Schau‘ noch mal hin.“
„Nein ehrlich, Parkhaus. Los, beeil‘ Dich.“
Der Monza erreichte die Kreuzung am Schloss Gottorf. Ampel rot. Ray umkurvte die stehenden Autos, gab Gas. Die Schleistraße entlang. Die frühlingshafte Nachmittagssonne tauchte die malerische Uferstraße in ein warmes Licht. Weiter in die Königstraße. Einfahrt Parkhaus. Langsamer. Im Schritttempo fuhr Ray die Reihen im Erdgeschoss ab – kein Touran. Zwischengeschoss – kein Touran zu sehen. Erster Stock, vordere Reihe – nichts zu sehen. Ray durchfuhr eine Reihe nach der anderen, bis hoch zum Dachgeschoss. Um die Kurve – DA STAND ER: schwarzer VW Touran, rückwärts eingeparkt, mit der mietwagen-typischen Münchner Zulassung und einem ‚DIESEL‘-Aufkleber auf dem Tankdeckel. Ray fuhr normal weiter, stellte seinen Wagen etwa 15 Stellplätze entfernt ab.
„Blinky, ich hab‘ den Wagen. Ich leg‘ jetzt auf.“
„Ok, ich bleib‘ hier am Ball.“
Cullan checkte von seinem Fahrersitz aus die Lage. <<Einer sitzt am Steuer. Wo ist die Frau? Gefesselt im Kofferraum? Wo ist der andere? Im Auto? So dass ich ihn nicht sehe. Oder

weg? Wenn der weg ist, wo ist der hin? Die Mistkerle haben sich überall fast nur verkrochen und jetzt fahren die in ein Parkhaus?!? In die Innenstadt?!?>> Der Fahrer des Touran drehte sich ständig hin und her, beobachtete das Geschehen auf dem obersten Parkdeck. Passanten mit Einkaufstüten kamen aus dem Treppenhaus, bestiegen ihre Fahrzeuge und verließen das Deck. Neue Besucher der Innenstadt kamen die Auffahrt hoch, suchten sich freie Plätze und stellten ihre Autos ab. Es war ein ständiges Kommen und Gehen. <<Hmh, zu viel Betrieb für eine Schießerei. Ich muss mir was einfallen lassen. Hey, warte mal, der Typ dürfte ja eigentlich nicht wissen, wer ich bin. Das isses.>>
Ray stieg aus und ging in aller Seelenruhe Richtung Tür zum Treppenhaus, an dem Touran vorbei, ohne den Fahrer anzublicken. Dann ließ er seinen Blick zu den Scheinwerfern des VW wandern und zeigte eine überraschte Mimik. Er bückte sich, schaute sich den Scheinwerfer an, richtete sich wieder auf, tat so, als ob er nachsehen wollte, ob sich in dem Fahrzeug jemand befindet, tat so, als ob er freudig den Fahrer entdeckte und – winkte ihm zu. Bei diesem unauffälligem Blick konnte Cullan zudem sehen, dass das Fahrzeug nur mit dem Fahrer besetzt war.
„Hey Kumpel, Dein Scheinwerfer ist kaputt.“ Er lächelte dazu und zeigte mit dem Finger nach unten. „Musst Du Dir mal anschauen. Hier guck‘ mal.“ Ray winkte freundlich, lachte und machte Handbewegungen, dass der Fahrer rauskommen und sich das mal ansehen sollte. Der Fahrer stutzte. Dem ersten grimmigen Blick folgte dann ein normaler Gesichtsausdruck. Ihm war klar, dass er mehr Aufmerksamkeit auf sich ziehen würde, wenn er sich jetzt NICHT den Scheinwerfer ansehen würde. Er lächelte jetzt ebenfalls und

stieg aus. <<Oh – ups…>> Der Mann war ungefähr zwei Meter groß und von kräftiger Statur <<Ui, das wird nicht leicht…>>.
„Hier,…“ Ray zeigte mit dem Finger zum Scheinwerfer. „… da ist ein Riss drin.“ „Wo?“ „Na da.“ Der Mann bückte sich. In dem Moment zog Ray sein Messer aus dem Stiefel und rammte dem Mann die stählerne Klinge in die Halsschlagader. „Oughhhhhhhh.“ Der Albaner brach zusammen. Tot. <<Sorry Kumpel, aber Ihr Burschen rennt hier durch mein Land, entführt junge Mädchen, tötet, wie es Euch beliebt, bringt hier noch mehr Menschen in Gefahr, indem Ihr Eure kriminellen Aktivitäten auch noch in eine belebte Innenstadt tragt. Was hast Du Arsch erwartet? Dass ich mit Dir kämpfe? Du bist doch viel stärker als ich. Ein Schusswechsel? Bei dem es vielleicht unbeteiligte zivile Opfer gegeben hätte. Vielleicht bist genau Du derjenige, der dem 17-jährigen Mädchen mit einer Zange oder Sonstwas die Zähne rausgerissen hat. Skrupellos. Für Geld. Nur für Geld. Du Arsch. Ach nö, da töte ich Dich hier lieber schön unaufgeregt. Das war’s für Dich. Du richtest keinen Schaden mehr an. Wofür auch? Um nach einer e-ven-tu-ellen Verhaftung, nach un-zäh-li-gen Jahren end-lich mal vor Gericht zu kommen, um dann freigesprochen zu werden oder eine lächerliche Bewährungsstrafe zu bekommen? Nein mein Lieber. Von mir bekommst Du Deine richtige Strafe. Dein Bad-People-Dasein ist beendet. Numero Due – erledigt!>>
Ray schleifte den Zwei-Meter-Brocken hinter das Fahrzeug. Aus dem Hals des Toten trat kaum Blut aus, die Klinge ließ er stecken.

<<Ok, Lage-Check. Numero Uno und Due sind erledigt.

Bleibt also noch Numero Tre aus der Berlin-Gruppe. Er hat die Frau, das Auto steht hier oben. Was auch immer die hier in der Stadt machen? Das muss unauffällig passieren, der bedroht die Frau also irgendwie verdeckt. Und die müssen wieder hierher zurück. Oder nicht? Doch klar, die machen hier was mit der Frau und wollen wieder mit dem Auto weg. Sonst hätte 2-Meter-Mann hier nicht gewartet. Soll ich hier beim Wagen bleiben? Nee, dann riechen die Lunte, wenn die aus dem Treppenhaus kommen und da sitzt kein Fahrer hinterm Steuer. Welche Chancen habe ich im Treppenhaus? Der Entführer wird definitiv HINTER seiner Geisel gehen. Das ist schlecht, dann kann er sie als Schutzschild benutzen. Warte ich hier an der Tür? Nee, dann kommen die hier durch, sehen ihren Fahrer nicht, dann zieht er seine Geisel vielleicht wieder zurück. Dann wären wir wieder im Treppenhaus. Ah, ich versteck‘ mich im ersten oder zweiten Stock im Treppenhaus, dann lasse ich die vorbeigehen und bin dann hinter ihnen. Aber was, wenn die Fellbach mich erkennt? Die reagiert dann auf mich, das kann den Täter wieder warnen – HALT! Die Fellbach KENNT MICH JA GAR NICHT!!! Ja klar, Winterhall war bei ihr, um sie über den Tod ihres Mannes zu unterrichten. In der Patho – war ich auch nicht dabei. Grandfurz – der kennt mich – aber nicht die Fellbach. Ich geh‘ runter.>>
Ray stieß die Tür zum Treppenhaus auf, rannte die Stufen hinunter. Unten, draußen angekommen, stellte er sich neben den Eingang. Er zündete sich eine Fluppe an, zog sein Handy. <<So, jetzt bin ich der Ehemann, der hier auf seine Frau wartet, raucht und telefoniert – total normal. Gute Idee.>>
Cullan hatte von diesem Platz aus einen perfekten Blick in zwei Sichtachsen. Hoch zum Capitolplatz und seitlich zum

Ärztehaus. Egal, aus welcher Richtung Entführer und Opfer kommen würden, er würde sie sehen, wenn sie sich dem Parkhaus nähern. Eine Zigarettenlänge – Nichts. Noch eine. Warten. So tun, als ob er telefonieren würde. Er sprach Blödsinn in sein Telefon. Warten. Das Schöne am Telefonieren mit dem Handy ist, dass man einfach so Glotzen konnte. Kein Mensch wundert sich darüber. Einfach nur Reinsabbeln und in die Gegend glotzen – unauffällig.

Da: Ray beobachtete, wie sich Frau Fellbach und ein Mann vom Capitolplatz über die Straße beim Kino an der Ecke dem Zugang näherten. Es roch verführerisch nach frischem Popcorn. <<Die schlauen Jungs vom Kino haben irgendwie die Absauganlage wahrscheinlich direkt an die Popcorn-Maschine angeflanscht und ein Rohr so nach draußen verlegt, so dass der Hammer-Popcorn-Duft schön nach draußen die Menschen verrückt macht – hmh, lecker.>> Konzentration. Die beiden kamen näher. Der Entführer, wie erwartet, minimal schräg hinter der Frau.

„Ja Schatz, ich stehe hier vor dem Parkhaus. Wo bist Du denn jetzt? Ah, noch beim Friseur. Was meinst Du denn, wie lange brauchst Du noch…“ Die beiden gingen an dem telefonierenden Polizisten vorbei. „… ja aber wenn Du fertig bist, kommst Du rüber und…“ Die Tür schloss sich hinter den beiden. Ray schmiss die Kippe weg, steckte sein Handy ein, zückte seine Waffe und folgte dem Paar. Tür auf. Rein. Hinterher. Erste Treppe. <<Ich greif‘ ganz oben an, weniger Leute.>> Zweite Treppe, Fellbach und Albaner kurz vor ihm. Dritte Treppe, kurz vor dem oberen Ausgang. Ray rannte die nächsten Stufen hoch. Blickkontakt. Albaner im Visier. BÄHMMM BÄHMMM – der Albaner ging zu Boden, bewegte sich noch. Frau Fellbach schrie, drehte sich

angsterfüllt um. BÄHMMM, BÄHMMM – zwei weitere Körpertreffer im Mann. Tot. Ray sprang zu Frau Fellbach, zog sie hinter sich. „Ahhhhhhhh, Hilfeeeeee…“ Sie schrie immer noch, hörte gar nicht auf. „Sie sind in Sicherheit. Polizei.“ Ray checkte den Albaner, gab ihm noch den Rest. BÄHMMM – Schuss in den Kopf. <<Numero Tre – erledigt.>> Der Kommissar drehte sich zu der Frau. „Der ist tot. Sie sind außer Gefahr.“ Die Frau wirkte total durcheinander. Ihre Augen schossen wie irre vom Toten zu Cullan hin und her. „Frau Fellbach, Sie sind in Sicherheit. Ich habe Sie befreit.“ Die Frau kam immer noch nicht zur Ruhe. Sie schaute jetzt zu der Ausgangstür zu dem oberen Parkdeck, die war nur einen Meter entfernt. „Keine Angst…“, beruhigte Ray die Frau, „… der in dem Auto ist auch tot.“
Entgeistert sah die Frau den Kommissar an. „Polizei?“
„Ja Frau Fellbach, Ich bin Hauptkommissar Ray Cullan von der Kripo Schleswig.“
„Woher kennen Sie mich?“
„Ich arbeite an dem Fall mit Ihrem ermordeten Mann. Ich leite die Ermittlungen. Ich war bei Ihnen zuhause, wo Sie entführt wurden, habe den einen Mann erledigt, der bei Ihnen im Penthouse gewartet hat. Dann bin ich Ihnen hierher gefolgt.“
„Also der im Penthouse ist auch tot?“
„Ja, mausetot.“
„Dann bin ich beruhigt…“ Die Miene von Frau Fellbach entspannte sich sichtlich.
„Sie brauchen keine Angst mehr haben. Ich habe Sie befreit.“
„Oh, äh, danke…“, klang es fast zögerlich von der eleganten Frau.
„Ich bringe Sie hier weg. Können Sie irgendwo hin?“

„Äh, in meine Wohnung?“

„Ja nee…“, druckste Ray, „… da ist doch die Leiche von dem einen Entführer. Können Sie woanders hin?“

„Nein, ich bleibe in der Klinik, ich beziehe eines der Privatzimmer.“

„Ok, ich bringe Sie nach Stexwig, ein Kollege wird dann Ihre Aussage aufnehmen.“

„Gerne. Können wir los?“

„Einen Moment noch…“ Ray beugte sich runter zu dem toten Numero Tre, durchsuchte ihn. <<Handy, Waffe…>>

„Wir können doch los…“, drängte Frau Fellbach.

„Ja gleich…“ <<Portemonnaie und…>> Ray griff in die Innentasche des Parkas. <<…Hoppla, was haben wir denn hier?>> Ray zog einen prall gefüllten Briefumschlag heraus. Er schaute rein – BARGELD. Cullan durchblätterte grob die Scheine <<5 - 10 - 20 - 25 - 30.000 Ocken – heftig.>> Ray steckte alles ein.

„Kommen Sie – wir können los.“

Ray geleitete Frau Fellbach zu seinem Monza, sie setzte sich auf den Beifahrersitz.

„Momentchen noch, ich muss hier erst die Tatorte sichern, bis die Kollegen da sind.“ Er holte eine Rolle rot-weiß gestreiftes Trassierband aus seinem Kofferraum und sperrte die Fläche rund um den Touran, sowie das Treppenhaus ab. Während er das tat, informierte er Berger über die Vorfälle in Stexwig und im Parkhaus. Der unterrichtete die am kürzesten entfernteste Streife, die auch nur wenige Minuten später eintraf und Cullan ablöste.

„Danke Jungs, wir sehen uns nachher im Revier.“

Der Monza verließ das Parkhaus.

„Kann sich jemand um Sie kümmern? Wenn ich Sie zurück-

gebracht habe, muss ich leider gleich wieder weiter."
„Ja, ich denke schon. Mein Geschäftsführer, Herr de la Granfour, hat noch Dienst. Ich denke, er wird sich um mich kümmern."
<<Furz. Klar.>>

Cullan stoppte vor der Klinik und ging mit Frau Fellbach durch den Haupteingang direkt zum Büro von Granfour. Der zuckte bei dem Anblick des Kommissars zusammen, beruhigte sich aber gleich wieder, als er Frau Fellbach mit eintreten sah.
„Hier Meister. Sie kümmern sich bitte um Frau Fellbach. Sie bezieht eines der Privatzimmer. Sie wird Ihnen eine Liste mit Sachen schreiben, die Sie ihr bitte aus dem Penthouse holen. Kollegen von mir werden im Penthouse Spuren sichern, aber Sie dürfen rein und die Sachen holen. Alles klar?"
„Ja Herr Kommissar, gerne."

Auf dem Rückweg nach Schleswig musste Ray tief durchatmen. Er machte einen Halt an dem Aussichtsplatz auf dem Gottorfdamm. Er stellte seinen Monza ab und zündete sich eine Zigarette an, lehnte sich an seinen Wagen und ließ seinen Blick über die Schlei schweifen.
<<Geschafft. Die Gefahr ist gebannt. Mann, das war knapp. Die drei Typen aus Berlin hatten sich die Fellbach geschnappt. Was für Arschgeigen! Kriegen nicht die Kohle für das Kind und holen sich jetzt das nächste Opfer. Ein Glück habe ich sie befreit.>>
Zufrieden nahm der Kommissar einen tiefen Zug seiner Zigarette.

…

<<Schön…>>

…

<<Ach ja… Herrlich…>>

…

<<Hey, Moment mal – VERFLUCHT NOCH EINS!!!">>

„FUCK!!!" Cullan schmiss den Glimmstängel weg, zog sein Handy.

„Blinky, schnell! Die Fellbach, wo hat die ihre Konten?"

Tastaturgeklapper.

„Hab' es: drei Konten. Commerz, Hypo, Sparkasse."

„Sparkasse! Direkt am Parkhaus. Da kommen wir gerade her. Heute `ne Geldabhebung?"

„Warte…: JA."

„Wie viel? 30.000?"

Tastaturgeklapper.

„Bingo ja. Woher wusstest Du das?"

<<JETZT WIRD's BEKLOPPT! Diese falsche Schlange. 30.000. Genau die Summe, die letztens auf die Konten überwiesen wurde.>>

„Blinky! Mädchenname von der Fellbach!"

Klapper klapper.

„Hier, hab' ich: NEHLER."

„Nehler. ALLES KLAR: V. NEHLER – VALERIE NEHLER. Valerie Nehler ist Valerie Fellbach."

„Oh krass."

„Ja genau. Ein Teil des Geldes, das auf die Konten der Entführer geflossen ist, 30.000 Euro – KAM VON IHR. Ich werd' bekloppt. Dieses Miststück. Das war ein Auftrag. 30.000 die erste Rate. Heute, das war die zweite Rate. Die musste heute die zweite Rate abdrücken. Der Typ ist ganz seelenruhig mit ihr zur Bank marschiert. Und ich dachte, der entführt sie. Wie dämlich von mir. Wenn der sie entführt hätte und mit ihr zur Bank gefahren wäre, um Kohle abzuholen, der hätte doch mehr als 30.000 genommen. Das alte Miststück, wollte oben am Parkhaus direkt losfahren, als ich noch den einen Typi durchsuchen wollte. Die wusste ja ganz genau, dass der die 30.000 in der Jacke hatte. Und dann, als ich von Numero Uno im Penthouse berichtete: Mann, wie erleichtert war sie, als ich ihr sagte, dass der auch TOT ist. Klar, der konnte nicht mehr ausplaudern, dass die alle Best Friends waren."

„Hammer Ray – abgefahrene Nummer…"

„Blinky, die Überweisungen letztens. Der andere Name: ‚V. Nehler' und …"

„Warte, ich schau' noch mal…"

Klapper klapper.

„… ‚B. Heck'!"

„Genau. ‚B. Heck'... Check' die Meinheims. Ich schwör' Dir, der Mädchenname von seiner Frau lautet: ‚HECK'!"

Klapper klapper.

„Hammer Ray, BINGO: ‚B. Heck' – Beate von Meinheim – geborene Heck."

„Die haben gemeinsame Sache gemacht. Der Meinheim und die Fellbach. Den Arsch kaufe ich mir. Bleib' online, ich meld' mich wieder."

Ray sprang in den Wagen. Mit Vollgas verließ er den Parkplatz.

<<Meinheim, Du kranker Typ. Dich kaufe ich mir jetzt. Die Fellbach hat schön ihren Alten um die Ecke bringen lassen und Du… Du hast… hey warte mal… SCHEISSE!!!>> Ray machte mitten auf der B76 eine Vollbremsung. Die Reifen

quietschten und hinterließen einen schwarzen Strich aus Gummi auf dem Asphalt.
<<DER WOLLTE SEINE FRAU GAR NICHT UMBRINGEN LASSEN!!!>> Ray gab wieder Gas.
<<Ich war bei ihm und habe ihm die Todesnachricht überbracht. Der ist ja fast ausgeflippt. Nein, der liebte seine Frau. Die hatten Geldsorgen, ja klar. Aber was würde ihm das bringen, seine Frau umbringen zu lassen? Die Versicherung bohrt doch als erstes beim Ehemann, wenn da eine Lebensversicherung fällig wird. Der brauchte Kohle und...

...WOWWWWWW...

– DIE ENTFÜHRUNGEN – DIE HAT DER MEINHEIM VERANLASST!!!>>
Ray machte die nächste Vollbremsung. Mitten auf der zweispurigen B76 drehte er seinen Wagen und schoss wieder zurück zur Abfahrt am Schloss. In voller Fahrt wählte Cullan die Nummer vom Hotel Waldschlösschen in Schleswig.
„Hotel Waldschlösschen. Was kann ich für Sie tun?“
„Hauptkommissar Cullan von der Kripo Schleswig hier. Hat die Familie von Litzewitz schon ausgecheckt?“
„Nein, äh ja, die stehen hier gerade an der Rezeption und wollen jetzt auschecken.“
„Halten Sie sie auf. Die sollen auf mich warten. Bin in einer Minute da.“
„Ok, mache ich. Bis gleich.“
Cullans Gehirn ratterte weiter. <<Das Mädel, die Victoria, als sie mitbekommen hat, dass sie in Schleswig gelandet ist, da hat die sich doch gewundert und gesagt: „Schleswig. Das ist ja gleich um die Ecke von…“. Welcher Düsseldor-

fer, vor allen Dingen welcher REICHE Düsseldorfer kennt Schleswig? Keine Sau, es sei denn, die sind hier aufs Internat gegangen – in Louisenlund.>>
Ray nahm die steile Kurve stadteinwärts mit fast hundert Sachen, bog beim Oberlandesgericht rechts ab, dann Richtung Hotel. Er hielt direkt vor der Eingangstür, sprang aus dem Wagen und stürmte zur Rezeption. Die von Litzewitz‘ warteten auf ihn.
„Herr Kommissar…“ Victoria fiel ihm um den Hals. „… Mama, Papa, das ist mein Retter.“
„Danke Herr Kommissar…“
„Gerne Leute. Hey, ich hab‘ was total Wichtiges: Ich sage Euch jetzt ein paar Namen. Hört Euch die an und sagt mir was dazu.“
Die drei schauten aufmerksam zu Cullan.
„Eleonor Weißgerber – Miriam Kleber – Luise Drescher.“
Die Augen der drei weiteten sich. Victoria sah ihren Vater an. Der stutzte.
„Ja klar…“, begann Victoria, „… das sind meine Mitschülerinnen – von Louisenlund…“
<<BINGO!!!>>
„Und hier noch ein Name: Wolfgang von Meinheim.“
Jetzt antwortete der Vater: „Das ist einer meiner Mitschüler, genauso wie die Väter der Mädchen – wir sind zusammen zur Schule gegangen – auf Louisenlund.“
<<SUPERBINGO!!!>>
„Danke, Sie haben mir sehr geholfen. Ich muss wieder los. Wir hör’n…“ Ray stürmte wieder raus in seinen Wagen, wendete vor dem Eingangsportal und drosch die Straßen wieder zurück auf die B76.
<<VERFLUCHTER DRECK, dieser Wichser. Der Mein-

heim brauchte Kohle, hat die Albaner engagiert, damit diese die Töchter seiner MITSCHÜLER entführen. Was für ein Arsch. Der wusste genau, dass die Papis ordentlich Kohle haben – der wollte die richtig mächtig abziehen. ‚Heck', der Name des Mieters der Lagerhalle in St. Jürgen. Meinheim hat die Entführer-Locations angemietet, beziehungsweise gehörte ihm wahrscheinlich die Bude im Lollfuß und das Bundeswehrgebäude. Die Halle in Düsseldorf, die Wohnung in Berlin, alle gemietet bei seinem Kumpel von Litzewitz. Aber irgendwas ist schiefgelaufen. Meinheim hat die Albaner irgendwie verarscht, da haben die sich an ihm gerächt – und seine Frau gekillt.>> Ray musste sich an den Ausspruch des alten Albaners in der Erikstraße erinnern:
‚Wenn Du machst schlimme Betrug an deine beste Freund.'
<<DAS WAR'S. Der hat die verarscht und seine Strafe bekommen. Oh Scheiße, die arme Frau Meinheim.>>
Ray schoss über die Schleistraße Richtung Brodersby, Meinheims Wohnort. Ray bog, in Brodersby angekommen, auf das Grundstück von Meinheim ein. Er klingelte. Nichts.
<<Hmh, drinnen brennt Licht, das Auto steht da – der is' zuhause.>>
Cullan ging zur Seite des Hauses, bodentiefe Fenster. Ray nahm einen der schweren Teakholz-Gartenstühle und warf ihn in eines der Fenster. KLIRRRRRRRR – Cullan betrat das Haus durch den neuen Eingang.
„MEINHEIMMMMM – wo steckst Du?"
„Herr Kommissar,…" Cullan drehte sich zur Küche. „… Sie hatte ich hier nicht so schnell erwartet…"
Der bebrillte Mitfünfziger hielt seine philippinische Hausangestellte mit seinem Ellenbogen um den Hals und hielt ihr eine Pistole an die Schläfe. <<Dieser Wichser, was kann

denn jetzt seine kleine Maid dafür…>> Ray war genervt von Meinheims Kaltschnäuzigkeit.
„Meinheim…“ Ray blieb ganz ruhig. „… es ist vorbei. Du hast die Mädchen entführen lassen – die Töchter von Deinen besten Freunden. Du Arsch. Aber eins musst Du mir noch verraten: Was ist passiert, dass die Deine Frau gekillt haben?“
Meinheims Gesichtsausdruck verfinsterte sich, der Griff um den Hals seiner Hausangestellten schnürte sich ein Stück enger. Kaltblütig sprudelte er los:
„Mein Plan war genial. Die sollten die Mädchen entführen und mir die Kohle geben. Aber denen reichte ihr Anteil nicht. Die haben auf eigene Kappe Mädchen entführt, die gar nicht auf dem Plan waren. Das hat mir nicht gepasst. Ich wollte das Vorhaben abblasen, aber die haben den Spieß umgedreht. Der Tod meiner Frau war eine Warnung, dass ich nicht zur Polizei gehe oder die Standorte verrate. Die haben einen passenden Moment abgewartet und meine Frau im Dom erschossen. Im Dom – damit sie auch garantiert schnell entdeckt wird und damit die Aktion Aufmerksamkeit auf sich zieht. Das Zähneziehen war dazu noch eine Kostprobe, um ihre Gewaltbereitschaft zu demonstrieren.“
„… Das haben die hinbekommen. Ach so, weißt Du eigentlich, dass sich Marianne Drescher die Pulsadern aufgeschlitzt hat?“
Meinheims Gesichtszüge entglitten.
„Oh, wusstest Du nicht? Tja, die hat es nicht verkraftet, dass ihre Tochter von den Entführern gekillt wurde…“ Meinheims Kinnlade klappte runter.
„Oh, wusstest Du auch nicht? Wieso hat die Drescher das Lösegeld genommen?“

Meinheim wirkte sichtlich schockiert über die neuen Nachrichten, hatte aber noch genug Energie, um aggressiv fortzufahren.

„Na, das Miststück hat rausbekommen, dass die Entführungen von mir ausgegangen sind. Die hat mich erpresst, wollte alles den anderen Eltern verraten. Da habe ich ihr gesagt, das geht schon klar, die Entführer sind meine Buddys, die tun ihrer Tochter schon nichts. Sie wollte das Geld austauschen und die Kohle für sich nehmen.“

Endlich vervollständigte sich das Puzzle in Rays Kopf: <<Jetzt macht auch der Abschiedsbrief von Frau Drescher Sinn. Sie schrieb: ‚Ich habe den falschen Menschen vertraut und wollte mein eigenes Ding machen. Ich habe das Geld genommen – und mein Kind getötet…‘ Ist ja logisch: Wenn die Männer zusammen zur Schule gegangen sind, dann kennen sich auch die FRAUEN, bzw. Frau Drescher den Meinheim auch schon seit zig Jahren. Die hat das gespannt mit der Entführung, hat wahrscheinlich als Einzige die Verbindung zum pleitegegangenen Meinheim hergestellt. Sie hat ihn zur Rede gestellt, hat die Wahrheit rausbekommen und dann gemeinsame Sache mit ihm gemacht. Sie hat ihm vertraut, wollte was vom Kuchen abhaben, hat ihren Mann das Lösegeld holen lassen, hat es ausgetauscht und Meinheim hat ihr wahrscheinlich noch versichert, dass das schon in Ordnung geht und dass er seine Albaner im Griff hat. IM LEBEN NICHT. Die Jungs haben da keinen Spaß verstanden, die haben kurzen Prozess mit der Geisel gemacht. War denen doch egal. Mit der Schuld konnte Frau Drescher nicht mehr leben.>>

Das waren die Infos, die Ray noch bestätigt haben musste. Er zog seine Waffe und richtete sie auf Meinheim.

„Ok, das reicht mir. Du bist verhaftet. Lass‘ die Frau los. Sofort.“
„Nee, Du Bullenschwein, Du kriegst mich nicht…“ Meinheim drückte seine Pistole noch mal mit Nachdruck in die Schläfe seiner verängstigten Angestellten. „… Du lässt die Waffe fallen. Los.“
Ray musste innerlich lächeln, überlegte kurz, mit welcher Variante er das Leben der Hausangestellten am wahrscheinlichsten schützen würde. Zwei Szenarien standen zur Wahl: Erstens, er legt die Waffe hin. Dann kann der Mann aber trotzdem die Angestellte UND ihn töten. Nicht gut. Zweitens, er schießt zuerst. Besserer Plan.
Cullan zog in Zeitlupe seine linke Augenbraue hoch – und drückte ab:

BÄHMMMMMM

Das Projektil durchschlug Meinheims Stirn!
<<Das war doch so super-einfach: Ich habe meine Waffe auf den Kopf von dem Arsch gerichtet, ich hab‘ alle Zeit der Welt. Wieso kann ich abdrücken und sämtliche Polizisten in den Langweiler-Krimis nicht? Die legen immer ihre Waffe auf den Boden – diese Lutscher. Sowas von unrealistisch... diese Filmfuzzis.>>
Meinheims Griff löste sich und er fiel wie ein Sandsack auf den Rücken. Das Hausmädchen lief kreischend davon. Ray war hier fertig. Er steckte seine Waffe ein, zündete sich eine Belohnungs-Zigarette an und verließ das Haus durch den neuen Eingang. Genüsslich rauchend und zufrieden über den Ausgang stieg der Kommissar in seinen Monza und fuhr los. Zurück nach Schleswig
<<Was für ein Typ... Und was für eine abgekochte Frau...

bringen Schaden über die armen Menschen hier – geht gar nicht los... Plan durchkreuzt. Fertig.>>
Ray zog sein Fazit:
„Bad People beseitigt, Drahtzieher erledigt. Fall geschlossen. Ray Cullan Ende!“

ENDE

... bisschen was kommt noch...

Epilog 1:

„Was? Meinheim tot? Rayyyyyyyyyyyyyy – Verflucht noch mal. Ruf... doch... ein-... mal... VOR-... HER... an! Immer muss ich hinter Dir aufräumen… UND BITTE: Schieß‘ nicht immer gleich die Leute über den Haufen…“
„Äh, aber... ist doch viel einfacher so…“

Epilog 2:

Auf dem Hausboot angekommen atmete Ray erleichtert durch.
„Hey Blinky, wir haben es geschafft. Alle Albaner sind erledigt, Meinheim war der Drahtzieher, die Fellbach hat sich mit eingeklinkt. Der Fall ist gelöst. Du hast einen richtig guten Job gemacht. Kompliment.“
Ray umarmte seinen Schützling innig.
„Es war auch richtig cool. Gerne wieder.“
„Darauf komme ich zurück…“

Epilog 3:

Carola sah Ray an, wie er ihren Sohn herzte.
„So eine Umarmung hätte ich auch gerne...“, blickte die Mutter ihm erleichtert in die Augen. Aber der Kommissar war wieder ein bisschen unbeholfen. Seine Entfernung zu der Frau war eigentlich zu groß für eine Umarmung. Statt einen Schritt auf sie zuzumachen, beugte er sich nach vorne, so dass Carola zwar ihre Arme um seinen Hals legen konnte, aber ihre Körper sich gar nicht richtig berührten.
<<Oh menno, ich hätte einen Schritt auf sie zumachen sollen, jetzt berühren sich gar nicht unsere Körper...>> Verlegen druckste er: „Ja, endlich ein Ende von dem Horror...“ Die beiden schauten sich an. „...Was meinst Du? Sollen wir mal zusammen ausgehen?“
Carola lächelte...

Epilog 4:

„Frau Valerie Fellbach, wegen Anstiftung zum Mord an Ihrem Mann, Doktor Kurt Fellbach, werden Sie verurteilt zu einer lebenslangen Haftstrafe.“
Ein Mann im Zuschauerraum zuckte zusammen. Jean de la Granfour musste schmerzvoll miterleben, wie seine Geliebte abgeführt wurde.

Epilog 5:

Die Interne Ermittlung des LKA Kiel reichte ihren Abschlussbericht bei der Staatsanwaltschaft ein. Die zahlreichen Tötungen von Hauptkommissar Cullan ließen die Ermittlungsbeamten erneut aufhorchen. Schon in der Vergangenheit fielen den Beamten Fälle des Schleswiger Polizisten in die Hände, in denen ein reger Gebrauch der Dienstwaffe untersucht wurde.

Die Staatsanwaltschaft hatte jetzt also ein weiteres Mal die Fakten eines Falls von Ray Cullan auf dem Tisch: Die toten Entführer sowie den getöteten Meinheim. Es oblag dieser Behörde zu entscheiden, ob es zu einem Gerichtsprozess kommen sollte, oder ob das Verfahren eingestellt werden sollte.

Oberstaatsanwältin Henriette Burg öffnete den Umschlag mit den Ermittlungsergebnissen. Nach intensiver Durchsicht schüttelte sie ihren Kopf.

<<Was für ein unfassbarer Polizist. Was für ein weiterer Fall von Alleingang im Dienst. Wieso hat der nicht jeweils auf Verstärkung gewartet?>>

Henriette Burg klappte die Akte zu.

„Ach Ray,...“, seufzte sie, „... ich habe Dir so viel zu verdanken... Natürlich haue ich Dich wieder da raus.“

<<Aber niemand darf erfahren, warum...>>

Die Staatsanwältin nahm den Umschlag mit den Unterlagen und verließ ihr Büro...

Epilog 6:

Das Geld lag aufgestapelt auf dem Küchentisch. Die Bündel aus den Taschen aus dem Versteck der Entführer plus die halbe Million von Weißgerber. Ray konnte es kaum fassen. Vor ihm lagen

3.500.000,- Euro

„Himmelhalleluja!!! Cool. Ich hab' auch schon
ein paar Ideen, für was ich das Geld sinnvoll einsetze...

Epilog 7:

Polizei-Sommerfest. Die Beamten veranstalteten eine große Party auf der Wiese hinter dem Revier. Zum ersten Mal waren auch die Frauen und Männer der Beamten und Beamtinnen eingeladen. Alle sollten sich mal kennenlernen und gemeinsam einen schönen Abend verbringen.
Bert Berger und seine Frau begrüßten die Gäste. Ray hatte eigentlich keinen Bock, aber für ein gutes Bier ließ er sich dann doch dazu überreden, an dem späten Nachmittag zu erscheinen. Er wollte Bergers Frau auch kennenlernen und sie, wie es sich gehört, als erstes begrüßen. Aber die stand ungünstig verdeckt hinter seinem Chef. Berger strahlte Ray an, schüttelte ihm die Hand.
„Ray, schön, dass Du auch da bist. Jetzt kann ich Dir endlich mal meine Frau vorstellen. Bitteschön, meine Frau…“ er trat einen Schritt beiseite und machte den Blick frei auf...

„… Marie-Charlotte…“

DANKE

Leute, ich bin sooo stolz über meinen ersten Roman. Und Ihr habt mir dabei geholfen. Ich danke Euch für

- ehrliche Kritik
- ausgezeichnetes Lektorat
- Anregungen und Verbesserungen
- Unterstützung bei der Covergestaltung
- Beratung zu Fachgebieten
- originale Schriftstücke

Rélana

Ramona

Daniela + Kristian S.

Ann-Katrin

Melanie und Frank

Lara

Jürgen

Thomas und Jana

Cathleen und René

Margitta und Karl-Heinz

Verena und Peter

Holger

Silke und Matthias

Dirk

Michi

Noch mal DANKE

Dieses Buch ist ein Werk der Fiktion. Bezüge zu real existierenden Personen, Ereignissen, Firmen, Organisationen, Behörden und Örtlichkeiten sollen der Handlung eine möglichst authentische Wirkung verleihen. Viele Namen, Figuren, Orte und Vorfälle sind entweder meiner Fantasie entsprungen oder wurden fiktionalisiert.
Jede Ähnlichkeit mit tatsächlich existierenden Entsprechungen wäre rein zufällig.
Ausnahmen sind folgende Firmen und Personen, die ausdrücklich ihre Zustimmung dazu gegeben haben, in diesem Thriller in fiktiver Form zu erscheinen. Ich bedanke mich ganz herzlich für die freundliche Unterstützung bei:

Internat ‚Louisenlund'
Hotel ‚Waldschlösschen'
Bistro ‚Marvil' mit Karen und Jan
‚ElaEla'
‚Taxi Schleswig' mit Sönke
‚Marks Baumarkt' mit Heiko
‚expert MegaLand Schleswig'
‚Nordland Computer' mit Horst
‚Gestüt Rabenhof'
‚Strandrestaurant Marienbad' mit Ingrid und Paul
Pastor Dr. Kai Hansen
‚Fährhaus Missunde'
‚WOLL-Sievers'
Fischimbiss ‚Zander's Nordlicht' mit Stephan
Martina mit dem Hausboot ‚SUOMI'
Altstädter St.-Knudsgilde

In der RAY-CULLAN-Reihe bereits erschienen:

Taschenbuch
320 Seiten
ISBN 978-3-9819378-5-5

Link zum Online-Shop

Ein abgeschnittenes Bein wird am Schloss Gottorf gefunden. Die Schleswiger Polizei ist in höchste Alarmbereitschaft versetzt. Nur einen Tag später wird ein abgetrennter Arm gefunden. Bleibt es bei diesen beiden grausigen Entdeckungen oder werden noch mehr Körperteile gefunden? Sind die eigenartigen Fundstücke bei den Leichenteilen Hinweise auf den skrupellosen Killer oder bringen die merkwürdigen Anrufe den Kommissar auf die richtige Spur? Was hat eine ominöse Frau mit all dem zu tun?
Der raubeinige Ray Cullan muss wieder zu rabiaten Mitteln greifen um die tödliche Serie zu stoppen. Und halt... wer ist... ‚Der Chirurg'??? Das bizarre Rätsel fordert den Hauptkommissar heraus...

Hörbuch
ca. 9 h MP3
ISBN 978-3-9819378-6-2

www.RAY-CULLAN.de

BAND
3

Taschenbuch
320 Seiten
ISBN 978-3-9819378-7-9

Link zum Online-Shop

Ein gefährlicher Clan hat sich in Schleswig breitgemacht und terrorisiert die Stadt. Alle Polizisten sind anderweitig eingespannt und nur ein Mann ist in der Lage, hier gründlich aufzuräumen: Ray Cullan.
Mit seiner kompromisslosen Art muss er mit allen Mitteln handeln, um seine Feinde zur Strecke zu bringen. In einer atemberaubenden Jagd stellt er die Schurken und ermittelt die dubiosen Hintermänner – bis ein 50 Jahre altes Foto ihm einen Hinweis auf seinen verschollenen Vater gibt. Kann er ihn retten und schafft es der Kommissar, seine Stadt vor einer drohenden Katastrophe zu bewahren?

Hart – härter – Ray Cullan!

Hörbuch
ca. 8:30 h MP3
ISBN 978-3-9819378-8-6

www.RAY-CULLAN.de

In der RAY-CULLAN-Reihe bereits erschienen:

Taschenbuch
320 Seiten
ISBN 978-3-949128-02-8

Link zum Online-Shop

Bei einem seiner geheimen nächtlichen Einsätze überwältigt Ray Cullan eine kriminelle Organisation im Alleingang und entdeckt 12 ominöse, quaderförmige Gegenstände. Lange gibt es keine Lösung für dieses Rätsel, bis der hartnäckige Ermittler über eine Verkettung von anderen Kriminalfällen neue Hinweise erhält. Was spielt sich in dem Altenheim ab? Wer ist die Frau, die einen Sklaven am Halsband wie einen Hund hält? Stecken alle unter einer Decke? Das Tempo dieser ereignisreichen Geschehnisse treibt den Kommissar zu kompromissloser Härte. Ray Cullan muss aufräumen - dringender denn je.

Hörbuch
ca. 10 h MP3
ISBN 978-3-949128-03-5

www.RAY-CULLAN.de

Organigramm aller beteiligten Figuren

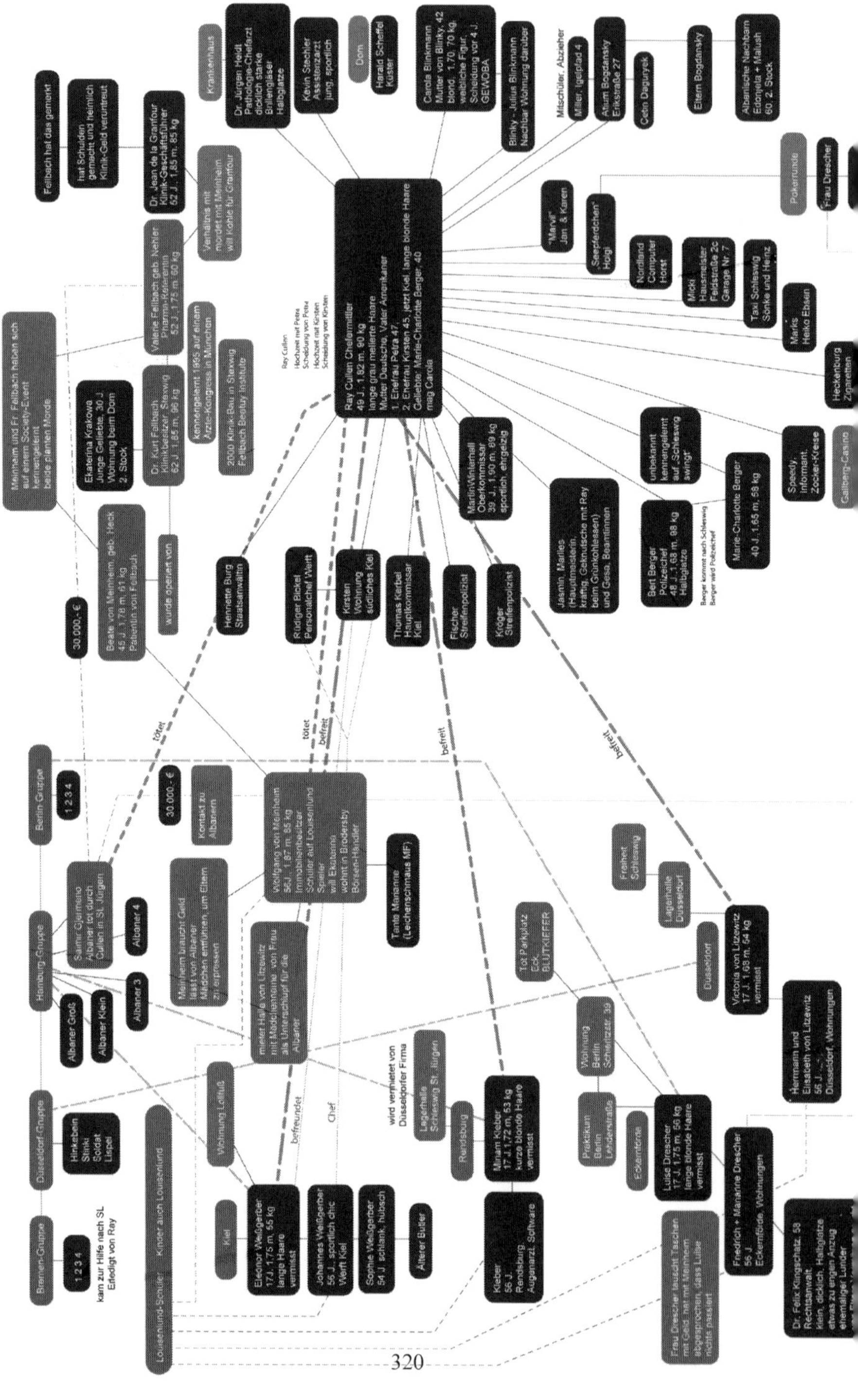